LÉGENDE VIVANTE
DELCOURT TONKAM

ARIFURETA: From Commonplace to World's Strongest Zero
©Ataru Kamichi ©Ryo Shirakome / OVERLAP
ARIFURETA
1 De Zéro à Héros
Manga RoGa
Œuvre originale Ryo Shirakome
Character design Takaya-ki
DELCOURT TONKAM
L'HEURE DE LA VENGEANCE A SONNÉ !
Au lycée, Hajime est persécuté par ses camarades. Lorsque sa classe est invoquée dans un autre monde, tous acquièrent des compétences magiques hors du commun, sauf lui, relégué au rang de simple synergiste. Trahi par l'un de ses compagnons et laissé pour mort dans un donjon, Hajime se réveille dans un niveau peuplé de puissants monstres. Il se jure alors de devenir plus fort pour remonter à la surface et se venger.
Série à découvrir chez Delcourt/Tonkam
Anime disponible sur WAKANIM

Manga : Koban Sameda
Œuvre originale : Arata Shiraishi
GA Novel/SB Creative
Character design : Takaya Ki
BACK FROM ISEKAI
1

SOMMAIRE

CLAAAG
L'AFFRONTEMENT ENTRE…
BROOO
L'ARMÉE DES NATIONS ALLIÉES ET CELLE DU ROI DES DÉMONS…
ウオオオ
DURA SEPT JOURS.
WHOOOO
LES SOLDATS ÉTAIENT PARTOUT, ET…
LA TERRE ÉTAIT ROUGIE DE SANG.
C'EST ALORS QUE DES FORCES DÉCISIVES ENTRÈRENT EN JEU…

LE GROUPE DU HÉROS ET LE ROI DES DÉMONS...
SHAAA
DZIIIH
PRIRENT PART AUX COMBATS.
DZAAAH
HIIIII !!
PRIN-CESSE !!
VOOOSH

PSHIIII
NE T'OC-CUPE PAS DE MOI..
TUE LE ROI DES DÉMONS ...
HÉROS DAIKI !
FSHOUUU
QUELLE PUISSANCE... CE N'EST PAS LE ROI POUR RIEN !

CHAPITRE 1 : RETOUR DE L'ÊTRE SUPÉRIEUR

DE TOUTE FAÇON...
CLAAANG
CLIIING
MOI AUSSI, DANS CE MONDE...
JE SUIS DEVENU REDOUTABLE !

JE LE DOIS AUSSI À MES AMIS TOMBÉS AU COMBAT !
WOU-AAA-AAA-AAA-AAH !!
FSHH
!
DZAAAAH

DOOOM
AAAH !!
DAIKI !!
VSHHH
DOM-MAGE, RATÉ !!
?!
WOUUUUSH

CRITCH
COMMENT... EST-CE POSSIBLE...
CRITCH
UN HUMAIN...
UN MISÉRABLE HUMAIN ?!
DOOOOOM
EN... ENFIN !!
LE HÉROS A RÉUSSI !

わあぁああ
WHAAAA!
JE... J'AI ACHEVÉ...
LE ROI DES DÉMONS ?
CETTE FOIS...
JE VAIS POUVOIR ...
RENTRER CHEZ MOI ?
CHEZ MOI...
BRRR
A... ARRÊTEZ ...
BRRR
FAIS PAS LE CON, MURASHIMA ...
BRRR

BRR
BRR
DÉCONNE PAS ...
PARDONNE-MOI...
HEIN ? TE PARDONNER DE QUOI ?
HIN !
HIN !
T'AS FAIT UN TRUC CONTRE NOUS ?
HEIN ?!
EUH... NON...
TU VOIS !
PAS LA PEINE DE DEMANDER PARDON...
ALORS ARRÊTEZ DE...
PAS POSSIBLE !!
T'ES ENCORE PIRE QU'UN RAT MORT, ALORS...
SI ON A ENVIE DE S'ACHARNER SUR TA SALE TRONCHE, T'AS PLUS QU'À SERRER LES DENTS EN SILENCE !
MAIS... POU...
T'ES UN MONSTRE, MURASHIMA !
TROP FORT !!

TANT QU'ON Y EST...
LAVE-TOI LA TÊTE AVEC ÇA !
PLOOOTCH
HEIN ?!
J'EN PEUX PLUUUS !!
DAAAAH
HÉ ! VIENS LÀ, TOI !
OH ! MORISHITA !!
BOM
BOM
TU CROIS POUVOIR NOUS ÉCHAPPER ?
POURQUOI... POURQUOI TOUS LES JOURS...
SORS DE LÀ !!
BOM
BOM
PITIÉ... QUE QUELQU'UN VIENNE ME SAUVER...

SEI-GNEUR...
?!
HEIN ? DEPUIS QUAND ...
IL FAIT AUSSI NOIR ?
DAIKI …
QUE... QUI...
DAIKI MORI-SHITA …
VEUX-TU ALLER DANS UN AUTRE MONDE ?
HEIN ?!

SHLAAAAC !
WOU-AAA-AAA-AAA-AAA-AAAH !!
IL FAIT UNE CRISE DE PANIQUE, OU QUOI ?
PAS LA PEINE DE FLIPPER COMME ÇA, MORI-SHITA !
ALLEZ, SORS ! SINON ON VA TE...
FOUIP
HEIN ?!
しーん…
SHIII...
OÙ EST-CE QU'IL EST PASSÉ ?

FINALEMENT, EN Y RÉFLÉCHISSANT BIEN…
J'AURAIS MIEUX FAIT DE NE PAS Y PENSER…
JE NE SUIS PAS SI PRESSÉ QUE ÇA…
ほわ〜ん…
PSHIII…
CECI DIT… JE POURRAIS RENTRER…
RIEN QUE POUR LE CURRY DE MA MÈRE !
わー
WHAAA !
わー
WHAAA !
わー
WHAAA !
T'AS FINI DE LÉZARDER ?
VIENS VOIR, TOUT LE MONDE T'ACCLAME !
AÏE…
PITIÉ…
T'ES RUDE, JE ME REMETS À PEINE DU COMBAT…

BAAAAH
WHAAAA !
WHOOO ! LE HÉROS !!
VIVE NOTRE HÉROS !!
WHAAA !
WHAAA !
WHAAA !

TU VEUX VRAIMENT RENTRER ?
NOTRE MONDE A ENCORE BESOIN DE TOI...
C'EST AU PEUPLE DE RECONS-TRUIRE LA SOCIÉTÉ, NON ?
OUI, C'EST VRAI...
DÉCIDÉMENT, LES GENS CHANGENT ...
QUAND TU ES ARRIVÉ... TU ÉTAIS VRAIMENT NUL !
SI ON M'AVAIT DIT QUE TU TER-RASSERAIS LE ROI DES DÉMONS...
MERCI DE ME LE RAPPE-LER...

TON MONDE TE MANQUE À CE POINT ?
DOMMAGE, TU POURRAIS AVOIR LA GLOIRE ET TOUT L'OR QUE TU DÉSIRES …
OUI, JE T'ASSURE.
EN PLUS …
J'AI TROP ENVIE DE MANGER LE CURRY DE MA MÈRE !
QUOI, C'EST TOUT ?
BAH …
ON REVIENT TOUJOURS À SES PREMIÈRES AMOURS…

PAS TROP MON TRUC...
SURTOUT QUE LA BOUFFE D'ICI, C'EST PAS LA JOIE...
ALORS ? TU N'AS RIEN À LUI DIRE ?
WHAAA !
QUE... DE QUOI TU...
VAS-Y, PRIN-CESSE !
BLOM
AH !
EUH... AU...
AU REVOIR, HÉROS DAIKI...

AU REVOIR...
MON PREMIER AMOUR...
OUAIS !
À PLUS, PRIN-CESSE !!
FSHHHH
AAAAH, JE L'AI LAISSÉ PARTIR...
GHH...
FINALE-MENT NON, REVIENS !!
MON HÉROS !!

ALLEZ, GO ! TRANSFERT !!
HUM ?
QUOI, C'EST DÉJÀ FINI ?
JE PENSAIS QUE CE SERAIT PLUS DUR QUE ÇA...
ON DIRAIT QUE JE SUIS REVENU AU MÊME JOUR...
IL FAIT PRESQUE NUIT, CE DOIT ÊTRE QUELQUES HEURES APRÈS.
PAR CONTRE, ÇA NE VA PAS LE FAIRE...
JE NE VAIS PAS ME TRIMBALER HABILLÉ EN GUERRIER DANS LES COULOIRS !

ATTENDS, SI J'AI GARDÉ MA TENUE...
ÉCRAN DE STATUT !
FSHHH
AH, IL APPARAÎT !!
NOUS SOMMES LE 23 AVRIL, IL EST 18 H. VOUS ÊTES DANS LES TOILETTES DU LYCÉE KASUGAYAMA.
LA VOIX DU DIEU EST LA MÊME...
EST-CE QUE MES POUVOIRS ...
ANALYSE DES COMPÉTENCES, NIVEAU MAX...
RÉSULTAT : QUALITÉ EXCELLENTE DANS CE MONDE.
BIEN D'UTILISATION COURANTE, 2 980 YENS, BON RAPPORT QUALITÉ/PRIX.
C'EST SUPER PRÉCIS !!

AVEC UN PEU DE CHANCE ...
ITEM BOX !
POURVU QUE ÇA MARCHE...
FHHH
TROP BIEN !
CLONG
CLONG
SI JE ME SOUVIENS BIEN...
AH, JE L'AI !
JE PENSAIS QUE JE N'EN AURAIS PLUS BESOIN...
J'AI BIEN FAIT DE LE GARDER !

HAAA…
ENFIN À LA MAISON…
ET SUTOUT …
ガチャ..
CLAC
ちまっ
CLAC
TU ES RENTRÉ, DAIKI ?
LE SOURIRE DE MA MÈRE ! ON NE DIRAIT PAS, MAIS ELLE ASSURE !!

COUCOU MAMAN ...
AAAAH, C'EST TROP BON...
D'ENTENDRE ENFIN SA VOIX !
POURQUOI EST-CE QUE TU ME REGARDES COMME ÇA ?
DU COUP, ÇA M'A DONNÉ FAIM...
GROUIC
ON MANGE QUAND ?
C'EST DÉJÀ PRÊT !

ET VOILÀ ! ♡
UN CURRY SPÉCIAL POUR MON CHÉRI !
HOU...
HOUUU !!
TU N'AS PAS IDÉE COMME J'EN AVAIS ENVIE !
PSHIIII
DZOOOM
TROP BON ! TON CURRY, C'EST VRAIMENT LE MEILLEUR, MAMAN !
DÉLICIEUX !
HI HI ! ♡
ON JURERAIT QUE ÇA FAIT DES ANNÉES QUE TU N'EN AS PAS MANGÉ !
EH BIEN...
TU M'EN REMETS ?!
HA HA HA HA !
BIEN SÛR !
HI HI HI HI !

BON...
MAINTENANT QUE TOUT LE MONDE DORT...
JE VAIS PROFITER DE L'OBSCURITÉ POUR VÉRIFIER CERTAINES CHOSES.
QUELS POUVOIRS ME RESTE-T-IL...
DANS CE MONDE ?
VLAAAM

*N.D.T : TECHNIQUES DE COMBAT À MAINS NUES.

JE DEVRAIS ÊTRE TRAN-QUILLE, ICI.
SHA SHAAA
AUTANT TESTER MES TECH-NIQUES...
CRIC
CRIC
COMPÉ-TENCE : RENFORT PHYSIQUE.
LE NIVEAU ET LES EFFETS SONT IDEN-TIQUES...
WOUAH...
RÉDUIT EN MIETTES...
DOOOOM

O.K. POUR LE PHYSIQUE...
VOYONS POUR LA MAGIE !
WIIIIH
ENVOL !!
WOUUUSH
LES SEULES CHOSES QUI VOLAIENT DANS L'AUTRE MONDE, C'ÉTAIT LES OISEAUX ET LES MONSTRES.
IL VA FALLOIR FAIRE GAFFE À NE PAS RENTRER DANS UN AVION !
BON, C'EST SUFFISAMMENT LOIN...

MACH 2*.
* N.D.T : UNITÉ DE MESURE DE LA VITESSE DU SON.
POUR ÇA, IL VAUT MIEUX S'ÉLOI-GNER…
DZIIIH
MAGIE SURPUIS-SANTE…
DZIIIH

MARTEAU DE THOR !!
SHAAAA

DOOOOM
SHAAAA
DZIIIH
HMM...
UN PEU BALÈZE, LÀ...
ÇA NE VA PAS ÊTRE FACILE DE VIVRE NOR-MALEMENT !
DZIIIH
DZIIIH
IL VA FALLOIR ME TENIR TRANQUILLE, SINON...
C'EST MOI QUI VAIS DEVENIR LE ROI DES DÉMONS !
FSHHH

FLASH INFO !
UN LÉGER TREMBLEMENT DE TERRE EST ATTENDU DANS LA JOURNÉE.
D'APRÈS LE GOUVERNEMENT, "UN PAYS A DÛ TESTER UNE ARME, SANS DOUTE UNE BOMBE NUCLÉAIRE, DANS L'ATLANTIQUE".
MAIS QUELLE HORREUR !!
PFFF !
DAIKI, TOUT VA BIEN ?
JE ME SUIS FAIT GRILLER ?
IL DOIT Y AVOIR DES RADARS...
DANS L'AUTRE MONDE, LA MAGIE NE POSAIT PAS DE SOUCI, MAIS ICI...
SI JE M'ENVOLE SANS FAIRE GAFFE, CE SERA FINI POUR MOI...

GNIII
HMM ?!
MORI-SHITA...
COMMENT T'AS FAIT POUR FILER, HIER ?
HAAA...
C'EST VRAI.
JE LES AVAIS OUBLIÉS, CEUX-LÀ.
MURA-SHIMA, TANAKA ET... QUI, DÉJÀ ?
À VUE DE NEZ, PIRE QUE DES VOLEURS DE RANG A...
ON SE RETROUVE APRÈS LES COURS...
DERRIÈRE LE GYMNASE, ET NE T'AVISE PAS DE NOUS PLANTER !
HAAA...
ÇA ME SAOULE ...

BLAAAM
ALORS ?!
TU PENSAIS POUVOIR TE FOUTRE DE NOUS, SALE MOUCHE À MERDE ?
BLAAAM
BLAAAM
FAIS GAFFE À PAS LE TUER...
HAAA...
HAAA...
ON S'EN FOUT, DE CE DÉCHET !
COMME JE M'EN DOUTAIS...
PAS LA MOINDRE ÉGRATIGNURE !
BLOOOM
CECI DIT, ÇA VA DURER ENCORE COMBIEN DE TEMPS ?
MES FRINGUES SONT PLEINES DE BOUE, MA MÈRE VA HURLER !
DÉFONCEZ-LE !
BLOOOM
À GENOUX, TOI !
BLOOOM
BLOOOM
BLOOOM
ÇA ME GONFLE VRAIMENT, MAIS...
SI ÇA PEUT LES CALMER...

JE... JE SUIS DÉSOLÉ... PARDON...
JE VOUS DONNERAI TOUT MON ARGENT, MAIS ARRÊTE... MURASHIMA...
HA HA !
WOUAH
WOUAAH HA HA ! TU VOIS, QUAND TU VEUX !
FAIS-TOI UNE RAISON, TU SERAS TOUJOURS NOTRE LARBIN !
HI HI HIIII ! ♡
SALLE D'ORIENTATION
HUM... VOUS VOUS DOUTEZ BIEN...

QU'AVEC DE TELLES PREUVES...
NOUS NE POUVONS PAS FERMER LES YEUX.
J'HALLUCINE...
EXCUSE-TOI TOUT DE SUITE, ABRUTI !!
ÇA VA...
LÂCHE-MOI, PAPA !
JE SUIS DÉSOLÉ !!
C'EST BON...
IL A L'AIR D'AVOIR COMPRIS...
EN THÉORIE NOUS DEVRIONS VOUS RENVOYER ET PRÉVENIR LA POLICE, MAIS...
LA VICTIME NOUS A DEMANDÉ D'ÊTRE INDULGENTS.
PARDON POUR MON CRÉTIN DE FILS !
BAISSE LA TÊTE, TOI !
ずず
SLUURP

TU ES SÛR QUE ÇA TE VA, MORISHITA ?
OUI, PUISQU'ILS SE SONT EXCUSÉS …
IL N'Y A PAS QUE LA MAGIE, QUI EST UTILE.
DIRE QUE JE N'Y AVAIS PAS PENSÉ AVANT…
MAINTENANT QUE TOUT LE MONDE EST AU COURANT …
MÊME DES IMBÉCILES COMME EUX NE RECOMMENCERONT PAS.
GRR
GRR
POUR ÊTRE HONNÊTE, J'ESPÈRE VRAIMENT QU'ILS ARRÊTERONT LEURS BÊTISES.
PARCE QUE…
J'AI HORREUR QU'ON S'EN PRENNE AUX PLUS FAIBLES.

MAIS BON...
J'AI PEUT-ÊTRE ÉTÉ UN PEU TROP NAÏF ...
CETTE FOIS, MORI-SHITA ...
T'AS FRANCHI LA LIGNE ROUGE !
J'HALLU-CINE...
ALLEZ, DESCENDS DE LÀ !
HMPF ...
J'EN AI MARRE DE CE CIRQUE ...

HAAA...
HI HI... TU SAVAIS QU'AVEC UN COUTEAU...
ÇA NE FAIT PAS "MAL" ? ÇA "BRÛLE" !
HAAA...
BRR
UN COUTEAU, T'ES SÉRIEUX ?
BRR
ON VA LUI FAIRE SA FÊTE !
HIN HIN...
PFF, J'AI CONNU DES ÉPÉES BIEN PLUS GRANDES.
C'EST PAS SON ÉPLUCHE-PATATES QUI VA ME FAIRE MAL.
BLOOOM
QU'EST-CE QUI TE FAIT RIRE ?!
PRENDS ÇA, BOUFFON !!
HÉ HOOO ! J'AURAIS PU EN MOURIR !
DZIIIH
LÀ, ÇA FAIT MAL...
T'AS VOULU NOUS PIÉGER, MICROBE ?
CE N'EST PLUS UNE EXCLUSION, À CE NIVEAU-LÀ...
UN ENLÈVEMENT, C'EST LA TAULE !
ON VA TE RÉDUIRE EN MIETTES, ÇA TE PASSERA L'ENVIE DE RECOMMENCER !

AVEC DES CRÉTINS PAREILS ...
VSHHH
VA EN ENFER, MORISHITAAA !
PLUS LA PEINE DE ME RETENIR...
CRIC
CRIC
BLOOOM
HUMF !!
WOUAH, LE BRUIT !!
HA...
HÉ... HÉ HÉ HÉ...
HA...
GLOUP
JE L'AI EU...
HA...
GLOUP

HEIN ?!
CRITCH
HOU... WOUAH ! C'EST QUOI, ÇA ?!
MA MAIIIIN !!
HEIN ?!
BLOOOM
MU... MURASHI ...
CLANG
BLOOOM
MA... BATTE EN FER ...
C'EST QUOI, CE DÉLIRE ?!
BRR
BRR

MÊME LÀ-BAS, ILS ME TROUVAIENT TROP GENTIL.
QUAND UN DES QUATRE SOUVERAINS CÉLESTES DU ROI DES DÉMONS M'A SUPPLIÉ...
J'AI EU PITIÉ, ET IL M'A ATTAQUÉ PAR SURPRISE.
DZIIIIH
JE PENSAIS AVOIR COMPRIS LA LEÇON...
DE... DEPUIS QUE...
BRRR
T'AS DISPARU DANS LES TOILETTES, HIER...
BRRR
IL Y A UN TRUC QUI NE VA PAS, CHEZ TOI !
CLAC
TU NE RÉAGIS PLUS À RIEN...
T'HABITUDE TU T'ÉCRASES COMME UNE MERDE, T'ES PAS DU GENRE À LA RAMENER !
CLAC
QU'EST-CE QUE ...
TU...

OÙ EST-CE QUE…
TU ÉTAIS PAAAS-SÉÉÉÉ-ÉÉÉÉÉ-ÉÉÉÉÉ-ÉÉÉÉÉ-ÉÉÉÉÉ-ÉÉÉÉÉ-ÉÉÉÉÉ-ÉÉÉÉÉ ?!
DANS UN AUTRE MONDE…
CRITCH
CRITCH
DZIIIIH
DZIIIIH
POURQUOI ?
TU TE FOUS DE QUIIIIII-IIIIIIII ?!
T'AS QU'À Y…
RETOURN…
BLOOOM
OUPS, PARDON !
C'ÉTAIT PEUT-ÊTRE UN PEU TROP FORT…
HIII…

FSHHH
FLIPPE PAS AUTANT, TU VAS ME FAIRE PLEURER …
MINE DE RIEN, VOUS M'AVEZ UN PEU MANQUÉ !!
BRRR
BRRR
HEIN ? HA HA…
HAAA ?!
DOOOOM
FSHHH
AAA !!

DZOUUUU
HAAAAA
A
AVEC DES TYPES PAREILS DANS CE MONDE ...
PAS ÉTONNANT QUE ÇA GÂCHE MA JOIE D'ÊTRE RENTRÉ !
FRSHHH
WOUAH, SUPER LOIN !

は～
HAA...
JE SUIS PEUT-ÊTRE UN HÉROS, ET...
EUX DE PAUVRES ABRUTIS, MAIS...
DZIIH
BLOOOM
JE NE PEUX QUAND MÊME PAS BUTER MES CAMARADES...
CRIC CRIC

TROP GENTIL !!
JE L'ENTENDS DÉJÀ D'ICI ...
OH, MURASHIMA !!
GLOUP
GHH GHH...
GLOUP
MERDE, IL A TOUS LES OS BRISÉS...
OUPS...
OH, ÇA VA ?
HMM ?
JE N'AI QU'UN NIVEAU INTERMÉDIAIRE EN MAGIE DE GUÉRISON, MAIS...
TIC
SHOUUUU
TIC
POUR CES BLESSURES, ÇA DEVRAIT SUFFIRE.

HOU...
QUE... QU'EST-CE QU'ON FOUT LÀ ?
AUCUNE IDÉE... J'AI MAL PARTOUT...
ON A ENLEVÉ MORISHITA... ET APRÈS...
AH OUI, ON S'EST BIEN VENGÉS...
GLOUP
ET SI ON ARRÊTAIT, AVEC LUI ?
OUAIS... IL N'EST MÊME PAS DRÔLE...
HAAA...
ILS ONT TOUT OUBLIÉ...
SAUF LA PEUR QUE JE LEUR INSPIRE.
ÇA M'A GONFLÉ...

CETTE FOIS LE ROI DES DÉMONS ET LES HARCELEURS DÉBILES SONT DE L'HISTOIRE ANCIENNE...
JE VAIS ENFIN POUVOIR...
GNI!!!
REPRENDRE MA PETITE VIE PAISIBLE !
YOUHOU !
J'EN AI RAS-LE-BOL DE ME BATTRE...
ZUUUSH
IL EST TEMPS DE RETROUVER ...
UNE JEUNESSE NORMALE !!
BOING
GLOUP

CETTE AURA...
QUI C'EST, CELUI-LÀ ?

CHAPITRE 2 : LES SUREFFICIENTS DE NOTRE ÉPOQUE
CONCRÈTEMENT, QU'EST-CE QUE JE DOIS FAIRE...
HMM...
POUR COMMENCER UNE NOUVELLE VIE ?
JE N'AI FAIT QUE ME BATTRE EN TANT QUE HÉROS.
WHOOOO!!
JE N'AI DÉVELOPPÉ AUTANT TALENT POUR M'EN SORTIR ICI ...
* ET JE REFOURGUAIS TOUT L'ADMINISTRATIF AUX COPAINS...
J'AI GARDÉ MA FORCE PHYSIQUE ET MA MAGIE, MAIS...
À QUOI ÇA POURRAIT SERVIR ?

*N.D.T : STADE OÙ SE DÉROULE LA COMPÉTITION DE BASE-BALL INTER-LYCÉES DU JAPON.

JE M'AP-PELLE...
LEILA SAKAGUCHI !!
DOOOOM

ざわ
SHAAA
SACHEZ QUE NOS SEULS POINTS COMMUNS SONT NOTRE ÂGE ET CETTE ÉCOLE !
ざわ
SHAAA
MERCI DE NE PAS VOUS FAIRE DE FILMS !
LA SEULE CHOSE QUE J'ATTENDS...
C'EST QUE VOUS ME TRAITIEZ COMME UNE PRINCESSE ! C'EST TOUT !
しーん
SHIII
ドヤァ
DOOOM

EUH... SAKAGUCHI EST NÉE EN FINLANDE, A GRANDI EN ITALIE, ET A SAUTÉ ASSEZ DE CLASSES POUR OBTENIR SON DIPLÔME UNIVERSITAIRE AUX ÉTATS-UNIS À DIX ANS.
ELLE EST À MOITIÉ FINLANDAISE, FRANÇAISE, RUSSE... AH, PLUTÔT AU QUART ?
ELLE VA ÊTRE CHIANTE, CELLE-LÀ !!
VOUS POUVEZ VENIR ME VOIR, JE PARLE COURAMMENT JAPONAIS !
POUR AUTANT, SI VOUS AVEZ LE MALHEUR DE GÂCHER MON TEMPS AVEC DES SUJETS FUTILES...
SHLAC
DIS DONC !
TOI, LÀ-BAS !!
DOM
DOM
HEIN ?!
MOI ?!

QUE... QUOI ?
SÉRIEUX ? À PEINE REVENU D'UN AUTRE MONDE, ET DÉJÀ UNE BOMBE BLONDE ME SAUTE DESSUS ?!
BOUM
BOUM
JE SUIS DEVENU VIRIL À CE POINT ?!
PFFF...
HMM... J'AI DÛ ME TROMPER...
J'AI EU L'IMPRESSION DE SENTIR UNE AURA PARTICULIÈRE, MAIS...
T'ES JUSTE UN FIGURANT UN PEU GLAUQUE, EN FAIT.
JE SUIS DÉÇUE ...
ÉVITE DE PENSER À VOIX HAUTE !

M'SIEUR, JE VEUX ÊTRE VERS LA FENÊTRE, TOUT AU FOND !
HEIN ?!
JE NE SUPPORTERAI PAS D'ÊTRE ENTOURÉE PAR LA POPULACE.
ET TOI, SI TU REFUSES, JE T'ENVOIE ILLICO PRESTO AU FIN FOND DE LA CAMBROUSSE !
ELLE L'A CARRÉMENT MENACÉ ?!
ZZZ
ZZZ
ELLE N'EST PAS BANALE...
ELLE A REGARDÉ TROP D'ANIMÉS ET CROIT QUE C'EST UN COMPORTEMENT NORMAL, OU QUOI ?
C'ÉTAIT MONNAIE COURANTE DANS L'AUTRE MONDE, MAIS...
JE NE PENSAIS PAS EN CROISER ICI.
C'EST VRAI QU'ELLE EST SUPER CANON, MAIS...
HIN HIN ...
PAS MON GENRE, JE PRÉFÈRE LES GROS NIBARDS.

CE QUI COMPTE LE PLUS POUR MOI...
C'EST ÇA !
BOING
ぽよん
LA DÉLÉGUÉE DE CLASSE, TÔKA MURAYAMA.
VU SES ATTRIBUTS, ÇA SE PASSE D'EXPLICATION.
POUR COURONNER LE TOUT, ELLE EST AUSSI ...
MANAGER DE L'ÉQUIPE DE BASEBALL !
SI J'ATTEIGNAIS KÔSHIEN, PEUT-ÊTRE QUE ÇA LA FERAIT FONDRE ...
MON PLAN EST PARFAIT !

BOING
INTÉGRER LE CLUB ?
TU FAISAIS DÉJÀ DU BASE-BALL, AU COLLÈGE ?
BOING
C'EST LE MINIMUM SYNDICAL !
CLAIRE-MENT !
HUM... PARFAITS...
EUH... TOUT VA BIEN ?
HMM...
J'EN AI PARLÉ À L'ÉQUIPE, MAIS...
ÇA ME PARAÎT UN PEU COMPLI-QUÉ, POUR UN NOVICE.
HA HA, T'EN FAIS PAS !
GNIIII
MOI, C'EST DANS LA POCHE !
KÔSHIEN !
?!

MORISHITA, RAPPELLE-TOI QUE CE N'EST QU'UN TEST !
NE TE FORCE PAS À TOUCHER LA BALLE !
O.K., ÇA MARCHE !
JE VAIS BIENTÔT DEVENIR UNE LÉGENDE, LE GRAND BATTEUR...
BAH...
T'ES GÉNIAL !
PARTI DE ZÉRO ET PROPULSÉ EN ÉLITE !
ENCORE UN BLEU ...
J'AI PAS QUE ÇA À FAIRE DE MES ENTRAÎNEMENTS, MOI !
CRITCH
AVEC LE DIRECT QU'IL VA PRENDRE ...
IL DEVRAIT SE FAIRE DESSUS !!
F.SHOUUU

FSHOUUU
150 KM/H EN PLEIN MILIEU !
J'AI L'IMPRESSION QU'ELLE EST IMMOBILE…
BON, ESSAYONS DE FAIRE UN COUP DE CIRCUIT PAS TROP LOUCHE…
COMPÉTENCE : TECHNIQUE À L'ÉPÉE NIVEAU 10 ACTIVÉE.
QUOI ?!
CLIIING

SHLAAAC
SHROUUU
FSHHH
WOUAH ?!
?!
KEUF KEUF...
C'ÉTAIT QUOI, ÇA ?
LA BALLE...

HEIN ? MAIS CO...
EST COUPÉE ?
LA BATTE S'EST TRANSFORMÉE EN ÉPÉE AFFÛTÉE COMME UN RASOIR...
DÉSOLÉE, JE N'AI PAS DÛ TRIER LE MATÉRIEL CORRECTEMENT...
ELLE ÉTAIT DÉFECTUEUSE ?
BIEN JOUÉ, TU ME SAUVES !!
ÉPOUSE-MOI, MURAYAMA !!
GNIIII
ぐっ
あああ
JE VEUX JUSTE PROFITER D'UNE JEUNESSE NORMALE !
あああ
WHAAA !
PAS QUESTION DE ME FAIRE REMARQUER, J'AI PAS ENVIE DE FINIR TRAQUÉ COMME UN MONSTRE !
POURQUOI MES COMPÉTENCES SE DÉCLENCHENT TOUTES SEULES ?
EUH... BON, À PLUS !
C'ÉTAIT PRATIQUE DANS L'AUTRE MONDE, MAIS C'EST TOUT L'INVERSE ICI !

PFF...
ON VERRA PLUS TARD, POUR KÔSHIEN.
DOMMAGE, J'AURAIS PU CONCLURE AVEC MURA-YAMA...
AH, LEILA SAKAGUCHI...
ELLE SE DISPUTE AVEC QUI ?
COMPÉTENCE : VUE DE LOIN ACTIVÉE.
QUE... QUOI, ENCORE ?!
REMARQUE, ÇA TOMBE À PIC...
HMM ? CETTE FILLE, ON DIRAIT...

* N.D.T : JEUNES FEMMES AU SERVICE D'UN SANCTUAIRE SHINTOÏSTE.

SHLAAC
○○○○ !!
PFFF !!
LE PUCERON BLOND SE PREND LA TÊTE...
AVEC LA POPULAIRE DU LYCÉE DÈS LE PREMIER JOUR ?
ELLE A CRACHÉ ?!
FOUIP くるっ
BAH, RESTONS EN DEHORS DE ÇA...

DIS DONC, TOI...
QUE... MOI ?
BAAAH
WOUAH ?!
SHIIIIII
AH... POURQUOI...
ELLE SE COLLE AUTANT À MOI ?
BOUM
JE SENS ...
MÊME SA RESPIRATION !
BOUM
TROP CANON, ELLE A DE LONGS CILS...
OUPS, QU'EST-CE QUE JE RACONTE ?

C'EST BIZARRE...
J'AI DÛ ME TROMPER ...
QUE... QU'EST-CE QU'IL TE PREND ?!
RIEN, PARDON DE T'AVOIR RETENU.
OUBLIE ÇA.
BAAAH
HAAA... LE BONNET F...
S'ÉLOIGNE DE MOI...

MINUTE… J'ÉTAIS BIEN DÉCIDÉ …
À RÉCUPÉRER MA JEUNESSE !
ABENO A L'AIR DE S'INTÉRESSER À MOI…
C'EST UNE OCCASION EN OR !
EUH… DIS !
WOUAH… LA PRESSION !
…
ELLE A UNE PRESTANCE DE DINGUE !
QUOI ?
PSHII PSHII
EUH… RIEN… JE…
?!
TU… TU VOUDRAIS BIEN…
QU'ON DEVIENNE AMIS ?!
HUMF…

SHLAAAK
T'AS FUMÉ ?!
AVEC UN MICROBE DANS TON GENRE ?!
C'EST ABUSÉ !!
T'ES PAS GÊNÉ DE ME DEMANDER ÇA, AVEC TON ODEUR DE DÉCHARGE AMBULANTE ...
NE T'AVISE PLUS DE M'APPROCHER !
GLOUP
LE TRAUMATISME !
TU PARLES D'UNE MIKO...
CONPÉTENCE : RENFORCEMENT PSYCHOLOGIQUE ACTIVÉE.
AH ...

OUF... JE ME SENS DÉJÀ MIEUX ...
FINALEMENT, CES AUTO-MATISMES SONT BIEN PRATIQUES.
FOUIP
BAAAH
BAAAH
HEIN ?!
EUH...
HIIII !
QUOI, ENCORE ?!
RIEN DERRIÈRE NON PLUS ...

TU ES...
EN DEUXIÈME ANNÉE ?
TU ES UN AMI DE LEILA SAKAGUCHI ?
HEIN ? NON...
ELLE EST NOUVELLE, ET...
ELLE ME CHERCHE UN PEU DES NOISES, MAIS RIEN DE PLUS.
HUM...
CRITCH
CRITCH
JE VOIS.
TING
HEIN ? C'EST...
TIENS.
MON MAIL.

JE DOIS Y ALLER, MAIS...
J'ATTENDS TON MES-SAGE !
QUOI ?
JE N'AI PAS TOUT COMPRIS, MAIS...
J'AI RÉUSSI À CHOPPER LE MAIL...
DE LA MIKO AU BONNET F !!

QUEL VEINARD ! J'AI PU APPROCHER ABENO !
ELLE N'EST PAS TOUT À FAIT COMME JE L'IMAGINAIS, MAIS BON...
DE TOUTE FAÇON, JE NE SUIS PAS ASSEZ BÊTE POUR CROIRE QU'ON VA SORTIR ENSEMBLE DIRECT...
MÊME LES CHEMINS LES PLUS LONGS COMMENCENT PAR UN PREMIER PAS !
HIII !
HIII !
ALLEZ, VIENS !
HA HA HA !
SI ELLE M'A FILÉ SON MAIL, C'EST QU'ELLE A UN MINI-MUM D'AFFECTION POUR MOI...
AU PIRE, ELLE ME PRÉSENTERA BIEN UN DE SES COPINES MIKO, NON ?

VROUUUUSH !
IMAGINE... DES SOIRÉES...
ENTOURÉ DE GROS NIBARDS !!
SI JE RÉUSSIS CETTE MISSION...
JE RETROUVERAI UNE JEUNESSE QUI DÉCHIRE !!
J'AI L'IMPRESSION QUE SON ADRESSE MAIL N'EST PAS JUSTE UNE SUITE DE LETTRES...
C'EST UNE INCANTATION QUI VA CHANGER MA VIE !
FAISONS BIEN ATTENTION À NE PAS...
LA REBUTER ...
COMMENÇONS PAR DES POLITESSES D'USAGE...
Salut !
C'est Daiki Morishita, tu m'as donné ton mail ce matin. Ravi de t'avoir rencontrée !
ALLEZ, C'EST PARFAIT !!
BAAAH
ENVOI !!

VHHH
HUM ? C'EST QUI, À CETTE HEURE ?
ELLE A DÉJÀ RÉPONDU ?!
ÇA FAIT À PEINE CINQ SECONDES !
VOYONS VOIR CE QU'ELLE M'A ÉCRIT...
HUM ?
COMPÉTENCE ...
COMPÉTENCE : RÉSISTANCE AUX MALÉDICTIONS ACTIVÉE.
HEIN ? FLIPPANT !
POURQUOI MAINTENANT ?!
ON DIRAIT QUE LA VOIX DES DIEUX DÉRAILLE UN PEU, DEPUIS QUE JE SUIS RENTRÉ.
BON, ELLE DIT QUOI ?

* N.D.T : LITTÉRALEMENT "EXPERT EN YING ET YANG", DÉSIGNE UN PRATIQUANT DE L'ÉSOTÉRISME JAPONAIS.

UNE RÉPONSE BATEAU, ET...
Non, personne (^∇^)/
Mon père bosse dans une banque, et ma mère est femme au foyer (;^w^)
Au fait, tu aimes quel genre de musique ?
EN PRIME, J'ÉLARGIS LE CHAMP DE DISCUSSION.
UN DRAGUEUR AURAIT FAIT ENCORE MIEUX, MAIS...
ENVOI... HOP !
VENANT DE QUELQU'UN COMME MOI, C'EST DÉJÀ PAS MAL.
Re : Kaguya ABENO
HEIIIN ?!
COMMENT ELLE FAIT POUR RÉPONDRE AUSSI VITE ?
ELLE A À PEINE EU LE TEMPS DE ME LIRE !
COMPÉTENCE...

MALÉDICTION DÉSACTIVÉE.
C'EST QUOI, CE DÉLIRE ?!
FICHE-MOI LA PAIX !
Je n'ai pas l'intention de répondre à ta question. Alors est-ce que tu as un lien de parenté avec des personnages historiques, comme Taira no Masakado, Oda Nobunaga ou Amakusa Shirô ?
BAH, FAISONS COMME SI DE RIEN N'ÉTAIT...
VOYONS VOIR...
ÇA COMMENCE À ME PRENDRE LA TÊTE...
C'EST QUI, TAIRA NO MASAKADO ?
POURQUOI ELLE M'ÉCRIT, SI ELLE NE VEUT PAS EN SAVOIR PLUS SUR MOI ?
EN PLUS JE LUI AI BIEN DIT QUE JE VOULAIS QU'ON DEVIENNE AMIS !
SI C'EST JUSTE POUR ENQUÊTER SUR MOI, ELLE VA BIEN VOIR !
CELLE-LÀ, ELLE NE L'A PAS VOLÉ... ENVOI !
ON VERRA BIEN SA RÉPONSE...

VRSHHHH
ゴオオオオオ
ABENO
JE M'APPELLE KAGUYA ABENO.
OFFICIELLE-MENT, JE NE SUIS QU'UNE LYCÉENNE NORMALE...
は!!
ALORS QU'EN RÉALITÉ ...
JE SUIS UNE EXORCISTE.
BAAAH
つ

MA FAMILLE EXTERMINE LES ESPRITS DÉMONIAQUES ...
QUI VIVENT DANS LES TÉNÈBRES, DE GÉNÉRATION EN GÉNÉRATION.
NOUS POSSÉDONS TOUS DES CAPACITÉS INNÉES, MAIS...
POUR MON ÂGE, IL PARAÎT QUE JE SUIS PARTICULIÈRE-MENT DOUÉE.
ÇA PEUT PARAÎTRE PRÉTENTIEUX, MAIS C'EST BIEN LE CAS.
CES DONS DU CIEL ME CONFÈRENT DONC...
DES FACILITÉS POUR DÉTECTER LES AUTRES POUVOIRS.

LA MAGIE DU MONDE ENTIER ÉMANE DES YEUX.
JE PEUX DÉCELER À QUEL GENRE ELLE APPARTIENT EN FIXANT LA PERSONNE, MAIS...
IL NE SEMBLAIT HABITÉ D'AUCUN POUVOIR, NI DANS SES YEUX NI DANS SON CORPS.
IL NE ME DIT RIEN QUI VAILLE...
CE GARÇON...
A L'AIR ENTOURÉ D'UNE AURA PARTICULIÈRE...

J'AURAIS PEUT-ÊTRE DÛ L'ÉLIMINER ?
NON, C'EST MIEUX AINSI.
JE DOIS RÉCUPÉRER DES INFOS.
QUI QUE CE SOIT, IL DOIT AVOIR UN BUT PRÉCIS.
IL ME SUFFIT DE SEMER DES PIÈGES, IL VA FORCÉMENT FAIRE UNE ERREUR.
VHHH
ÇA Y EST !
ACTIVATION...
DE L'INVOCATION !

RENFORCEMENT DES MES CAPACITÉS PHYSIQUES...
AMÉLIORATION DE MES RÉFLEXES NERVEUX !
GNIIII
J'AI AUSSI PLACÉ DANS MON PORTABLE...
UN DIEU TUTÉLAIRE ÉLECTROMA-GNÉTIQUE.
AU PIRE, S'IL A EU LA MAUVAISE IDÉE DE FAIRE PAREIL DE SON CÔTÉ...
MON ACCÉLÉRATION DES RÉFLEXES ME PERMETTRA DE RÉAGIR RAPIDEMENT !

NAVRÉ, TU ES DÉJÀ ÉCHEC ET MAT !
CRIITCH
QUE ...
JE VAIS RÉVÉLER AU GRAND JOUR CE QUE TU MIJOTES...
MON DIEU A DISPARU ?!
MON IN-VOCATION DE RÉ-FLEXE...
NE MARCHE PAS NON PLUS...
LE DIEU TUTÉ-LAIRE...
DES ABENO !!
DZIIIH
DZIIIH

J'AI PEUT-ÊTRE ÉTÉ UN PEU OPTIMISTE...
EN LE CONSIDÉRANT COMME UN VULGAIRE DÉBUTANT.
J'AURAIS DÛ M'EN DOUTER...
QUAND J'AI EU DES SOUPÇONS SUR LUI.
IL DOIT ÊTRE PUISSANT, POUR ÉVINCER MA PROTECTION, ET SURTOUT...
IL A VU CLAIR DANS MON JEU ! JE DOIS RESTER SUR MES GARDES...
BAAAAH
CETTE FOIS...
ÇA DEVRAIT ÊTRE VITE RÉGLÉ !

BAAAAH
ÇA Y EST !
PAS D'ATTAQUE ?!
JUSTE UN TEXTO ?
QUOI, IL ESSAIE DE ME PERTURBER ?
MÊME PAS EN RÊVE…
LA PROCHAINE ATTAQUE NE SERA PAS JUSTE POUR LE TESTER…
SHRIII
MANGE ÇA DANS TA FACE !
VIOUUUUH

FSHOUUU
?!
VLOOOM
HIII !!
JE NE...
HAAA...
LE CROIS PAS !
HAAA...
BRRR
BRRR
IL A REPOUSSÉ...
MON DIEU D'ATTAQUE COMME UN INSECTE...

BROO
BROO
BROO
ON DIRAIT QUE LES RÔLES...
SONT INVERSÉS, TELLEMENT IL SEMBLE PUISSANT !
BROO
BROO
WHIIII
GLOUP
UNE RIPOSTE ?!
ÇA CRAINT !
POM
POM
JE DOIS BIEN...
AVOIR UNE DÉFENSE SOUS LE COUDE, QUELQUE...
CHOSE...
AH !
JE T'AI DIT QUE JE VOULAIS QU'ON SOIT AMIS, NON ?

JE VEUX JUSTE QU'ON S'ENTENDE BIEN.
SI TU CONTINUES À TÂTER LE TERRAIN COMME ÇA...
MOI AUSSI...
JE SAURAI ME RETOURNER.
GLOUP

COMMENT PEUT-IL...
AVOIR AUTANT D'AVANCE ?
ET MOI, JE L'AI SOUS-ESTIMÉ, ET...
LUI AI BALANCÉ UN DIEU...
ALORS QUE J'ÉTAIS DÉJÀ EN DANGER...
DEPUIS LE DÉBUT, C'EST MOI QUI SUIS...
ÉCHEC ET MAT !
BLOOOM

UNE HEURE PLUS TARD...
POURQUOI ELLE NE RÉPOND PLUS ?!
J'AI DIT UN TRUC QU'IL NE FALLAIT PAS ?
JE N'AURAIS PEUT-ÊTRE PAS DÛ ÊTRE UN PEU OFFENSIF...
CHAO !
AAAAARG !!
AAAH... ADIEU, MES RENCARDS AVEC LES AUTRES MIKO...
DOMMAGE...

QU'EST-CE QUE...
JE...
JE...
VAIS DEVENIR ?

BACK FROM ISEKAI

CHAPITRE 3: COMMENÇONS PAR NOUS ÉCRIRE
HAAA... JE ME SUIS BIEN LOUPÉ...
À TOUS LES COUPS, JE LUI SORS PAR LES YEUX...
JE PEUX OUBLIER LES SOIRÉES AVEC LES MIKO PLANTU-REUSES...
CHAIR DE POISSON
MIAAA !
AH, T'AS FAIM TOI AUSSI ?
TING
MIAAA ?!
FIOUUUH
HUM ?

DOOM
WOUUU-AAAAA-AAAAA-AAAAA-AAAAH !!
A... ABENO ?!

EUH ...
SA-LUT...
ZUT... JE ME SUIS DIT QUE ÇA FERAIT LOUCHE...
DE L'ÉVITER, MAIS JE NE SAIS PAS QUOI LUI DIRE...
DÉSO-LÉE...
POUR HIER.
JE NE PENSAIS PAS QUE TU ÉTAIS AUSSI IMPRESSION-NANT...
EUH, TU CROIS ?
J'AI JUSTE DONNÉ À BOUFFER AU CHAT...

C'EST LE TYPE QUI A DÉTRUIT MES DIEUX TUTÉLAIRES...
QUI TREMBLE COMME ÇA ?
JE SUIS VRAIMENT NULLE...
ELLE A L'AIR FURAX !!
CRIIIC
CRIIIC
MAINTENANT QUE J'AI CLAIREMENT SORTI LES CROCS...
JE SUIS GRILLÉE.
IL VA FALLOIR FAIRE PROFIL BAS.

JE VAIS ESSAYER DE NÉGOCIER UN PEU AVEC LUI...
ET DONC...
QU'EST-CE QUE TU COMPTES FAIRE ?
GHHH...
MOI ? À TON AVIS...
GLOUPS!
IL VA...
HI HI !
QUE...
JE VOUDRAIS QU'ON SOIT AMIS !
PARDON ?!

IMPOSSIBLE QU'UN TYPE AUSSI FORT...
N'AIT PAS UN AUTRE PLAN EN TÊTE !
MAIS POURQUOI ?
EUH... JUSTE QUE...
JE N'AI PAS DE POTE DANS TON GENRE ...
DÉCIDÉMENT...
IL NE BAISSE PAS VITE SA GARDE...
ALORS ...
HEIN ?!
J'AI BESOIN DE VÉRIFIER UN TRUC.
MAIS...

POM
ELLE EST...
ENCORE COLLÉE CONTRE MOI !
VROUUUSH
J'AI RÉSISTÉ À DES TAS D'AT-TAQUES, MAIS LÀ...
ELLE VA M'ACHEVER !
CE... C'EST UNE BLAGUE ?
SÉRIEUX ?

MA TECHNIQUE NE FONCTIONNE QUE RAREMENT.
SI LA CIBLE N'OUVRE PAS SON CŒUR, C'EST FOUTU...
ÇA VOUDRAIT DIRE QU'IL ME LAISSE...
UNE OUVERTURE ?
FAIS "HAAA" !
JE VEUX DEVENIR AMI AVEC ABENO...
AVEC LES MIKO...
LES CANONS AUX ÉNORMES POUMONS !
DES NIBARDS !!
LES MIKO AUX GROS SEINS !
HAAAA...

BRRR
BAAAH
BLOM
HAAA...
C'ÉTAIT QUOI, ÇA ?
HAAA...
UNE ATTAQUE PSYCHIQUE ? NON, JE NE CROIS PAS...
IL N'A VRAIMENT RIEN D'AUTRE EN TÊTE ?
TOUT... TOUT VA BIEN ?
IL VEUT JUSTE QU'ON SOIT COPAINS ?

WHOO
WHOO
WHOO
WHOO
COMPÉTENCE : RECHERCHE DE DANGER ACTIVÉE.
SALE PETIT PERVERS !!
HIII ?!
AH !
JE NE ME SUIS PAS TROMPÉE, AU DÉBUT ...
QUAND JE ME SUIS DIT QU'IL NE DEVAIT NE PAS AVOIR D'AFFILIA-TION.
PEUT-ÊTRE QUE JE SUIS LA PRE-MIÈRE...
DE SES SEMBLABLES QU'IL REN-CONTRE ?

EUH...
TU ES "UN SUREF-FICIENT" NATUREL ?
UN PEU, J'IMAGINE...
J'EN ÉTAIS SÛRE...
TU ES VRAIMENT NATURE, TOI !
C'EST VRAI QUE MA MÈRE ME LE DIT SOUVENT...
IL SE SENT SEUL, EN FAIT.

MOI AUSSI, EN VIVANT DANS LES TÉNÈBRES, J'AI TOUJOURS ÉTÉ ISOLÉE.
CEUX DE MON ÂGE SONT DES RIVAUX, ET…
MÊME MA FAMILLE SE TIRE DANS LES PATTES POUR DIRIGER LE CLAN.
EN PLUS BELLE, RICHE…
INUTILE D'ESPÉRER ME FAIRE DES AMIS…
JE N'AI PERSONNE, ALORS…
JE SAIS BIEN CE QU'IL RESSENT.

AU MOINS LUI, IL N'A AUCUNE...
RIVALITÉ ENVERS MOI...
FSHAAA
EUH... RAPPELLE-MOI TON NOM...
"MORI-CHIE-LÀ" ?
MORI-SHITA !!
COM-MENT ÇA ?
DEVENIR AMIS...
JE VEUX BIEN L'ENVISAGER...
PAR CONTRE...
HEIN ? C'EST VRAI ?!
LES SOIRÉES AVEC LES MIKO !!
HOU HOU !
HI HI !

SI J'ACCEPTE, ON SERA ÉGAUX !
PAS DE FORMALISME ENVERS ... LE PLUS FORT, COMPRIS ?
EUH... TU ES SÛRE ?
AVEC PLAISIR !
HUMF...
J'AI HORREUR DE M'INCLINER DEVANT LES AUTRES !
IL ME DÉPASSE LARGEMENT...
JE DEVRAIS LE SUPPLIER DE ME DONNER DES COURS, MAIS...
JE LA CROYAIS BIZARRE, MAIS...
EN FAIT, ELLE EST SUPER SYMPA !

ON DEVRAIT APPRENDRE À SE CONNAÎTRE UN PEU MIEUX.
JE TE PROPOSE UNE JOURNÉE DE TEST, TOI ET MOI.
ET SI LE COURANT PASSE...
JE TE RÉVÈLE-RAI MON SECRET.
SI ÇA SE PASSE BIEN, ON COMMENCERA PAR S'ENVOYER QUELQUES MESSAGES. ÇA TE VA ?
SON... SON...
SECRET ?!

BOUM BOUM
DE QUOI EST-CE QU'IL PEUT S'AGIR ?!
C'EST TRÈS RISQUÉ, DE LUI RÉVÉLER MON IDENTITÉ.
JE DOIS D'ABORD VÉRIFIER...
S'IL EST DIGNE DE CONFIANCE.
C'EST PLUS SÛR POUR NOUS DEUX.
JE VAIS AGIR NORMALEMENT.
LA RÈGLE EST SIMPLE, SI TU ME DÉÇOIS TOUT S'ARRÊTE.
BIEN ENTENDU, L'INVERSE EST AUSSI POSSIBLE.
LE TEST PREND FIN À MINUIT.
C'EST BON POUR TOI ?
HUM HUM...
ÇA MARCHE !!

TRÈS BIEN.
J'ESPÈRE QUE CE SERA...
UNE BONNE JOURNÉE, HEIN ?
ÇA FAIT LONGTEMPS QUE JE NE M'ÉTAIS PAS...
SENTIE AUSSI BIEN.
UNE BONNE JOURNÉE ...
MORI-SHITA !
APRÈS TOUT, MOI AUSSI...
J'AI BESOIN D'AMIS.

C'EST ...
C'EST QUOI, CE DÉLIRE ?
12 APPELS, ET...
252 MAILS DANS LA MATINÉE...
ILS VIENNENT TOUS D'ABENO ?!
EN PLUS, QUE DES PHRASES COURTES !
ET ELLE RÂLE SI JE NE RÉPONDS PAS...
C'EST ÇA "AGIR NOR-MALEMENT" POUR ELLE ?

QU'EST-CE QU'IL NE FAUT PAS FAIRE POUR LES SOIRÉES AVEC LES MIKO...
SHAAAAH
COMPÉ-TENCE : PROTEC-TION PSYCHIQUE ACTIVÉE !
JE SUIS UN HÉROS ...
JE N'ABAN-DONNERAI PAS AUSSI VITE !
T'ES VRAIMENT UN BON À RIEN !
GLOUP
DES BRIOCHES ET DU CAFÉ AU LAIT...
ÇA FAIT TROP DE SUCRE D'UN COUP !!
PA... PARDON, LEILA !
C'EST MAEDA, NON ?
UN TYPE INVISIBLE, COMME MOI AVANT...
IL SERT DE REPOSE-PIEDS ?
HAAA...
HAAA...
CECI DIT...
IL A L'AIR PLUTÔT CONTENT...
BAH, C'EST PAS MON PRO-BLÈME.
J'AI D'AUTRES CHATS À FOUETTER.
VRR
VRR

UN PROBLÈME À LA FOIS, C'EST BIEN ASSEZ.
GHHH
GHHH
ALLEZ, GROUILLE !
ÇA Y EST, IL A RÉ-PONDU.
C'EST TELLEMENT AGRÉABLE...
D'AVOIR QUELQU'UN À QUI ÉCRIRE...
EN FAIT...
HUMF...
C'EST SYMPA, LES AMIS !

HIN HIN HIN HIN...
QU'EST-CE QU'ELLE A ?
KAGUYA EST VRAIMENT BIZARRE, AUJOURD'HUI.
1 619 MAILS ET 82 APPELS …
J'AI MAL AUX DOIGTS, ET…
PLUS TARD…
LA TÊTE EN VRAC…
WOUAH, ENCORE ?!
PITIÉ, LÂCHE-MOI !
VRRR
VRRR
ALLÔ ?
FÉLICITATIONS.
HEIN ?
TU AS RÉUSSI L'EXAMEN DE PASSAGE.
BRAVO, TU AS ASSURÉ EN TANT QUE CORRES-PONDANT.
AH, IL EST MINUIT ?

IL SE POURRAIT MÊME QU'ON DEVIENNE AMIS DANS LA VRAIE VIE.
PLUTÔT PAS MAL, POUR UNE FIENTE DANS TON GENRE.
HA... HA HA, C'EST VRAI...
HUUUUM...
AU MOINS AVEC LES AMIS, ON PEUT...
ÊTRE FRANC !
AU FAIT, T'ES AU COURANT ?
DE QUOI ?
LA FIENTE, ÇA FAIT RÉFÉRENCE À LA DIARRHÉE.
ÇA VIENT DES OISEAUX, QUI DÉFÈQUENT SUR LES PLAGES...
O.K. MERCI, J'AI COMPRIS...
TU PARLES D'UNE FILLE DE BONNE FAMILLE...
C'ÉTAIT QUOI, LE SECRET QUE TU VOULAIS ME CONFIER ?

C'EST VRAI QU'IL VAUT MIEUX QUE TU LE SACHES.
NE SOIS PAS TROP SURPRIS, D'ACCORD ?
GLOUP
EN RÉALITÉ...
JE N'AI PAS D'AMIS.
BEN TU M'ÉTONNES !!

TU ES MON PREMIER CORRES-PONDANT.
SOIS FIER !
HA HA...
TROP D'HON-NEUR...
CRIII
CRIII
AH !
EUH... SON SEUL CORRES-PONDANT ?!
ET LES AUTRES MIKO, ALORS ?
J'AI ENDURÉ TOUT ÇA POUR RIEN ?!
DÉPÊCHE-TOI !
LA BLAGUE ! MAIS NON, JE SUIS SÛR QUE CE N'EST PAS COMPLÈTEMENT VRAI...
TU AS BIEN D'AUTRES COPINES MIKO, AU MOINS POUR LE TRAVAIL !
TU DOIS FORCÉMENT EN CROISER, NON ?
TU M'AS PAS ÉCOUTÉE ?
MA FAMILLE ET TOI ÊTES LES SEULS À AVOIR MON NUMÉRO !
SALUT !
GAME OVER...
HA HA...

POUR ÊTRE HONNÊTE ...
OUI ?
JE SUIS RAVIE D'AVOIR ENFIN QUELQU'UN À QUI ÉCRIRE.
JE CROIS MÊME QUE JE TE SUIS RECONNAIS-SANTE.
DIS, À CE SUJET...
TU AVAIS DIT QU'ON POU-VAIT STOPPER SI ÇA NE NOUS ALLAIT PAS, NON ?
SI...
ALORS SI JAMAIS... J'AVAIS CHANGÉ D'AVIS...
IL EST MINUIT PASSÉ, L'ENGAGEMENT EST PRIS.
CE... C'EST VRAI, MAIS...
ET SI...
MALGRÉ TOUT...

T'ES MORT.
HA HA HA...
HI HI HI !
HA HA HA HA HA HA !

J'AI TOUCHÉ ...
HA HA HA HA HA !
あははは
HI HI HI HI HI !
うふふふ
HA HA HA HA HA !
はーはーはーは
UNE CORDE SENSIBLE.
AU MOINS, J'AI RÉUSSI À...
WOUAH...
ふわ～
LUI FAIRE LIMITER SES MAILS ET SES APPELS À UN SEUL PAR JOUR ....
DIRE QUE J'AI CRU QUE...
CE SERAIT LE PIED, DE SORTIR AVEC ELLE...
QUAND ON SE CROISE, ELLE ME DÉVISAGE MÉCHAMMENT...
J'AI ENVIE D'ÉCRIRE...
ON EST CORRESPONDANTS, NON ?
CRIIIC
JE VEUX JUSTE UNE JEUNESSE NORMALE, MOI...
C'EST BIEN MA VEINE...

C'EST... LEILA SAKAGUCHI ?
QUE DES FILLES BIZARRES, DANS CETTE ÉCOLE !
EN QUELQUES JOURS, ELLE EST DEVENUE LA PETITE CHEFFE DE LA CLASSE.
D'HABITUDE ELLE EST ENTOURÉE DE FANS, MAIS LÀ...
DZIIIIH
COMPÉTENCE : OUÏE DE L'ENFER ACTIVÉE !
WOUAH ?!
C'EST RARE DE LA VOIR SEULE.
LOGIQUE, J'ÉTAIS EN TRAIN DE L'ÉPIER ...
C'EST MOCHE, MAIS...
ÇA M'INTRIGUE QUAND MÊME...

OUI, JE ME SUIS INFILTRÉE.
VOUS ÊTES SÛRS QUE C'EST UN ORDRE DU VATICAN ?
L'ORGANISME ANTI-DÉMONS LOCAL N'A PAS L'AIR DE VOULOIR COOPÉRER...
HUM ?!
DE QUOI ELLE PARLE ?
ILS NE SONT PAS HOSTILES, MAIS...
PAS SPÉCIALEMENT ACCUEILLANTS NON PLUS.
OUI...
TELLE EST LA VOLONTÉ DU MONDE.

JE MÈNERAI À BIEN MA MISSION !
SHLAAAC
IL EN VA DE L'HONNEUR DES DOMINIONISTES !!
WOUAAAH !!
ELLE EST COMPLÈTEMENT BARRÉE !!
C'EST CLAIREMENT UNE GAMINE SUR UNE AUTRE PLANÈTE !
LES ÉTATS-UNIS S'OPPOSENT ?!
ET LES CROISADES ? O.K., ON A ENCORE UN PEU DE MARGE...
ELLE A L'AIR D'Y CROIRE, EN PLUS !
LES CROISADES ?!

LES DÉMONS SONT PLUS ACTIFS QUE PRÉVU...
L'INVASION DU CHAOS SEMBLE ASSEZ GRAVE.
DEPUIS QUAND LE MONDE COURT À SA PERTE ?!
ENTEN-DU...
PFF... PFF...
JE VAIS ÉTOUF-FER...
ARRÊTE... MÊME MOI, J'AI DU MAL À RESTER CALME !
TOUT DÉPEND ...
DE LA VOLONTÉ DE DIEU !
GLOUPS
GLOUPS

EH BIEN !
REGARDEZ QUI VA LÀ !
C'EST LA PLEINE LUNE, CE SOIR.
LES DOMINIONISTES N'ONT RIEN DE MIEUX À FAIRE ?
ET TOI, ALORS ?!
PARDON ?!
ELLE AUSSI, ELLE SE PREND POUR UN CHEVALIER SAINT ?!
JE NE VAIS PLUS TENIR, LÀ…
C'EST QUI, CETTE…

DOOOOM
QUOI ?!
KAGUYA ABENO !!
FAITES COMME VOUS VOUDREZ, MAIS...
NE JOUEZ PAS SUR MON TERRITOIRE.
JE TE RE-TOURNE LE CONSEIL !
C'EST DU DÉLIRE ?!
WOUAH!
WOUAAAH!

J'ESPÈRE QUE TU N'AURAS PAS L'AIR TROP MINABLE, CETTE NUIT.
PFF !
TU VEUX COMPARER NOS PROIES ?
HUMF...
NAVRÉE...
JE SUIS PRISE, CE SOIR.
J'AI RENDEZ-VOUS AVEC UN AMI PRÉCIEUX.
ELLE PARLE DE MOI ?!
HEIN ?!

QUOI, TOI ?
TU DEVRAIS FAIRE GAFFE...
T'INQUIÈTE PAS POUR MOI.
JE PRIE POUR QUE TU SOIS ENCORE EN VIE DEMAIN.
HAAA...
LA BOMBASSE TARÉE EST AUSSI...
COMPLÈTEMENT PERCHÉE !!
IL VAUT PEUT-ÊTRE MIEUX QUE JE TIRE MA RÉVÉRENCE RAPIDEMENT...
AU PIRE, IL ME RESTE MA TOUCHE AVEC LA DÉLÉGUÉE !
TU PRÉFÈRES LES FILLES COMME MOI ?

...
CET ORAGE N'ANNONCE RIEN DE BON...
ON DIRAIT LES VENTS...
QUI DISPERSENT LES VAPEURS DU CHAOS, À LA TOMBÉE DE LA NUIT...
FIOUUU
SHAAA

DIS DONC, DAIKI !
POSE TON PORTABLE PENDANT QU'ON MANGE, C'EST MALPOLI !!
JE VAIS ME FAIRE DÉTRUIRE, SI JE NE RÉPONDS PAS...
UN MESSAGE D'UN COPAIN ?
PLUTÔT UNE FILLE EN TROISIÈME ANNÉE...
GLOUPS
UNE... UNE FILLE ?!
MON PETIT BÉBÉ... COMMENCE ENFIN À DEVENIR ADULTE...
WOUAAH...
VHHH VHHH
JE TE RASSURE, RIEN À VOIR AVEC ÇA...

ELLE M'ENVOIE QUAND MÊME MOINS DE MAILS.
C'ÉTAIT TRÈS BON...
KAGUYA ESSAIE VRAIMENT DE PRENDRE SUR ELLE.
EN Y REPENSANT, LES FILLES DE L'AUTRE MONDE ÉTAIENT BIEN PLUS MATURES !
LA PRIN-CESSE, LA GRANDE MAGI-CIENNE ...
ZUT, IL EST DÉJÀ L'HEURE ?!
C'EST MOI QUI DEVAIS L'APPE-LER !
TILILIT
PIP
ABENO ? C'EST MORI-SHITA...
MOUAIS ...

DEUX MINUTES DE RETARD, "MORI-CHIE-LÀ" !
TU OSES ME FAIRE ATTENDRE ?!
PARDON, J'AI ÉTÉ RETENU...
TU ES SÛRE QUE C'EST BON, À CETTE HEURE ?
DE QUOI ?
BEN, IL EST TARD...
JE NE TE DÉRANGE PAS ?
LIS ENTRE LES LIGNES, C'EST MOI QUE ÇA GONFLE !
JE SUIS TRÈS PRISE.
LES SEULS MOMENTS QUE JE PEUX T'ACCORDER SONT LES DERNIÈRES MINUTES DE LA JOURNÉE.
CLAP
J'HÉSITE À LUI BALANCER UNE VÉRITABLE ATTAQUE PSYCHIQUE ...
WHI!!!!!
MAIS OUI !

AU FAIT, JE T'AI APERÇUE À L'ÉCOLE...
AVEC LEILA SAKAGUCHI.
PENDANT QU'ELLES SE PRENAIENT POUR LES SAUVEUSES DU MONDE !
...
ELLE EST...
SPÉCIALE, HEIN ?
C'EST VRAI QUE TU ES DE SA CLASSE...
OUI, SURTOUT QUE...
JE CONNAIS SON SECRET.
SON SECRET ?!
ENCORE AUTRE CHOSE ?
AH BON ?
COMME QUOI ?
EN VRAI...

HIN HIN HIN...
ELLE N'A PAS DE POTES !
C'EST TROP DRÔLE, PAS VRAI ?
SANS DÉCONNER ...
MOI AUSSI, JE LA CONNAIS UN PEU.
GROAAAA !
ELLE A UN CARACTÈRE POURRI...
ON NE PEUT PAS SE VOIR EN PEINTURE !
SHAAAA !
SI ELLES SE VOIENT COMME DES RIVALES, C'EST QU'ELLES SE RESSEMBLENT ...
D'AILLEURS, J'AIMERAIS BIEN QU'ON S'ÉCRIVE PLUS...
OUPS, IL EST DÉJÀ SI TARD ?

C'EST VRAI, ON A COURS DEMAIN.
ALLEZ, BONNE NUIT !
HUMF...
JE SAIS BIEN QUE JE L'EMBÊTE...
UN PEU...
MOI AUSSI, J'AI ENVIE DE SAVOIR CE QU'EST UNE JEUNESSE NORMALE...
MAIS ...
DZIIIH
NE SERAIT-CE QU'UN INSTANT...
PSHIIIII
GNH...

SHAA
SHAA
HUM ?
LE... LEILA ? TU ES BLESSÉE ?!
QU'EST-CE QU'IL T'ARRIVE ?!
C'EST RIEN.
LÂCHEZ-MOI.
DES BANDAGES, MÊME À L'ŒIL...
J'HALLUCINE...
VA ME CHERCHER UN CAPPUCCINO, TOI !
GRRR!
ELLE A POUSSÉ LE DÉLIRE, LÀ !!

UNE ARAIGNÉE DE TERRE, SÉRIEUX...
JE ME SUIS FAIT SURPRENDRE, MOI ?
COMPÉTENCE : OUÏE DE L'ENFER ACTIVÉE.
ELLE AVAIT PARLÉ DE PROIE, SI JE ME SOUVIENS BIEN...
ELLE VEUT FAIRE CROIRE QU'ELLE S'EST BATTUE ?
UNE BOMBE À L'ŒIL BANDÉ...
ELLE EST ENCORE PLUS CANON !
わっしょい
わっしょい
OUAIIIIS !
ちゅ
SLURP
JE DÉCROCHE, LÀ...

LEILA, JE PORTE TON SAC !
NON, MOI !
BLAAAM
ぽーん
NE TOUCHE PAS À ÇA !
ELLE L'A DÉJÀ ENLEVÉ ...
ELLE N'ARRIVE PAS À TENIR SON PERSONNAGE ?
あひん
OUTCH !
BAH, PEUT-ÊTRE QU'ELLE A BESOIN DE FUIR LA RÉALITÉ...
JE PEUX COMPRENDRE ÇA.
UN PEU DE RÉCONFORT ME FERAIT DU BIEN AUSSI...
HOOO !
PETIT CHAT, TU ES LÀ ?
SHOUUU
シュウゥ

LEILA SAKAGUCHI ÉTAIT QUAND MÊME BIEN AMOCHÉE…
LES DOMINIONISTES GUÉRISSENT VITE, SOI-DISANT GRÂCE À LA PROTECTION DE DIEU…
N'EMPÊCHE QU'ELLE N'A PAS FAIT UN PLI !
LES ARAIGNÉES DE TERRE SONT DES DÉMONS SI PUISSANTS QU'IL ME FAUT DEMANDER DE L'AIDE À MA FAMILLE.
LE CHAOS S'EST DONC PROPAGÉ À CE POINT ?

FSHAAA
QUELLE EST...
CETTE SEN-SATION ...
C'EST LE PARC OÙ J'AI DISCUTÉ AVEC MORISHITA...
SHAAAA
PEUT-ÊTRE QU'IL N'EST PAS ORDINAIRE, MAIS CES ARAIGNÉES SONT UN CRAN AU-DESSUS !
ET DE TOUTE FAÇON, QU'EST-CE QUE JE POURRAIS FAIRE ?
GNIII
LES DÉMONS SONT TOUJOURS ATTIRÉS PAR LES SUREF-FICIENTS !
BAH, NE SERAIT-CE QUE...
LUI PER-METTRE DE FUIR...
DADAAM

PE... PETIT CHAT ?!
MIAAAA !
QUI T'A FAIT ÇA ?!
COMPÉTENCE : ANALYSE DU DANGER ACTIVÉE.
BAAAH
PLAAASTHCH !
QUE...
QUOI ?!
CES FILS GLUANTS...
C'EST À CAUSE DE LUI ?!
ZIIIIH

GNIIII
FSHIIIIII
UNE...
ARAI-GNÉE ?!

ELLE EST ÉNORME !!
ENCORE UNE RACE IMPORTÉE, OU QUOI ?
IMPOSSIBLE, ÇA N'EXISTE PAS AU JAPON...
CHAOS...
ARAI-GNÉE DE TERRE...
EXORCISTE ?!
ALORS...
ELLES N'ÉTAIENT PAS JUSTE EN PLEIN DÉLIRE ?
C'ÉTAIT VRAI ?!
FSH!!!!!

BACK FROM ISEKAI

L'ARAI-GNÉE DE TERRE, UN DÉMON DE PREMIÈRE CLASSE...
MA SŒUR ET MES COUSINES ONT RENONCÉ À L'AFFRONTER, ET...
MÊME LEILA A RÉSISTÉ, MAIS EST REPARTIE AVEC DES BLESSURES IMPORTANTES.
JE PEN-SAIS AVOIR ENCORE UN PEU DE RÉPIT, MAIS...
LE CHAOS PROGRES-SE BIEN TROP VITE.
ÇA VEUT DIRE QUE...
SON RÉVEIL EST PROCHE ?!

LE GRAND DÉMON À NEUF QUEUES KYÛBI...
LA FAMILLE ABENO S'EST UNIE POUR ENFERMER CET ESPRIT VENGEUR SURPUISSANT.
CHAPITRE 4: CATÉGORISATION DU SACRIFICE VIVANT
EN SACRIFIANT...
UNE MIKO.
OU POUR ÊTRE PLUS PRÉCIS...
ELLE L'A SUPPLIÉ DE BIEN VOULOIR SE CALMER, ET SE RENDORMIR...
HIII...

LES ABENO NE SONT PAS DES EXORCISTES QUI ŒUVRENT POUR LE CONTRÔLER, MAIS…
PLUTÔT DES PANTINS, QUI SERVENT À LE SATISFAIRE.
LE RÉVEIL DE L'ESPRIT VENGEUR PROVOQUE LE DÉFERLEMENT DE DÉMONS DE SECONDE ZONE.
LES AFFRONTER FAIT PARTIE DES DEVOIRS DES MIKO, MAIS C'EST AUSSI UN TEST.
EN GROS…
LAQUELLE SERA-T-IL MOINS REGRETTABLE DE SACRIFIER ?

LES PROCHAINES CANDIDATES SERONT CHOISIES EN FONCTION DE LEURS RÉSULTATS.
JE N'AI PAS À ROUGIR DE MES TALENTS, MAIS...
JE MANQUE CRUELLEMENT D'EXPÉRIENCE.
MOI...
JE SUIS EN BAS DE LA LISTE !

LE PLUS COMPLI-QUÉ…
SONT LES COUPS BAS ENTRE POTENTIELS SACRIFICES.
POLITIQUEMENT PARLANT, JE N'AI AUCUNE INFLUENCE.
SANS COMPTER LEILA SAKAGUCHI …
ELLE NE VIT QUE POUR EXTERMINER LES DÉMONS.
LES TUEURS DE L'ÉGLISE DOMINIO-NISTE…
TIRENT AUSSI LA COUVERTURE À EUX, CE QUI NE M'ARRANGE PAS.

SI MA FAMILLE S'UNISSAIT AVEC EUX...
NOUS POURRIONS VAINCRE L'ARAIGNÉE DE TERRE, PEUT-ÊTRE MÊME KYÛBI, MAIS...
IL Y A EU BIEN TROP DE VICTIMES LORS DU DERNIER COMBAT POUR LE SCELLER.
PLUS PERSONNE NE VEUT SE BATTRE.
ENTRE LE RISQUE DE PERDRE DES EXORCISTES VALEUREUX...
OU UNE PETITE MIKO À PEINE FORMÉE...
LEUR CHOIX EST VITE FAIT.

C'EST PEUT-ÊTRE POUR ÇA QUE J'AI FUI L'AFFRONTEMENT EN PLEIN MILIEU, HIER.
JE ME SUIS FAITE UNE RAISON, ALORS…
QUITTE À NE PAS SURVIVRE À TOUT CELA…
JE VOULAIS VIVRE MA JEUNESSE, QUELQUES INSTANTS…
MA JEUNESSE…
C'EST LA PREMIÈRE FOIS QUE…
JE COURS AUTANT POUR UN AMI !

SHAAAAA
MORISHITA !!
J'EN ÉTAIS SÛRE, L'ARAIGNÉE DE TERRE !
CRIIIIIC
J'ARRIVE TROP TARD ?
NON, ÇA VA ENCORE !

PSHIIIII
J'AI LES JAMBES QUI TREMBLENT, MAIS...
DAAAM
J'ARRIVE ENCORE À BOUGER !
DAAAM
CE N'EST PAS SI MAL...
CETTE SENSATION DE SAUVER UN ÊTRE CHER...
QUITTE À Y LAISSER MA VIE...
ARCANE FINALE...
AUTANT L'UTILISER COMME JE LE SENS !
TECHNIQUE DU SCEAU DE FLAMMES !!
FRSHHHH
SHOUU

BLAAAAM
HEIN ?

PSHIIIIII
DOM
BLAM
FSHAAA
AH, KAGUYA ?
T'AS PASSÉ UNE BONNE JOURNÉE ?
BLAM
PLATCH
AAAH...
DOM
WOUAH...
POM
PLOTCH

Cafe
SUGGESTION DU JOUR
AMERICANO 400
TU... TU ES SÛRE QUE ÇA VA ?
OUI, NICKEL...
CLAC
CLAC
CLAC
PAR CONTRE, J'AI DU MAL À CROIRE...
CETTE HISTOIRE D'AUTRE MONDE...
C'EST UN PEU GROS QUAND MÊME, NON ?
C'EST LA VÉRITÉ, QU'EST-CE QUE TU VEUX QUE JE TE DISE ?

CECI DIT, JE ME BATS CONTRE DES MONSTRES DEPUIS QUE JE SUIS TOUTE PETITE.
CE N'EST PAS SI IMPROBABLE QUE ÇA…
TIENS, DE LA MAGIE !
PSH!!!
IL A PEUT-ÊTRE DES TECHNIQUES DIFFÉRENTES DES MIENNES ?
N'EMPÊCHE QUE J'AI DU MAL À M'EX-PLIQUER LA FORCE QUE TU POSSÈDES !
AUCUN ORGANISME NE LAISSERAIT QUELQU'UN D'AUSSI PUIS-SANT DANS LA NATURE !
MOI NON PLUS, JE NE PENSAIS PAS QUE…
CE GENRE DE BASTONS AVAIENT LIEU DANS CE MONDE AUSSI.
ADIEU, MA JEUNESSE NORMALE…

ALORS CHEZ TOI...
TOUTES LES GÉNÉRATIONS TIENNENT L'ESPRIT VENGEUR ENFERMÉ, ET...
CLANG
LES MIKO SE BATTENT POUR AVOIR LE MEILLEUR CLASSEMENT POSSIBLE ?
C'EST ÇA !
HÉ HÉ
DES MIKO QUI EXORCISENT LES DÉMONS...
C'EST EXCITANT AUSSI !
J'IMAGINE CE À QUOI TU PENSES ...
CE N'EST PAS UN CLUB DE VACANCES !
GNIII
JE NE LUI AI PAS PARLÉ DU SACRIFICE.
PAS QUESTION...
SLURP
DE LUI IMPOSER UN TEL FARDEAU.

D'APRÈS CE QUE TU DIS...
CETTE ARAIGNÉE ÉTAIT TRÈS FORTE, NON ?
OUI, MÊME SI TU LUI AS FAIT SA FÊTE EN UN COUP.
HUM...
?
DANS L'AUTRE MONDE, ON L'AURAIT APPELÉE "BIG SPIDER". CE SERAIT UN MONSTRE DE CLASSE MOYENNE.
À PEINE COMPLIQUÉ POUR UN AVENTURIER NOVICE, ET ENCORE...
IL Y A PEUT-ÊTRE UN DÉCALAGE ENTRE CES DEUX UNIVERS ?

TU VEUX BIEN QUE JE VÉRIFIE TON STATUT ?
MON QUOI ?
NE T'INQUIÈTE PAS, MA COMPÉTENCE NE S'ACTIVERA PAS SI TU REFUSES.
SA COMPÉTENCE ?
SHHH
POUR LIRE EN MOI, EN GROS ?
AH...
FSHH
VOILÀ DONC SON STATUT...
HP :
MP :
ATTAQUE :
DÉFENSE : 240
Lv 1
ELLE EST DE...
NIVEAU 1 ?!

VOICI UNE PERSONNE LAMBDA...
FIGURANT
PROFESSION : VILLAGEOIS
HP : 35/35
MP : 10/10
ATTAQUE : 35
DÉFENSE : 32
Lv 1
VILLAGEOIS DE NIVEAU 1.
ET KAGUYA.
KAGUYA ABENO
PROFESSION : MIKO
HP : 352/352
MP : 378/37
ATTAQUE : 280
DÉFENSE : 240
Lv 1
ELLE A DES CAPACITÉS EXCEPTIONNELLES POUR SON NIVEAU, MAIS...
DANS L'AUTRE MONDE, ELLE NE SERAIT QU'UNE NOVICE.
MIKO AUX GROS NIBARDS DE NIVEAU 1.
C'EST DE MOI QU'IL PARLE ?!
SES COMPÉTENCES SONT LIMITÉES, AUSSI.
COMPÉTENCES
EXORCISTE DE LA FAMILLE ABENO
AIKIDO Lv 2
SABRE Lv 2
RENFORT PHYSIQUE Lv 2
AMÉLIORATION DES RÉFLEXES NERVEUX Lv 2
REMARQUE, SI ELLE N'A PU COMPTER QUE SUR SES PROPRES EFFORTS...
SOIT DIT AU PASSAGE, MOI...
DAIKI MORISHITA
PROFESSION : HÉROS
HP : 6455/6455
MP : 450/450
ATTAQUE : 4650
DÉFENSE : 3209
Lv 78
MÊME LÀ-BAS, J'ÉTAIS UN DES MEILLEURS.

KAGUYA ABENO
POUR FAIRE COURT, TU ES LA PLUS FAIBLE DE TA FAMILLE.
LA RATÉE, QUOI...
TU POURRAIS ÊTRE UN PEU PLUS DÉLICAT ?
MÊME SI C'EST VRAI...
J'AI QUAND MÊME CONSCIENCE DE MES LACUNES !
C'EST MOI QUI AI LE MOINS D'EXPÉRIENCE, ET...
HUM ?
ELLE EST BIEN DOCILE...
J'ADMETS QUE TU ES EXTRÊMEMENT FORT.
ALORS, CETTE LEILA FAIT PARTIE DES MEILLEURS AUSSI ?

GRRRRRR...
PARDON ? JE NE SAIS PAS SI LES DIEUX LA PROTÈGENT OU QUOI, MAIS C'EST DE LA TRICHE !!
EN PLUS, ÇA NE LA GÊNE PAS D'ÊTRE BLESSÉE, ALORS ELLE PERD BEAUCOUP D'ÉNERGIE À FAIRE N'IMPORTE QUOI !
ELLE N'A AUCUN SENS DE L'ESTHÉTIQUE !
EN PLUS... EN PLUS...
EUH... O.K... RELAX...
RÉFLEXION FAITE, PAS SI DOCILE QUE ÇA...
MAIS BON, À CE RYTHME... ÇA VA SENTIR LE ROUSSI...
POUR CETTE HISTOIRE DE RIVALITÉ DANS TA FAMILLE, NON ?
SHLURP
SI...
ÇA CRAINT CARRÉMENT...
À MORT ...
HUM...
NIVEAU 1...

DANS L'AUTRE MONDE, ON RÉCUPÈRE DES POINTS D'EXPÉRIENCE EN FONCTION DE LA PUISSANCE DES MONSTRES QU'ON ABAT.
EN GROS, ON AVALE LEUR ÂME POUR FORTIFIER LA NÔTRE.
C'EST COMME ÇA QU'ON CHANGE DE NIVEAU.
PAR CONTRE, JE N'AI PAS MONTÉ EN NIVEAU EN TERRASSANT L'ARAIGNÉE.
VA FALLOIR NET-TOYER...
J'AI CRU À UN HASARD, MAIS...
PEUT-ÊTRE QU'ON N'ÉVOLUE PAS, DANS CE MONDE ?
DOOOOOM
EN GROS, SI NOTRE DIFFÉRENCE DE FORCE VIENT DE SON NIVEAU...
IL LUI SUFFIRAIT DE PALIER ÇA ?
POURQUOI TU ME REGARDES COMME ÇA ?
JE VOUDRAIS...
ESSAYER UN TRUC.

QU'EST-CE QUE TU VEUX FAIRE ICI ?
SUIS-MOI, TU VERRAS.
SI ÇA MARCHE, TU MONTERAS EN NIVEAU D'UN SEUL COUP !
À MOINS QUE...
CE... CE SALE PERVERS...
ESSAIE DE M'ENTRAÎNER DANS UN COIN ISOLÉ POUR...
JE NE ME SERAIS PAS ENTRAÎNÉE À SANG ET À SUEUR !
ON N'EST PAS DANS UN JEU VIDÉO ! SI C'ÉTAIT AUSSI SIMPLE...
ÇA DEVRAIT ALLER, PAR LÀ.

ARCANE FINAL...
TECHNIQUE DU SCEAU DE FLAMMES !!
SHROUUUU
HEIIIN ?!
QU'EST-CE QU'IL TE PREND ?!
DZIIIH
COMPÉTENCE... MALÉDICTION DÉSACTIVÉE !
QUE...
MÊME MON ARCANE...
EST SANS EFFET ?
TRÈS BIEN, FAIS CE QUE TU VOUDRAS...
FLAP
MAIS À QUOI TU JOUES ?!

C'EST TOI QUI PRÊTES À CONFUSION...
T'ES BIEN DU GENRE À T'ENFLAMMER, AVEC UNE BELLE FILLE COMME MOI SOUS LES YEUX...
J'AI DÛ MAL À SAISIR SI TU ESSAIES DE ME TENTER OU PAS ?
BON, ON SE REPREND...
ACTIVATION DES COMPÉTENCES !
CAMOUFLAGE OPTIQUE ...
RECEL ...
SHAAAAP
RUPTURE SPATIALE !
?!

C'EST UNE TECHNIQUE POUR NOUS CACHER ?
NON, ON DIRAIT QUE C'EST BIEN PLUS ÉVOLUÉ QUE ÇA...
JE NE SUIS PAS ENCORE TRÈS À L'AISE AVEC LA MAGIE D'ICI, PAR CONTRE...
IL VAUT MIEUX QUE PERSONNE NE VOIE ÇA.
INVOCATION DE L'ITEM BOX !
WIIIIH
?!
C'EST QUOI, CE TRUC ?
UNE SORTE DE FOURRE-TOUT DANS LEQUEL ON PEUT STOCKER OU PIOCHER DES CHOSES.
ON VOIT DE TOUT...

IL VEUT MIEUX QUE J'ARRÊTE DE M'ÉTONNER POUR UN RIEN...
ET DONC, TU VAS SORTIR QUOI ?
HUUUM...
C'ÉTAIT DANS LE COIN...
J'AVAIS MÊME PLANQUÉ DES RATIONS DE SURVIE...
HUM ? ZUT, DÉJÀ PÉRIMÉES...
FROT FROT
DES RATIONS DE SURVIE ?
AH, LE VOILÀ !
IL A L'AIR ENCORE VAILLANT...
GNIIII
?!

VLOUUUSH
?!
?!
?!
PLOP
EQUIP
GRRR
DOING
GROARR
POM
SHRIIII

CE... C'EST...
UN PORC-DÉMON ?!
JUSTE UN ORC.
UN LEADER, EN FAIT.
DAM
POUR COMMENCER, ESSAIE DE LE BATTRE.
QUOI ?!
SI ÇA SE PASSE COMME JE L'IMAGINE, TU VAS ÊTRE CONTENTE.
LE BATTRE ?
IL A UNE SACRÉE AURA...
GNIII
JE DOIS FAIRE ATTENTION, SINON J'Y LAISSERAI MA PEAU...
GLOUP

LES ORCS SONT FORTS EN ATTAQUE ET EN DÉFENSE, MAIS MANQUENT DE RÉFLEXION ET DE VITESSE.
LEUR POINT FAIBLE EST DERRIÈRE LE CRÂNE.
PAS QUESTION DE DEVENIR UN POIDS, POUR TOI.
JE NE SUIS PAS TA DISCIPLE.
C'EST BON, ÇA SUFFIT !
HEIN ?
NOUS NE SOMMES QUE...
DES CORRES-PONDANTS À ÉGALITÉ !!

GROOOOOOOAR!!
DOM
DOM
DOM
WOUUUSH
FSHHH
?!
C'EST VRAI...
IL EST LENT.

GROUMF ...
JE NE PENSAIS PAS L'AVOIR AUSSI FACILEMENT !
INCATA-TION...
MARMITE DES MORTS !
DZAAAAH
GROUAR ?!
PLAF
PLAF

BIEN JOUÉ !
ELLE L'A DIRECTEMENT IMMOBILISÉ !
MALHEU-REUSE-MENT...
GNIII
GNIII
GROAAAR !!
LES ORCS SONT HYPER FORTS.
CE NE SERA PAS ASSEZ POUR LE MAÎTRISER...
PLAF
PLAF
FAIS GAFFE !
À FORCE DE TE CONCEN-TRER SUR LE SOL...

VROUUUSH
TU OUBLIES QUE TU BRÛLES DE LA TÊTE !
ELLE A COMBINÉ ÇA AVEC DES FLAMMES ?
C'EST VRAI QU'ILS SONT SENSIBLES AU FEU...
GROAAR ?!
ELLE N'EST PAS CENSÉE LE SAVOIR...
ELLE AURAIT DÉCELÉ SON POINT FAIBLE INSTINCTIVE-MENT ?

GROAAAAR!!
COMME QUOI, LES CAPACITÉS AU COMBAT NE SE RÉSUMENT PAS AVEC UN CHIFFRE.
VSHOUU
VSHOUU
SHIII
RÉPUGNANT...
C'EST VRAIMENT UN MONSTRE.
SHLAAAK
ALLEZ, C'EST LA FIN.
GRRR ...

GNH...
PSHIIII...
GROAAA ...
PLAF
BLOOOOM
ELLE L'A ACHEVÉ VIA SON POINT FAIBLE...
HUMF...
C'ÉTAIT PAS SI DUR QUE ÇA...
ON VOIT QU'ELLE S'Y CONNAÎT EN BASTON !
BON...
C'EST LÀ QUE ÇA DEVIENT INTÉRES-SANT...

?!
FSHOUUU
PARFAIT !
QUE...
DE LA FORCE... DE DÉMON ?
AVEC LES MONSTRES DE L'AUTRE MONDE...
ON PEUT CHANGER DE NIVEAU !
JE...
JE LA SENS ME PÉNÉTRER !!

KAGUYA ABENO
HUMAINE
HP 501/501
MP 378/378
ATTAQUE 407
DÉFENSE
MAGIE 456
LV 4
MAIS...
HEIN ?!
ALORS, TU TE SENS COMMENT ?
J'AI L'IM-PRESSION DE DÉBORDER DE PUISSANCE !
EN PLUS...
JE DÉLIRE, OU QUOI ?
JE VOIS UN ÉCRAN DE JEU VIDÉO, AVEC PLEIN DE CHIFFRES...
SÉRIEUX ?!

ELLE A NON SEULEMENT CHANGÉ DE NIVEAU, MAIS EN PLUS ELLE VOIT L'ÉCRAN DE STATUT ?
PEUT-ÊTRE PARCE QU'ELLE A ABSORBÉ UNE ÂME DE CET UNIVERS...
ÇA SERT À VÉRIFIER NOS POINTS DANS CHAQUE COMPÉTENCE...
AH BON ?
C'EST UN PEU DE LA TRICHE, NON ?
IMPOSSIBLE DE PRÉVOIR SON INFLUENCE SUR MA NOUVELLE RÉALITÉ...
IL VAUDRAIT MIEUX NE PAS TROP UTILISER D'OBJETS À TORT ET À TRAVERS...
C'EST TACTILE ?!
COMME UNE TABLETTE, QUOI
ET TOI, TES STATS ?
BAH, PAS IMPORTANT...
HUM ?

AT-TENDS ...
IL Y A UN PROBLÈME AVEC CES DONNÉES...
QUOI ?
C'EST IMPOSSIBLE...
JE ME PÈSE ET JE PRENDS MES MENSURATIONS TOUS LES JOURS !
NORMALEMENT, JE FAIS DU 94-G DE POITRINE !!
BAAAAM
EUH... JE N'AVAIS PAS TROP VÉRIFIER CETTE PARTIE...
IL DOIT Y AVOIR UNE MARGE ...
C'EST PAS TRÈS PRÉCIS !
PAS FIABLE !
DU G ?!
HUM, ET SINON ?
TU NE SENS RIEN D'AUTRE DE BIZARRE ?

SI...
J'AI CLAIREMENT CHANGÉ.
CE N'EST PAS QU'UNE HISTOIRE DE STATUT, MA PUISSANCE A PROFONDÉMENT AUGMENTÉ...
CROAAA
TU N'UTILISES PAS DE COMPÉTENCE DE RENFORCEMENT, HEIN ?
NON...
MÊME MA VUE ET MON OUÏE SE SONT AMÉLIORÉES...
CROAAA
ESSAIE DE PRENDRE CETTE PIERRE...

EN THÉORIE, J'AI LA FORCE D'UNE LYCÉENNE.
JE SAIS BIEN QUE ...
MON RÔLE M'A FAIT MONTER EN PUISSANCE, MAIS...
CRIC CRAC CRIIIC
CETTE FOIS...
JE N'AI MÊME PLUS L'IMPRES-SION D'ÊTRE HUMAINE !
FSHAAA
BACK FROM ISEKAI T01 - FIN

JE NE SAIS PAS SI J'AI RÉUSSI À DESSINER CORRECTEMENT LES PERSONNAGES ULTRA-MIGNONS DE MAÎTRE TAKAYA KI, MAIS J'AI PRIS BEAUCOUP DE PLAISIR. J'AI AUSSI ADORÉ L'HISTOIRE, J'AI HÂTE DE PASSER À LA SUITE ! J'ESPÈRE QUE VOUS AVEZ PASSÉ UN BON MOMENT AUSSI ! ☆
JE FERAI DE MON MIEUX POUR LA SUITE !
KOBAN SAMEDA

ARATA SHIRAISHI

BONJOUR À TOUS, JE SUIS L'AUTEUR DE LA SÉRIE, ARATA SHIRAISHI ! MAÎTRE SAMEDA, TOUTES MES FÉLICITATIONS POUR CETTE PUBLICATION ! J'AI BEAUCOUP DE CHANCE DE POUVOIR SUIVRE RÉGULIÈREMENT L'AVANCEMENT DES PAGES, JE PRENDS ÉNORMÉMENT DE PLAISIR À LES LIRE. ABENO A ENCORE PLUS DE VIGUEUR ET DE CHARISME, AVEC UN DESIGN PAREIL.

DELCOURT
TONKAM

BACK FROM ISEKAI

Volume 01

Directeur de collection : Pascal Lafine
Supervision éditoriale : Justine Bouzid et Céline Ruaux
Suivi éditorial : Oriane Maumus
Traduction & adaptation : Studio Mankai
Lettrage : Studio Mankai
Conception graphique :
Studio Delcourt/Soleil - Yohan Julien

Dépôt légal : septembre 2024
ISBN : 978-2-413-07671-1

Imprimé et relié en août 2024
par Aubin Imprimeur, à Ligugé.

Groupe Delcourt
6-8, rue Léon Jouhaux 75010 Paris

www.editions-delcourt.fr

Plantas
de bulbo

Plantas de bulbo

Texto de Jan Štursa

Ilustraciones de Pavel Žilák

susaeta

Traducción: M.ª José López López

Campezo, s/n - 28022 Madrid (España)
Telf. 913 009 100 - Fax 913 009 118
Impreso en la República checa por Polygrafia, a. s., Praga
3/15/36/55-01

Índice

Introducción

Desde hace siglos las plantas de bulbo gozan de gran aceptación entre jardineros aficionados o profesionales, paisajistas y horticultores. Tanto la estructura y características de sus órganos subterráneos, como sus ciclos vegetativos, son resultado de una adaptación a la vida en condiciones difíciles. Algunas de estas plantas son capaces de resistir inviernos largos y fríos; otras, por el contario, veranos calurosos y secos. Engloban miles de especies, que pertenecen a varias familias y que se extienden prácticamente por todos los continentes, valles y montañas, desiertos y zonas pantanosas.

Las plantas de bulbo abundan en nuestros parques y jardines, donde nos deleita su gran diversidad de formas, colores y aromas. Cada mes aparecen nuevas flores: acónitos de invierno, ciclámenes y narcisos de las nieves, a los que siguen los crocus, escillas, narcisos, fritillarias, tulipanes, lirios, gladiolos, azucenas, *Eremurus* y cólquicos. Gracias a las plantas de bulbo es posible tener flores todo el año. El interés que este tipo de plantas suscita se ha visto incrementado tras comprenderse los mecanismos que rigen su periodo de reposo, que puede durar de varias semanas a varios meses. Se sabe que jugando con la temperatura o la humedad se puede desencadenar la germinación del bulbo; es decir, forzando las condiciones de cultivo se puede provocar la floración de los bulbos en cualquier estación del año. Ésta es la técnica que se emplea para obtener flores durante todo el año para la confección de ramos.

Entre la gran diversidad de especies de plantas bulbosas repartidas por todo el mundo, existen algunas que no se adaptan al cultivo en jardines de zonas frías. Éstas sólo se podrán cultivar en invernaderos fríos y templados, en galerías acristaladas o en el interior de casa. Los órganos subterráneos de estas plantas no resisten las condiciones climáticas exteriores. El objetivo de este libro es que todos aquellos que cultiven o que deseen cultivar plantas de bulbo puedan escoger las especies o variedades que mejor se adapten a unas condiciones climáticas exteriores e interiores particulares. Esta obra no está destinada a los profesionales. En ella les presentaremos las especies más interesantes dentro de las plantas bulbosas, tuberosas y, en menor escala, rizomatosas. Hablaremos asimismo de las especies, subespecies, cultivares e híbridos cultivados en jardines, parques, invernaderos, en casa y que se venden en los comercios.

El cultivo de plantas de bulbo no siempre es fácil: no todos los jardines ni todas las casas presentan las condiciones adecuadas. Además, las diferencias climáticas entre los diferentes países de Europa hacen que el tipo de planta que se pueda utilizar no sea el mismo en todos los casos; según la región, el verano puede ser desde seco y caluroso hasta húmedo y caluroso o húmedo y frío. Es preciso tener en cuenta este aspecto para elegir las plantas que se van a cultivar y preparar el calendario hortícola. Conviene leer algo sobre el tema y planificar los trabajos de jardinería, para que luego nuestros esfuerzos se vean recompensados con una magnífica floración.

Características de las plantas de bulbo

Podemos encontrar plantas de bulbo dentro del grupo de las monocotiledóneas o de las dicotiledóneas. Tienen en común el hecho de estar adaptadas específicamente a las condiciones ambientales en las que crecen. Las plantas de bulbo se suelen encontrar en zonas donde alternan los periodos húmedos y secos, o calurosos y fríos. Sea en regiones templadas, ecuatoriales o subtropicales, estos contrastes climáticos influyen de manera decisiva en los procesos fisiológicos del desarrollo de estas plantas. De hecho, la temperatura, las condiciones atmosféricas o la humedad del suelo hacen que se interrumpa el crecimiento de la planta durante las estaciones desfavorables del año. Ésta se mantendrá en estado de reposo (es el llamado periodo de reposo) y sobrevivirá gracias a sus órganos de reserva: bulbos, tubérculos, rizomas o raíces tuberosas. En términos botánicos a estas plantas se las denomina geofitas.

Hay que destacar el hecho de que algunas de estas plantas tienen el periodo de reposo durante el verano, mientras que otras lo tienen en invierno, dependiendo del género y especie de que se trate. El ciclo vegetativo es una característica genética que, tras un largo proceso de evolución, ha hecho que el organismo vivo se adapte a unas condiciones más o menos constantes de su hábitat. Si estas plantas se transladan a otra región seguirán manteniendo su ciclo vegetativo, pero éste puede verse acelerado o ralentizado. Éste es un aspecto importante que conviene tener en cuenta cuando se emprenda un cultivo de este tipo.

Bulbos, tubérculos, bulbos sólidos y rizomas

Cada tipo de órgano subterráneo presenta características morfológicas y anatómicas particulares.

El bulbo es esencialmente una modificación del tallo. Contiene, recubiertas por varias capas externas, las futuras partes aéreas de la planta (tallos, hojas y flores), que empezarán a desarrollarse durante el periodo de crecimiento. Dichos órganos vegetativos están recubiertos por escamas carnosas, que son a su vez hojas modificadas y que cumplen una doble misión: proteger los órganos vegetativos internos y almacenar reservas (almidón, azúcares y proteínas). Estas reservas se utilizarán durante las primeras fases del crecimiento, antes de que las hojas y las raíces puedan atender las necesidades de la planta mediante la fotosíntesis.

En algunos géneros las escamas carnosas de los bulbos están protegidas a su vez por una túnica coriácea o papirácea que reduce la pérdida de agua. Su color y su aspecto varía según el género y la especie. Por otro lado, existen bulbos pertenecien-

Diferentes tipos de bulbos

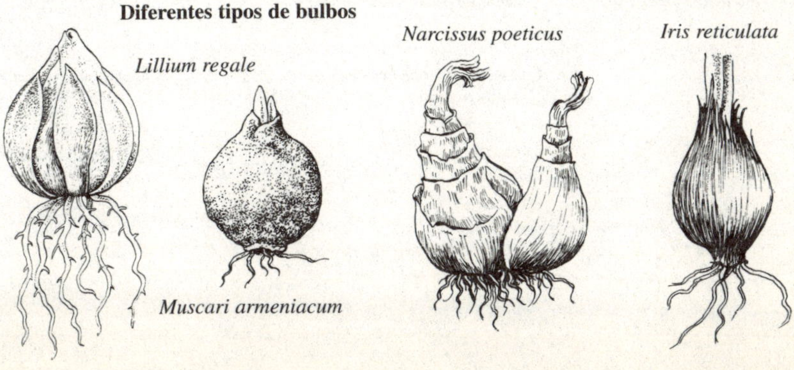

tes a otros géneros que no están recubiertos por esta túnica, por lo que son especialmente sensibles a ser transplantados.

Los bulbos pertenecientes a esta última clase se secan con facilidad, dando lugar a órganos aéreos poco vigorosos. Por ello se deben mantener en turba húmeda desde el momento en que son arrancados del suelo. Es el caso, por ejemplo, de los bulbos de azucenas, fritillarias o narcisos de las nieves.

La base del bulbo es una zona plana de donde emergen las raíces. Los tubérculos y rizomas no tienen esta base, por lo que las raíces emergen de cualquier punto de su superficie. Se trata de una zona muy frágil que puede ser dañada con facilidad; es muy frecuente que las infecciones de los bulbos comiencen a partir de heridas sufridas en esta zona. Antes de la plantación conviene examinar con detalle la base y descartar aquellos bulbos que la tengan dañada.

La mayoría de las plantas bulbosas consumen sus reservas nutritivas durante el periodo de crecimiento. Al finalizar el periodo vegetativo un nuevo bulbo se habrá formado, generalmente acompañado por algunos bulbillos laterales.

En este sentido también se pueden encontrar diferencias dependiendo del género o de la especie de que se trate. Así, tulipanes, muscaris, azucenas y escillas producen un gran número de bulbillos, lo que hace necesario dividir las matas y replantarlas en otro lugar para poder obtener otros bulbos capaces de florecer bien. Si, por el contario, no se hace división de matas, las plantas competirán por el espacio y los nutrientes, lo que hará menguar el número de plantas y con ello la floración.

El tubérculo consiste en un ensanchamiento de un tallo o de una raíz y en algunos casos del extremo de un rizoma, como es el caso de la patata. Los tubérculos de las dalias, por ejemplo, están constituidos por raíces ensanchadas. En el caso de las *Brassicaceae* (Crucíferas), *Colchicum* y orquídeas epifitas, es la parte basal del tallo la que se hincha. En algunos otros casos, los tubérculos se forman en la base de las hojas, como sucede en los *Dioscorea.*

Los tubérculos no poseen escamas; su estructura interna es compacta, en su mayoría constituida por un parénquima que almacena las reservas. Los órganos aéreos se desarrollan durante el periodo de crecimiento a partir de brotes situados en la parte superior del tubérculo. Las raíces no sólo crecen en la parte inferior de éste, sino que pueden emerger desde los laterales. Las especies de un género en concreto pueden caracterizarse por la implantación de sus raíces, como es el caso de los ciclámenes.

La forma de los tubérculos varía de una especie a otra: de ovoides a esféricos, en forma de pera, cónicos o en forma de huso. Su superficie está siempre recubierta

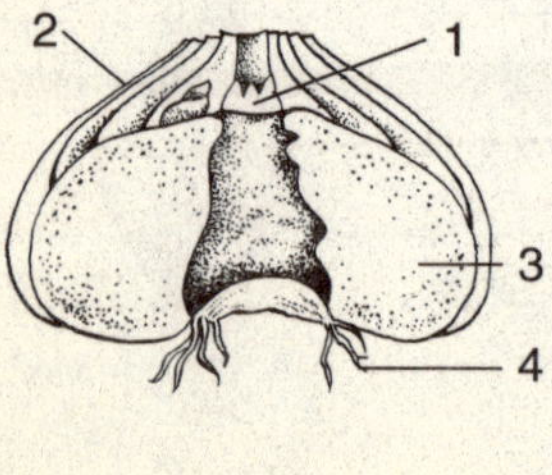

Corte de un tubérculo
1 Brote (ojo)
2 Superficie
3 Reservas nutritivas
4 Raíces

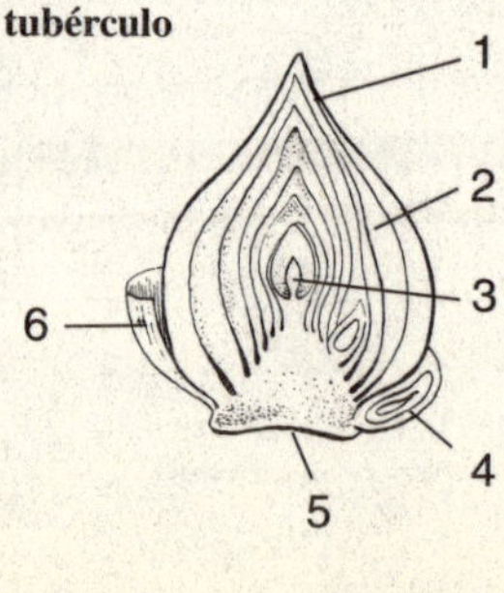

Corte de un bulbo
1 Hojas en desarrollo
2 Escamas carnosas que contienen las reservas nutritivas
3 Tallo en desarrollo con una inflorescencia
4 Bulbillo, 5 Base
6 Túnica externa

por una túnica más o menos gruesa, generalmente de textura fibrosa o como fieltro.

La multiplicación de los bulbos por división de escamas (por ejemplo, las azucenas), se corresponde en el caso de los tubérculos con la división de éstos. Se lleva a cabo cortando el tubérculo en varios trozos, cada uno de los cuales debe llevar un brote vegetativo (ver, por ejemplo, la multiplicación de las anémonas). Algunos tubérculos son vivaces, como por ejemplo los ciclámenes, pudiendo durar hasta veinte

Diferentes tipos de tubérculos

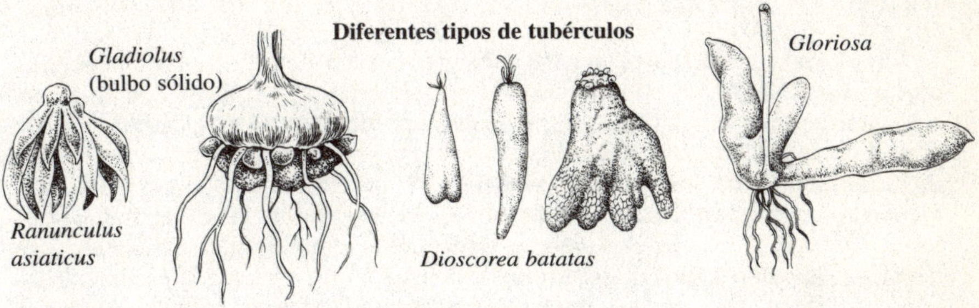

o treinta años. Otros, por el contrario, duran sólo lo que dura un ciclo vegetativo, consumiéndose sus reservas en producir uno o varios tubérculos nuevos.

El bulbo sólido es un órgano subterráneo que combina las características de un bulbo y de un tubérculo. Como sucede en los bulbos, las raíces emergen de la base y la superficie está cubierta por una túnica coriácea e irregular, restos de la base de las hojas y de sus vainas. Sin embargo, su estructura interna es compacta como la de un tubérculo. Es el caso de los *Crocus, Colchicum* y *Gladiolus.*

El rizoma. Los bulbos, tubérculos y los bulbos sólidos son los órganos subterráneos principalmente de plantas monocotiledóneas de las familias *Liliaceae, Amaryllidaceae* e *Iridaceae.* Algunas especies pertenecientes a ciertas familias dentro de las dicotiledóneas (*Oxalidaceae* y *Ranunculaceae* entre otras) presentan un cuarto tipo de órgano subterráneo: el rizoma. Se trata de una especie de tallo cuyos nudos han sufrido una hipertrofia y se han cubierto de hojas que asemejan a escamas. Se forman numerosas raíces secundarias que, a diferencia de las raíces principales, no tienen cofia. Estas raíces crecen tanto horizontal como verticalmente dentro de la tierra, a menudo a mucha profundidad. Al igual que los bulbos y tubérculos, los rizomas también contienen reservas nutritivas. Los brotes vegetativos, situados generalmente en la superficie, facilitan la multiplicación y dispersión de las plantas rizomatosas. Es el caso típico de los géneros *Iris, Paris, Trillium,*

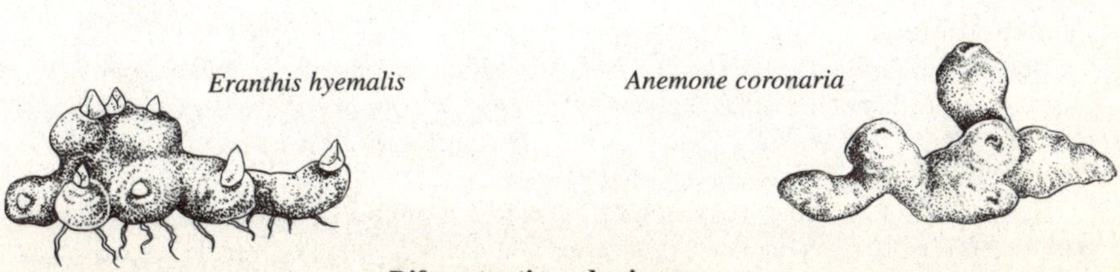

Diferentes tipos de rizomas

Polygonatum, Convallaria, algunas orquídeas terrestres y algunos otros géneros.

Saber reconocer los diferentes tipos de órganos subterráneos, entender cómo funcionan y a qué clima están bien adaptados son aspectos necesarios para poder cultivar con éxito plantas bulbosas.

Clasificación botánica y distribución de las plantas de bulbo

La gran mayoría de las plantas de bulbo pertenecen al grupo de las monocotiledóneas. Las semillas de este tipo de plantas contienen un solo cotiledón, que consiste en una primera hoja filiforme, parecida a una hierba. Será más adelante cuando ya se formen las hojas verdaderas, caracterizadas por presentar nervios paralelos y no ramificados. Un número mucho menor de plantas de bulbo pertenece a las dicotiledóneas, que se caracterizan por germinar formando dos hojas generalmente carnosas, los cotiledones. Estos sirven, en parte, como almacén de reservas nutritivas para los primeros estadios de desarrollo de la planta. Más adelante se producirán las hojas verdaderas, caracterizadas por tener nervios ramificados que se cruzan formando una especie de red.

Monocotiledóneas

Un gran parte de las plantas bulbosas pertenece a la familia *Lilliaceae.* Comprende más de doscientos géneros, entre los cuales cabe citar *Allium, Chionodoxa, Colchicum, Eremurus, Fritillaria, Lilium, Muscari, Ornithogalum, Puschkinia, Scilla* y *Tulipa.* Los pertenecientes a esta familia se distinguen por sus flores trímeras, regulares, siempre en múltiplos de tres. El periantio comprende dos filas de tres pétalos cada una, 3+3 estambres, un estigma trífido y una cápsula trilocular. Algunos géneros en particular dan lugar a flores solitarias, mientras que otros presentan inflorescencias multifloras: racimos, umbelas, espigas, etc.

La familia *Amaryllidaceae* comprende alrededor de setenta y cinco géneros de flores regulares. El periantio trímero se dispone igualmente en dos filas (3+3) (*ver* ilustraciones). Pertenecen a este grupo los géneros *Amaryllis, Alstroemeria, Galanthus, Hippeastrum, Crinum, Leucojum, Narcissus* y algunos otros).

La familia *Iridaceae* comprende entre cincuenta y sesenta géneros caracterizados por sus flores trímeras que constan de dos grupos de segmentos diferenciados en cuanto a su forma y tamaño. Los segmentos del periantio se unen por la base a través de un tubo más o menos largo (es el caso de *Crocus, Freesia, Gladiolus, Iris, Tigridia...*)

Las familias *Dioscoreaceae, Orchidaceae, Zingiberaceae, Cannaceae* y *Araceae* están representadas por un número más reducido de géneros.

Dicotiledóneas

Dentro de las plantas bulbosas, las dicotiledóneas constituyen una pequeña proporción, incluida dentro de las siguientes familias: *Paeoniaceae, Ranunculaceae, Asteraceae, Begoniaceae, Berberidaceae, Campanulaceae, Fumariaceae, Gesneriaceae, Oxalidaceae, Primulaceae* y *Tropaeolaceae.*

El clima en numerosas regiones del mundo comprende periodos de calor y frío, periodos húmedos y secos. Estos contrastes son propicios para el crecimiento de plan-

Estructura de una flor de lirio

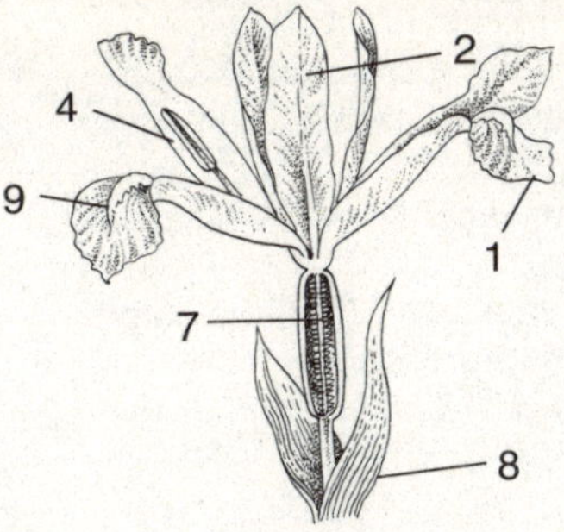

Estructura de una flor de narciso

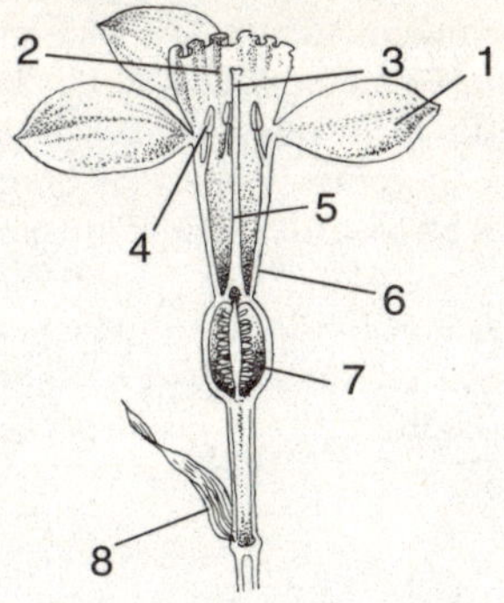

Estructura de una flor de fritillaria

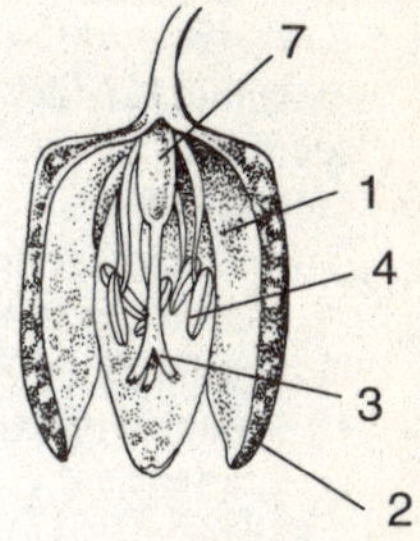

Segmentos del periantio (1), corte de un segmento del periantio (2), estigma (3), antera (4), estilo (5), tubo del periantio (6), ovario (7), bráctea (8), barba (9).

tas bulbosas, debido a la alternancia en su ciclo vegetativo de fases de crecimiento y de reposo. La mayoría de estas plantas son originarias de zonas tropicales y subtropicales. Las plantas bulbosas son objeto de interés desde hace siglos como plantas útiles, medicinales y ornamentales. Se encuentran repartidas prácticamente por todo el mundo, habiéndose adaptado a lugares muy diversos.

Las zonas montañosas aparecen cubiertas en invierno por una capa de nieve considerable, que en primavera se funde, proporcionando agua y humedad. En regiones de estas características se encuentran bien representados los siguientes géneros: *Colchicum, Crocus, Asphodelus, Arum, Iris, Cyclamen* y *Narcissus.*

Asia Central se aproxima bastante a lo que se considera como zona de montaña. Estepas, zonas semidesérticas y de alta montaña se extienden sobre vastas superficies. En estas zonas es frecuente que aparezcan especies pertenecientes a los géneros *Colchicum, Eremurus, Lilium, Tulipa* e *Iris,* en especial las pertenecientes a las subsecciones *Oncocyclus* y *Pseudoregelia* y el subgénero *Scorpiris (Juno).*

En las regiones del centro de África, que abarcan inmensas selvas pluviales y vastas planicies secas, se puede encontrar una gran variedad de géneros, entre los que cabe citar *Acidanthera, Crinum, Gloriosa, Ornithogalum,* entre otros. El sur de África, con sus vastas estepas y sus desiertos, alberga asimismo numerosos géneros de plantas bulbosas, entre los que destacan *Amaryllis, Crocosmia, Freesia, Gladiolus* e *Ixia.* La mayoría de estas especies no son rústicas, por lo que su cultivo en zonas templadas se limita a invernaderos fríos. Pueden cultivarse en exterior solamente en regiones de clima suave.

La cantidad de especies de plantas bulbosas que crecen en América del Norte y del Sur es importante. En Estados Unidos se pueden encontrar varios géneros: *Brodiaea, Camassia* y *Erythronium.* En Méjico se puede encontrar *Sprekelia, Dahlia, Tigridia;* en América del Sur, *Eucharis, Hippeastrum, Alstroemeria, Hymenocallis,* la familia *Gesneriaceae* y algunos otros. Las mayor parte de estas especies presenta dificultades a la hora de cultivarse en exteriores.

En Europa, en clima templado, crecen también multitud de plantas de bulbo. Resisten bajo tierra inviernos secos o húmedos y aprovechan la humedad del comienzo de la primavera para empezar su desarrollo. Las plantas que crecen en bosques tienen generalmente un crecimiento rápido. Los géneros *Anemone, Allium, Arum, Corydalis, Gagea, Lilium, Ornithogalum, Scilla, Paris, Leucojum* y *Galanthus* están muy extendidos. Muchas de estas especies aparecen cada vez más escasamente, como consecuencia de las técnicas agrícolas empleadas en la actualidad y de los arranques efectuados por jardineros aficionados. Actualmente algunas de estas plantas cuentan con protección legal.

Cuando se habla de plantas bulbosas se suele pensar en plantas de floración primaveral. Sin embargo, existen numerosas variedades que florecen en otoño, tanto en estado silvestre como cultivadas en jardines *(Colchicum, Cyclamen, Sternbergia).*

Las plantas de bulbo como cultivo

Fue en primer lugar su utilidad, más que su belleza, la que confirió interés a las plantas de bulbo. Esto se debe a que numerosas hortalizas son plantas bulbosas, como es el caso de las cebollas, ajo, remolacha, algunas crucíferas y las patatas. Los indios de Norteamérica consumían los bulbos de *Camassia* y los de América del Sur recogían los tubérculos de *Tropaeolum tuberosum* para su consumo. Los tubérculos de ciertos tipos de ñame *(Dioscorea)* son alimento básico en algunas regiones tropicales y subtropicales. Los estigmas del azafrán *(Crocus sativus)* constituyen una especia muy conocida y un tinte utilizado desde la antigüedad. El tubérculo del cólquico contiene una sustancia medicinal, la colchicina, que puede llegar a ser un potente veneno si no se emplea adecuadamente. De los bulbos de los narcisos de las nieves *(Galanthus)* se extraen importantes alcaloides. Los bulbos de *Urginea maritima* contienen sustancias capaces de solucionar algunos problemas cardiacos.

El interés que suscitan como plantas ornamentales es mucho más reciente. Poseen numerosas cualidades: una amplia gama de tonos, la belleza de sus flores, la capacidad de adaptación que hace su cultivo más fácil, así como un interesante potencial de hibridación y cultivo. Los primeros intentos de cultivar plantas bulbosas ornamentales, por ejemplo, azucenas y lirios, datan de la Edad Antigua y de la Edad Media. A partir de los siglos XVII y XVIII empezó a aumentar su interés como cultivo ornamental. Tulipanes, narcisos, jacintos, gladiolos y azucenas, entre otros, se cultivaron en gran cantidad en Europa occidental; se crearon miles de cultivares e híbridos nuevos y se comenzó la producción de bulbos a gran escala. Los Países Bajos se convirtieron en uno de los centros de máxima producción. Actualmente siguen constituyendo uno de los centros más importantes de este sector, aunque la fama y prosperidad del país no se basen únicamente en el cultivo de estas flores. Los aficionados a las plantas bulbosas de todo el mundo pueden disfrutar de los continuos progresos que van haciendo los cultivadores holandeses.

Cultivo de plantas de bulbo

Dada la gran cantidad de plantas de bulbo diferentes, se hace difícil dar consejos generales para su cultivo. En la segunda parte de este libro se da información más precisa sobre cada especie o género en particular. Las características de las especies descritas se citarán en la tablas incluidas en las páginas 20-28 del libro.

Situación

Según el biótopo de origen de estas plantas, precisarán suelos ligeros, más bien calcáreos o neutros y ricos en sustancias nutritivas. Para que los bulbos maduren y se desarrollen adecuadamente, el terreno debe mantenerse seco en verano. Por el contrario, en primavera y otoño, la humedad del terreno y una temperatura adecuada son factores necesarios para un buen crecimiento y floración. Salvo contadas excepciones, estas plantas no están adaptadas a suelos pesados, húmedos y ácidos, en los que padecen frecuentes enfermedades, crecen muy lentamente y florecen con escasez. No toleran bien los veranos demasiado húmedos, por lo que convendrá proteger el lugar con la ayuda de un cristal o una lona, en especial si se trata de narcisos o lirios. Muchas de las especies no se aclimatan bien a la humedad de los meses de invierno de ciertas regiones de Europa, por lo que conviene protegerlas de un exceso de humedad durante esta época o bien arrancar los bulbos o tubérculos y conservarlos en algún lugar seco y fresco. Éste sería el caso de *Acidanthera, Galtonia, Ixiolirion, Pancratium* y *Roscoea,* entre otros. Los géneros *Alstroemeria, Eremurus* y los *Iris* de la sección *Reticulata* son también muy sensibles al frío y a la humedad invernal. Sin embargo, no conviene arrancar estos bulbos, porque, de hacerlo, no se formarán las raíces en otoño. Plantar en primavera haría que se consumieran los órganos de reserva de estas plantas, lo que haría disminuir o incluso desaparecer la floración. Por ello es preciso proporcionar a plantas pertenecientes a estos géneros una protección adecuada contra el frío y la humedad invernales.

Por otro lado, algunas especies necesitan suficiente humedad durante todo el periodo vegetativo; en algunos casos son precisos riegos regulares. Como ejemplo podríamos citar algunos géneros que crecen como vegetación de sotobosque, como *Anemone, Arum, Cyclamen, Galanthus, Leucojum, Lilium* y *Trillium.*

Un elevado número de especies prefiere la exposición a pleno sol y lugares cálidos y resguardados. Estas se aclimatan perfectamente al pie de una pared situada al sol o en jardines grandes de rocalla.

Por el contrario, otras especies crecen en bosques, prefieren los lugares sombríos y se adaptan bien al cultivo bajo árboles o arbustos. Además de los géneros ya citados que necesitan humedad, cabría señalar los siguientes: *Amorphophallus, Arisaema, Arum, Camassia, Chionodoxa, Corydalis, Cypripedium, Eranthis, Erythronium, Ipheion, Oxallis* y *Scilla,* ente otros.

Plantación y arranque

La mayoría de las especies descritas en este libro se deben plantar en otoño (septiembre, octubre). El momento exacto depende de la especie; habrá que seguir las instrucciones del comerciante. Por regla general, las plantas de floración primaveral se plantan en otoño (tulipanes, narcisos, crocus, etc.) y las de floración estival y otoñal se plantan en primavera (en abril, o incluso en mayo, ya que la mayoría de estas especies son sensibles a las heladas). Este último caso correspondería a los géneros *Amorphophallus, Canna, Crocosmia, Begonia, Dahlia, Gladiolus, Sprekelia, Tigridia* y *Zephyranthes.* La profundidad a la que se deben plantar y el espacio entre las plantas varía en función de la especie y género, así como del tamaño del bulbo, tubérculo o rizoma. Las profundidades de plantación según los géneros serían:

3-5 cm: *Arum, Cyclamen, Erythronium;*

5-10 cm: *Fritillaria, Allium, Chionodoxa, Eranthis, Merendera, Muscari, Scilla, Tigridia;*

10-15 cm: especies grandes de *Allium, Camassia, Colchicum, Galtonia, Gladiolus, Narcissus, Ornithogalum;*

15-20 cm: la mayoría de las especies bulbosas grandes, entre las que citaremos *Eremurus, Dahlia, Lilium, Tulipa;*

20-30 cm: *Alstroemeria, Eucomis.*

Dividir y transplantar son dos operaciones que pueden parecer pesadas de realizar pero que son importantes; dividir una vez al año un pie madre hace que aumente el número de plantas. Si, por el contrario, no se divide y se deja durante mucho tiempo en el mismo emplazamiento, acaba por convertirse en una maraña de matas que compiten por respirar y alimentarse. Esto hace que los órganos subterráneos se debiliten y terminen por no florecer.

Todas aquellas plantas que no sean rústicas necesitan ser replantadas anualmente; es el caso de los géneros *Amorphophallus, Bletilla, Canna, Crinum, Crocosmia, Cyclamen repandum, Freesia, Dahlia, Gladiolus, Sparaxis* y *Tigridia.* Los bulbos de algunos cultivares y especies del género *Hyacinthus* e *Iris reticulata,* así como de las especies botánicas del género *Tulipa* deben ser arrancados en verano y replantados en otoño. Necesitan calor y sequedad para madurar.

Los géneros *Ipheion* e *Ixiolirion* deben ser replantados cada dos años a más tardar. La mayoría de especies botánicas pueden ser replantadas cada tres, cuatro o cinco años. Los géneros *Anemone, Cyclamen, Eranthis, Erythronium, Galanthus, Leucojum* y *Muscari* resisten sin debilitarse más tiempo sin ser transplantados.

Los bulbos y tubérculos, tras ser divididos, pueden replantarse en el mismo sitio, excepto los tulipanes y jacintos, que agotan las reservas del suelo y se ve reducido su crecimiento. Se debe cubrir el suelo periódicamente con un mantillo de hojas o una capa de compost bien disuelto. En muchos casos se recomienda un aporte suplementario de polvo de hueso o de cuerno. El uso de abonos de buena calidad, que contengan los elementos N, P y K en proporciones determinadas, favorece el crecimiento y la floración. Salvo contadas excepciones (por ejemplo, *Fritillaria imperialis*), el uso de abonos a base de estiércol o abonos semilíquidos no es aconsejable en el caso de plantas bulbosas, ya que el aumento de la actividad microbiana conlleva el riesgo de infecciones. Si no se lleva a cabo una fertilización adecuada, muchas especies de plantas bulbosas no florecen, como es el caso de *Araceae, Hippeastrum, Canna* y *Lilium.*

Multiplicación

Aunque se trate de un método pesado, la división es a nivel práctico el mejor modo de multiplicación que existe. La formación de bulbillos o de tubérculos secundarios da lugar a la formación de matas, momento en el que la plantas alcanzan su máximo esplendor. Las plantas obtenidas mediante multiplicación vegetativa florecen transcurridos tres o cuatro años, a diferencia de las obtenidas mediante siembra, que tardan más tiempo.

La multiplicación vegetativa es el único método que existe para multiplicar cultivares. Las semillas recogidas de un híbrido dan lugar a plantas que en la mayoría de los casos se asemejan a un padre o al otro. El número y tamaño de los bulbillos varía en gran medida en función de la profundidad de la plantación. Cuanto más profundo se hayan plantado los bulbos, crecerán con más vigor, pero con menor producción de bulbillos. Si la profundidad a la que se plantan no es la apropiada, el desarrollo de los bulbos será menor y se formará mayor número de bulbillos.

En el caso de ciertas especies *(Lillium, Erythronium),* cada escama puede dar lugar a una nueva planta. Otro método de multiplicación más artificial consistiría en hacer una incisión en la base del tallo floral, punto en el que se deben formar bulbillos.

Los rizomas y los tubérculos también pueden dividirse, pero siempre teniendo en cuenta que cada trozo lleve un brote vegetativo. El último método de multiplicación sería el cultivo *in vitro*. Para ello se separa un trozo pequeño del resto de la planta y se cultiva en el laboratorio en una solución artificial preparada para tal fin. De esta manera se pueden obtener de una manera rápida gran cantidad de individuos genéticamente idénticos. Este método reviste un gran interés desde el punto de vista comercial.

La multiplicación mediante siembra lleva mucho tiempo, pero presenta también algunas ventajas. Se emplea principalmente para la obtención de nuevos híbridos. Para conseguir un semillero simplemente hay que seguir una serie de normas y poseer algunos conocimientos en biología y jardinería. El obtener plantas a partir de este semillero es relativamente sencillo y requiere únicamente paciencia y algo de experiencia en temas de jardinería.

La mayoría de las especies deben sembrarse una vez que sus semillas estén maduras, es decir, en verano o en otoño, lo antes posible, ya que determinadas especies, como los *Erythronium,* pierden rápidamente su poder germinativo. Las semillas se deben plantar en bateas o bandejas llenas de sustrato bien drenado con mantillo,

Multiplicación vegetativa por bulbos laterales (narciso, 1), bulbos sólidos secundarios (gladiolo, 2), división de tubérculos (dalia, 3) y rizomas (lirio, 4), o escamas carnosas individuales (azucena, 5).

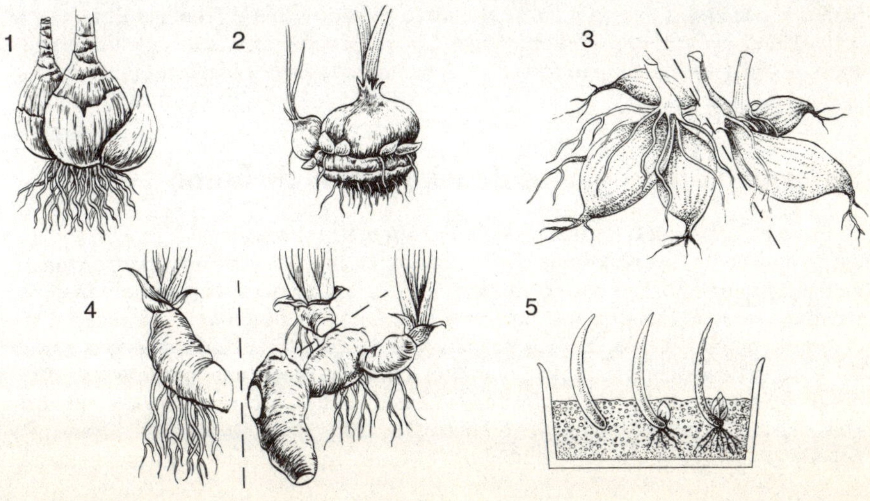

previamente esterilizadas para destruir las malas hierbas y los hongos. También se puede realizar la siembra en el mismo suelo.

Las semillas cultivadas en el exterior deben pasar el invierno en algún lugar fresco, protegido de los roedores y del frío demasiado intenso. La mayoría de las plantas bulbosas necesitan al menos un periodo de frío para que sus semillas germinen. Algunas especies en particular pueden sobrevivir en el suelo durante dos inviernos, por lo que habrá que evitar tirar demasiado pronto bandejas con semilleros viejos *(Colchicum, Trillium)*. Las plántulas necesitan cuidados para evitar que las ahoguen las malas hierbas o que se desequen. Otro peligro para estas jóvenes plantas lo constituyen las babosas y caracoles. Son necesarios uno o dos repicados antes de la plantación definitiva. La mayoría de las plantas bulbosas tardan en florecer entre dos y cuatro años, en ocasiones incluso entre cuatro y seis años (por ejemplo, *Eremurus* y algunas especies de *Lilium* y *Sternbergia*).

Cultivo forzado

Una de las razones por las que este tipo de plantas son tan populares es el hecho de poder acelerar el desarrollo normal de muchas de ellas y hacerlas florecer durante el invierno. Se puede forzar el cultivo, sobre todo, de los siguientes géneros: *Convallaria, Crocus, Freesia, Hyacinthus, Galanthus, Iris, Leucojum, Lilium, Gladiolus, Ornithogalum, Scilla, Tigridia, Tulipa* y *Narcissus.*

Para forzar el cultivo de estas plantas el procedimiento es el siguiente: en otoño se plantan bulbos grandes y tubérculos de buena calidad en macetas apropiadas llenas de una mezcla arenosa bien drenada; se colocan a continuación en algún lugar resguardado y sombreado, a menos de 10° C en el jardín o en el interior, en algún cuarto sombrío y templado (es preciso humidificar con regularidad). Las macetas que permanezcan en el exterior deben protegerse de los roedores y del frío. Transcurridas entre ocho y doce semanas, una vez que los bulbos y tubérculos están lo suficientemente enraizados y han empezado a desarrollarse, se deben colocar en un lugar cálido y recubrirse con una lona o una bolsa de papel para protegerlos de la luz directa. En el momento en que los colores de las inflorescencias empiezan a aparecer, se colocarán a plena luz. Según la especie y el género de que se trate, la temperatura y la época para comenzar el cultivo forzado serán diferentes. El tema es demasiado amplio para poderlo tratar aquí, pero existen gran cantidad de libros que abordan este tema del cultivo forzado y del cultivo de algunas especies bulbosas en particular.

Enfermedades y plagas de las plantas de bulbo

En líneas generales, las plantas de bulbo no tienen demasiados enemigos y plagas. No obstante, los pocos que existen bastan en muchas ocasiones para arruinar todo nuestro trabajo. Los bulbos y tubérculos, a pesar de crecer bajo tierra, son muy sensibles a determinados virus, hongos y enfermedades bacterianas, en especial si el terreno no está bien drenado o tiene exceso de agua. En el caso de que la parte subterránea de la planta sufra podredumbres, como las provocadas por *Botrytis, Mildiu* o virosis, se puede detectar fácilmente examinando las partes aéreas. La planta no se desarrolla con normalidad, las hojas y los tallos se deforman de diversas maneras o amarillean prematuramente. Las flores del tulipán sufren a menudo el ataque de un virus que provoca cambios en el color de las flores, en forma de manchas, rayas o líneas. Estas enfermedades suelen propagarse a través de intermediarios, que son a su vez plagas, como los pulgones.

Además de los pulgones ya citados, cabría destacar los trips, las larvas de lombriz amarilla, los nemátodos, las arañas rojas, la mosca del narciso y los crióceris o lemas, cuya larva es especialmente dañina para azucenas, fritillarias y otras plantas. Además de éstas existen otras muchas especies de insectos que atacan a las plantas de bulbo.

No hay un único método para combatir los distintos enemigos de las plantas bulbosas, sino que es necesario un conjunto de medidas para luchar contra unos y otros. Por desgracia, la aplicación de estas medidas suele tener consecuencias negativas sobre el medio ambiente. Por ello, es preferible seguir una serie de normas preventivas, como son:

– examinar con detalle los bulbos y tubérculos infectados, para poder eliminar aquellos que estén dañados;

– desinfectar como prevención los órganos subterráneos antes de la plantación;

– retirar las flores marchitas y las partes muertas que puedan pudrirse en el suelo.

La mayoría de los horticultores especializados en la venta de bulbos, concretamente en el caso de plantas para exportación, cuidan el estado fitosanitario de los bulbos, tubérculos y rizomas que venden. No obstante, el crecimiento adecuado de estas plantas depende igualmente del jardinero. En la prensa y libros especializados podrá encontrar interesantes consejos para cultivar con éxito estas plantas.

Cómo utilizar las plantas de bulbo

La gran diversidad de formas, colores, tamaños, necesidades y periodos de floración, la gran longevidad y los pocos cuidados que precisan las plantas bulbosas, las hacen muy populares entre los jardineros.

Muchas de ellas son especies indicadas para adornar rocallas, debido a su precoz floración y pequeño tamaño. Es el caso de los géneros *Allium, Crocus, Cyclamen, Bulbocodium, Colchicum, Eranthis, Erythronium, Fritillaria, Puschkinia, Scilla* y tulipanes botánicos, entre otros.

En muchas casos pueden combinarse con macizos de vivaces. De esta manera se complementa la floración temprana de las plantas bulbosas con la floración más tardía de las vivaces y la estival de las plantas anuales. Estas últimas se podrán plantar en el mismo sitio que los bulbos, que ya habrán entrado en su fase de reposo. Algunas especies son especialmente interesantes para zonas de arbolado de los parques. Pueden crecer y florecer bajo árboles de hoja caduca, y luego entrar en el periodo de reposo cuando la sombra se hace más densa. Se adaptan bien a esta situa-

La profundidad de la plantación varía según las especies.

ción los géneros *Anemone, Chionodoxa, Corydalis, Erythronium, Fritillaria, Scilla* y *Trillium* entre otros.Las plantas de bulbo pueden servir para realzar el aspecto decorativo de un césped en primavera. Bastará con elegir un lugar en el que se pueda segar tarde el césped, una vez que las hojas de estas plantas hayan amarilleado. Es necesario fertilizar adecuadamente y con regularidad; de lo contrario los bulbos se debilitan y acaban por desaparecer. Entre las especies que se adaptan perfectamente al cultivo en césped cabe citar las pertenecientes a los géneros *Crocus, Gagea, Scilla, Narcissus* y *Ornithogalum.*

Se consigue un efecto distinto si se plantan aisladas en medio del césped especies grandes de plantas bulbosas. Ejemplo de este tipo son las especies grandes del género *Allium* y los géneros *Amorphophallus, Canna, Eremurus, Fritillaria imperialis, Galtonia,* entre otros.

Por último, son muchas y bien conocidas las plantas de bulbo que se utilizan como flor cortada, es decir, para recoger sus flores y confeccionar ramos. Gracias al cultivo forzado de este tipo de plantas podemos disfrutar durante todo el año de flores con gran variedad de formas, colores y aromas.

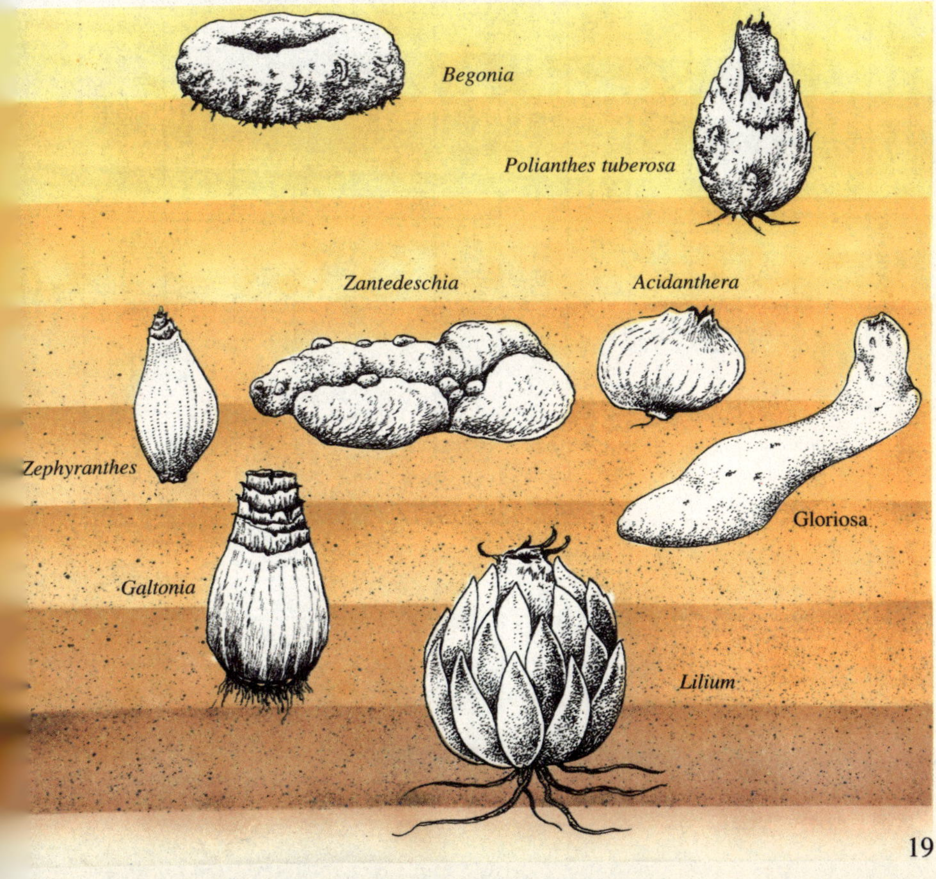

Características de las especies descritas

Especie	Altura en cm	Color de la flor	Periodo de floración	Necesidades de luz, suelo, humedad	Protección invernal	Periodo de plantación	Profundidad en cm	Uso
Acidanthera bicolor	60-100	blanco con una mancha pardo rojiza	VII-X	sol, semisombra, suelos ricos en humus, con suficiente humedad	no rústica	IV-V	8-10	macizos de vivaces, grandes rocallas, flor cortada
Allium karataviense	hasta 25	rosa lila	V-VI	sol, semisombra, cualquier tipo de suelo	–	IX-X	10-15	rocalla
Allium moly	25-30	amarillo dorado	V-VI	sol, semisombra, cualquier tipo de suelo	–	IX-X	5-10	rocalla, sotobosque
Allium narcissiflorum	15-30	rosa violáceo	V-VI	sol, calor, sequedad; suelos calcáreos	media	IX-X	5-10	rocalla
Alstroemeria aurantiaca	60-90	naranja salpicado de púrpura	VI-VIII	sol, calor; suelos drenados con tierra de brezo	importante	primavera	25-30	macizos, macetas, flor cortada
Amorphophallus rivieri	hasta 100	púrpura oscuro	III-IV	sol, calor, lugares resguardados; suelos ricos en humus y húmedos	no rustica	IV	–	planta aislada, macetas
Anemone blanda	15	azul-violeta, rosa, blanco	III-IV	sol, semisombra; suelos húmedos y ricos en humus	media, ramas de coníferas	VIII-X	5-8	rocalla, en grupos junto a otras flores de primavera
Arisaema triphyllum	20-30	púrpura con rayas tenues	V-VI	de semisombra a sombra completa; humus, humedad	fuerte	III-IV	10-15	aislada o en rocallas
Arum italicum	30-40	de amarillo a blanco con tonalidades verdes	IV-V	semisombra, sombra; humus, humedad	ligera	IX-X	5-15	rocalla, bajo árboles y arbustos
Brimeura amethystina	hasta 20	azul celeste	III-V	sol, tierra buena, rica en humus		IX-X	6-8	rocalla
Calochortus venustus	30-60	blanco, amarillo, con una mancha oscura	VIII	sol, semisombra; calor; suelos ligeros y drenados	media	X-XI	8-10	macizos, vivaces, flor cortada
Camassia leichtlinii	hasta 100	amarillo-blanco, azul-violeta (var.)	VI-VII	sol, semisombra; suelos drenados y ricos en humus	ligera	IX-X	10-15	planta aislada, flor cortada, macizos de vivaces

Canna indica	40-150	amarillo, naranja, rosa, violeta (cultivares)	VI-X	sol, calor, suelos ricos en minerales y porosos (fertilización)	no rústica	V	10-15	macizos, rocalla
Chionodoxa luciliae	10-15	de azul pálido a violeta, con el centro blanco	III-IV	semisombra; suelos profundos, ricos en humus y drenados	–	IX-X	6-10	bajo plantas arbustivas
Colchicum autumnale	10-30	rosa lila	VIII-X	sol; suelos profundos, ricos en humus y con humedad	–	VIII	10-20	rocalla, césped
Colchicum speciosum	hasta 25	de rosa oscuro a violeta oscuro	IX-X	sol, semisombra; jardín, humus, humedad	–	VIII	10-20	rocalla, césped
Convallaria majalis	20-30	blanco con amarillo	V-VI	semisombra; tierra buena, rica en humus y ligeramente húmeda	–	III-IV	10-15	bajo plantas arbustivas, en bordes de rocalla
Corydalis cava	hasta 35	de lila a rosa y blanco	III-IV	sombra, semisombra; suelos pesados, ricos en humus y con la suficiente humedad	–	X-XI	7-8	bajo plantas arbustivas junto a otras flores de primavera
Crinum powelii	hasta 60	rosa pálido	VII-IX	sol, calor; suelos profundos, ricos en humus y blandos	importante	IV-V	30-50	macizos, espacios despejados, flor cortada
Crocosmia x *crocosmiflora*	60-100	naranja, rojo y también amarillo (cultivares)	VII-X	sol, calor; jardines fértiles y bien drenados	ligera	IV	5-8	macizos, flor cortada, composiciones florales
Crocus flavus	5-10	amarillo dorado (cultivares de colorido variado)	II-III	sol; suelos ricos en humus y porosos	–	IX-X	6-8	rocalla, macizos
Crocus speciosus	hasta 10	de violeta pálido a oscuro (cultivares de colores variados)	X-XI	sol, semisombra; suelos porosos y ricos en humus	–	VII-VIII	6-8	rocalla y bajo plantas arbustivas
Crocus vernus subsp. *albiflorus*	5-10	de blanco a violeta pálido o púrpura (cultivares de colores variados)	II-III	sol; suelos porosos y ricos en humus	–	IX-X	6-8	rocalla, macizos, bajo plantas arbustivas

Cyclamen hederifolium	10-15	de blanco a rosa violáceo	IX-X	semisombra; suelos ricos en humus y calcáreos	ligera	VIII	10-20	rocalla, bajo plantas arbustivas
Cyclamen purpurascens	10-15	rojo violáceo con una mancha oscura en la entrada del tubo	VII-IX	semisombra; suelos ricos en humus y calcáreos	–	VIII	1-2	rocalla, bajo plantas arbustivas
Cyclamen repandum	10	carmín intenso, con el centro rojo	III-IV	semisombra, sombra, humus	importante	IX	3-5	rocalla, sotobosque
Dioscorea batatas	crece hasta 600 cm de alto	de verde amarillento a rosa	VI-VIII	lugares cálidos, con algún soporte, suelo de jardines, rico en humus y vigoroso	importante	III-IV	10-20	para cubrir paredes y vallas
Dracunculus vulgaris	hasta 60	de pardo rojizo a violeta oscuro	V-VI	sol, calor; suelos fértiles y ricos en humus	no rústica	IV	3-5	aislada
Eranthis hyemalis	5-15	amarillo pálido	II-III	sol, semisombra, calor; suelos porosos y ricos en humus	–	IX-X	5-7	rocalla, sotobosque
Eremurus stenophyllus	90-120	amarillo oscuro	VI	sol, calor; suelos fértiles y bien drenados	ligera, humedad	IX	15-20	aislada entre plantas vivaces, flor cortada
Erythronium dens-canis	15-30	de rosa a violeta	III-IV	semisombra; suelos ricos en humus y ligeros	–	VIII-IX	5	rocalla o sotobosque
Erythronium revolutum	15-30	de blanco a rosa violáceo	IV-V (VI)	semisombra; suelos porosos, ricos en humus y con la humedad	media, contra la humedad	VIII-IX	5	rocalla, sotobosque
Erythronium tuolumnense	hasta 40	amarillo dorado	IV-V	semisombra; suelos porosos, ricos en humus, humedecidos, mantillo de hojas	media, contra la humedad	VIII-IX	5	rocalla, sotobosque
Eucharis grandiflora	hasta 60	blanco	2-3 veces al año	invernadero, en el interior de casa; una mezcla de mantillo de hojas, tierra de brezo y tierra rica	no rústica	durante el pe-riodo de reposo	3-5	macetas, invernaderos o flor cortada

Eucomis bicolor	50-60	crema, amarillo verdoso con el borde púrpura	VI-VIII	sol, calor, sequedad; suelos ligeros, porosos y ricos en humus	importante, contra la humedad	III-IV	10-20	aislada, en macizos de vivaces, flor cortada
Freesia refracta	25-60	amarillo verdoso; cultivares de variados colores	II-IV (a veces en otra época, según método de cultivo)	invernadero; suelos ligeros, porosos, ricos en humus (fertilización)	no rústica	VIII-X	4-5	maceta, invernadero, flor cortada
Fritillaria imperialis	100	rojo anaranjado, amarillo	IV-V	sol; suelos ricos en humus y bien drenados	–	VIII	20-25	macizos de vivaces, en grupos
Fritillaria meleagris	30-40	rojo vino a cuadros	IV-V	sol, lugares moderadamente húmedos; suelos porosos, ligeros, humus; calcífuga	–	VIII-IX	8-10	rocalla, en grupos, cerca de corrientes de agua
Fritillaria pallidiflora	40-50	amarillo pálido, con manchas escarlata por el interior	IV	sol; suelos porosos, ligeros y ricos en humus	–	VIII-IX	8-10	rocalla, en grupos
Gagea minima	5-10	amarillo, verdoso por fuera	III-IV	sin exigencias, sol, semisombra (calcífuga)	–	IX	5-6	rocalla, bajo plantas arbustivas
Galanthus nivalis	15-20	blanco	III	sol, semisombra, suelos porosos y ricos en humus	–	VIII-IX	5-8	rocalla, sotobosque, césped
Galtonia candicans	80-100	blanco	VII-IX	sol, calor; suelos ligeros, porosos y ricos en humus	media, contra la humedad	X	10-12 (20)	planta aislada, macizos de vivaces, flor cortada
Gladiolus imbricatus	50-60	de violeta oscuro a rojo violáceo	VI-VII	sol, semisombra; humedad, humus	–	X	10	en grupos, cerca de corrientes de agua o estanques
Gladiolus - cultivares	60-100 (120)	variados	VII-IX	sol, calor, sequedad; tierra rica	no rústica	V	8-10	macizos, flor cortada

Gloriosa rothschildiana	100-200 (trepa-dora)	rojo-escarlata, con el centro amarillo	VI-VII	lugares muy calurosos y resguardados	no rústica	III-IV (V)	5-15 oblicua-mente	maceta, flor cortada
Haemanthus katharinae	30-50	rojo-escarlata	VII-VIII	suelos ligeros, porosos y ricos en humus	no rústica	cuando salen los brotes	5-8	macetas
Hippeastrum x *johnsonii*	hasta 60	escarlata, los híbridos son blancos, rosas, rojos	I-III	exposición a pleno sol; suelos porosos y ricos en humus	no rústica	cuando salen los brotes	bulbos plantados a media altura	macetas
Hyacinthoides hispanica	25-30	azul-violeta, los cultivares son rosas, blancos, azules	V-VI	sol, semisombra; suelo ricos en humus, pesados y húmedos	ligera contra la humedad	VIII-X	8	rocalla, en grupos, a orillas de arroyos
Hyacinthus orientalis	20-30	blanco, amarillo, de rosa a violeta	III-IV	sol, calor; suelos porosos y ricos en humus	–	IX-X	hasta 15	rocalla, macizos
Hymenocallis calathina	40-60 (100)	blanco	VI-VII	sol, calor; suelos ricos en humus, tierra buena.	no rústica	V	a nivel del suelo	maceta, planta aislada sobre un césped
Ipheion uniflorum	15	blanco salpicado de azul, verdoso por fuera; cultivares azul-violeta	IV-V	sol, semisombra; tierra buena, porosa	ligera, prestar atención a las hojas que salen en otoño	al comien -zo del VIII	5-8	rocalla, soto-bosque, flor cortada
Iris bucharica	hasta 45	blanco-amarillo	IV	sol, calor; suelos fértiles, bien drenados, tierra buena (detesta la humedad)	important e contra la humedad	VIII-IX	10-15	rocalla
Iris reticulata	15-20	azul-violeta, manchas de amarillo a naranja	III	sol, calor; suelor fértiles, porosos, ligeramente calcáreos (detesta la humedad)	protección contra la hu-medad estival	X	5-8	rocalla, tapia en seco
Iris - cultivares	50-80 (100)	variados, según el cultivar	VI-VII	sol, calor; terrenos fértiles, ricos y porosos	–	VI-VII	el rizoma colocado en la superficie	macizos, grupos

Ixia viridiflora	50-70	verde cobrizo, centro rojo oscuro, cultivares de diversos colores	V-VI	sol, calor; suelos ligeros, ricos en humus, tierra buena.	vigorosa	XI (XII)	8-10	macizos de vivaces, flor cortada
Ixiolirion tataricum	25-30	azul lavanda	V	sol, calor; suelos ricos en humus, secos, tierra buena	ligera contra la humedad	X-XI	10	rocalla, tapias, setos, flor cortada
Leucojum aestivum	30-60	blanco, manchas amarillas	IV-V (VI)	semisombra, calor; suelos profundos, húmedos, algo pesados, ricos en humus	ligera	VIII-IX	10-20	sotobosque, rocalla, flor cortada
Leucojum vernum	10-30	blanco, manchas verde-amarillo	III-IV	semisombra, calor; suelos profundos, húmedos, algo pesados, ricos en humus	–	VIII-IX	10-20	sotobosque, rocalla, flor cortada
Lilium bulbiferum	50-100 (120)	rojo anaranjado con manchas pardo rojizas	VI-VII	sol; tierra buena, porosa y medianamente húmeda	–	IX	15-20	macizos de flores, grupos de plantas aisladas, flor cortada
Lilium candidum	100-140	blanco	VI-VII	sol; suelos calcáreos, porosos, ricos en humus, tierra buena	–	VIII	2-4 cm, extremo del bulbo en la superficie	macizo, flor cortada
Lilium martagon	60-180	de rosa a malva oscuro con manchas púrpura	VI-VII	semisombra; suelos ricos en humus, calcáreos, ligeros	–	IX	12-15	macizos
Lilium monadelphum	100-150	amarillo canario, veteado de rojo por fuera	VI-VII	semisombra, sombra, humedad, tierra buena no calcárea	ligera	IX	15	macizos
Merendera montana	5-10	de violeta a púrpura, raras veces blanco	VIII-IX	sol, semisombra; tierra de jardín no muy húmeda	–	IX	hasta 10	rocalla, grupos
Muscari botryoides	10-20	azul con un borde blanco	IV-V	sol, semisombra; tierra normal de jardín, no demasiado húmeda	–	VIII-IX	10-15	rocalla, macizos, césped y sotobosque

Muscari comosum var. *plumosum*	30-40	de azul-violeta a amatista	V-VI	sol; tierra buena, rica en humus	–	VIII-IX	6-10	rocallas, macizos, vivaces, flor cortada
Narcissus bulbocodium	10-15	de amarillo limón a dorado	IV	semisombra; tierra buena, bien drenada (en verano, drenaje y sequedad)	buena protección contra la humedad	VIII-IX	5-10	rocallas
Narcissus cyclamineus	15-20	amarillo intenso	(II) III	semisombra; suelos ricos en humus, secos en verano, drenados (calcífuga)	–	VIII-IX	5-10	rocallas, sotobosque
Narcissus poeticus	30-40	corola blanca, amarillo anaranjado con el borde rojo	IV-V	semisombra; tierra buena	–	VIII-IX	10-15	macizos de vivaces, setos, césped, sotobosque
Narcissus pseudonarcissus	12-15, cultiva-res hasta 45	blanco, amarillo	IV	sol, semisombra; suelos pesados y porosos	–	VIII-IX	10-15	macizos de flores, en grupos sobre el césped, flor cortada
Nerine bowdenii	hasta 45	rosa	IX-XI	ligero, aireado; tierra buena y porosa	no rústica	VII-VIII	el cuello del bulbo queda por encima del nivel del suelo	macetas, flor cortada
Nomocharis saluenensis	hasta 90	de rosa pálido a blanco, centro rojo violáceo	VI-VIII	semisombra; humus, humedad, suelos ligeramente ácidos (calcífuga)	media	IX	10-12	entre arbustos pequeños
Ornithogalum nutans	hasta 45	blanco, con una raya verde	IV-V	sol, semisombra; suelos porosos y ricos en humus	–	IX-X	6-10	rocallas, vivaces, macizos
Oxalis adenophylla	8-10	rosa, con estrías más oscuras	V-VI	sol, semisombra; suelos ricos en humus, porosos (¡calcífuga!)	importante contra la humedad	IX	8	rocallas

Pancratium maritimum	30-50	blanco amarillento	VII-IX	sol, calor; suelos ricos en humus, ligeros, porosos (¡buen drenaje!)	importante (hojas)	X	cuello del bulbo algo visible	macetas, macizos, galerías acristaladas
Platycodon grandiflorum	30-40 (60)	azul, blanco	VII-VIII	sol, semisombra; suelos porosos y ricos en humus	–	III-IV	5-10	macizos, rocallas
Pleione limprichtii	15	rosa pálido, con manchas pardas	IV-V	semisombra; suelos ricos en humus, bien drenados (calcífuga), precisa aporte de turba en primavera	importante contra la humedad	IV	2-3, semi-enterrados	rocalla
Puschkinia scilloides	hasta 15	azul pálido, con una raya azul en el interior del pétalo	IV-V	sol, semisombra; suelos ricos en humus, aireados y porosos	–	IX-X	5-10	rocalla, grupos en sotobosque
Rhodohypoxis baurii	10	rosa, rojo más o menos intenso	VI-VIII	sol, sequedad; tierra buena, porosa y alcalina	no rústica	IV-V	5	rocalla
Roscoea cautleoides	30-60	amarillo	VI-VII	semisombra; tierra buena porosa, húmeda en primavera	importante contra la humedad	V	5-8	rocalla, macizos de flores
Roscoea humeana	20-30	de blanco rosado a malva violáceo	VII	semisombra; tierra buena, porosa, húmeda en primavera	importante contra la humedad	V	5-8	rocalla, macizos
Scilla rosenii	12-20	azul oscuro con el centro más pálido	III (IV)	semisombra; humus, substrato medianamente húmedo	–	IX	6-10	rocalla, sotobosque en primer plano
Scilla sibirica	10 (20)	azul intenso (también blanco)	III-V	sol, semisombra; suelos porosos, ricos en humus y suficientemente húmedos en primavera	–	VIII-X	6-10	rocalla, sotobosque en primer plano
Sparaxis grandiflora	30-50	amarillo, púrpura, lila	VIII-X	sol; tierra buena, porosa	no rústica	IX	5-7	macizos florales, flor cortada

Sprekelia formosissima	30-50	de rojo a carmín	IV-V	sol, calor; tierra buena, porosa y rica en humus	no rústica	IV-V	8-15 (cuello a 2-3 cm bajo la superficie	rocalla, macetas, macizos
Sternbergia lutea	10-15	amarillo	IX-X	sol, semisombra, calor; suelo rico en humus, ligeramente alcalino, poroso (drenaje)	ligera (contra la humedad)	VII-VIII	5-10	rocallas, setos, tapias
Tigridia pavonia	30-60	rojo-naranja, carmín, amarillo, blanco	VII-IX	sol, calor; suelos porosos y ricos en humus	no rústica	IV	5-10	macizos de vivaces, tapias de decoración, flor cortada
Trillium grandiflorum	25-40	blanco muy bonito	IV-V	semisombra; suelos profundos, húmedos y ricos en humus (calcífuga)	ligera	VIII-IX	10	rocalla, sotobosque, o dispersas entre plantas arbustivas
Trillium sessile	20-35	rojo vino	IV-V	semisombra; suelos profundos, húmedos y ricos en humus (calcífuga)	ligera	VIII-IX	10	rocalla, sotobosque, o dispersas entre plantas arbustivas
Triteleia laxa	40-60	de violeta a azul-malva	VI	sol, calor; tierra buena, porosa (drenaje)	media	IX	6-8	rocalla, en grupos, macetas, flor cortada
Tulipa fosteriana	20-50	escarlata, con manchas negras y amarillas (cultivares de colores diversos)	IV	sol, calor; tierra buena, porosa	–	IX-X	10-15	macizos
Tulipa kaufmanniana	20-40	de blanco crema a amarillo pálido	III-IV	sol; tierra buena y porosa	–	IX-X	10-15	rocallas, macizos
Tulipa sylvestris	30	amarillo, con la parte de fuera verde	IV	semisombra; tierra buena, porosa	–	IX-X	10-15	sotobosque
Vallota purpurea	60	de naranja intenso a carmín	VIII-IX	sol, calor; suelos porosos y ricos en humus	no rústica	desde que salen	1/4 debe quedar por encima	macetas
Zephyranthes candida	hasta 20	blanco con matices violeta por fuera	IX-X	sol, calor; lugares resguardados; suelos porosos y ricos en humus	no rústica	IX-X	5-10	macetas, macizos, flor cortada

DESCRIPCIONES ILUSTRADAS

Gladiolo de África
Acidanthera bicolor

Iridáceas
Iridaceae

Existen alrededor de veinticinco especies del género *Acidanthera* repartidas por las regiones tropicales secas del África central y austral. Las hojas tienen forma de espada y son de un color verde intenso. Del tallo, de 60 a 80 cm de altura, nacen seis o más flores, de color blanco con una mancha roja en la entrada del cáliz y que desprenden un intenso aroma por la tarde.

Únicamente se cultiva *Acidanthera bicolor* var. *murielae* (1). Fue identificada y descrita en el año 1930 en el oeste de Etiopía por el jardinero y seleccionador inglés Perry. El cultivar 'Zwanenburg' (*A.* x *tubergenii* 'Zwanenburg') es más robusto; posee flores más grandes, las manchas del cáliz son rojas y florece tres semanas antes. Los seleccionadores neozelandeses han desarrollado, por cruces entre los géneros *Acidanthera* y *Gladiolus,* un nuevo bulbo híbrido intergénico: *Gladanthera.* Al igual que *Acidanthera,* exhala un intenso aroma, pero presenta la forma de un *Gladiolus.*

Acidanthera tiene preferencia por los lugares soleados, pero tolera la semisombra. Necesita tierra buena de jardín, ni demasiado pesada ni demasiado húmeda, rica en elementos nutritivos (sin aporte de abono).

Los bulbos sólidos deben plantarse a finales de abril, a 8-10 cm de profundidad, con 10-20 cm de distancia entre ellos. Se puede realizar un precultivo en maceta en invernadero frío, antes de hacer la plantación definitiva en el suelo en la segunda mitad del mes de mayo. En otoño, antes de que empiecen las primeras heladas, se deben arrancar los bulbos sólidos, secarlos (sin cortar las raíces) y almacenarlos en algún lugar ventilado a una temperatura entre 15 y 18° C. Es fácil obtener *Acidanthera* a partir de semillas; no obstante, el método de multiplicación por bulbillos es más rápido.

Se pueden plantar en grupos de cinco a diez plantas en macizos de vivaces, o bien en jardines grandes de rocalla delante de arbustos. Las flores cortadas no deben dejarse en habitaciones pequeñas debido al intenso olor que desprenden.

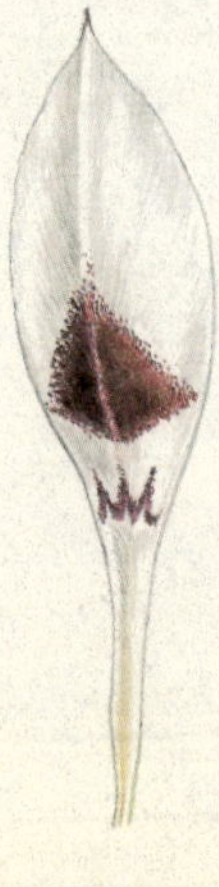

2

Bulbos sólidos/Hojas: De tamaño medio y con una cubierta de color pardo./Verde intenso, estrechas, en forma de espada.
Flores/Frutos: Estrelladas, de tamaño que puede llegar a alcanzar 12 cm de diámetro, con tubo largo. Blancas, con una mancha entre pardo-rojiza y púrpura en la entrada del cáliz (2). Tallo floral de 60-80 cm de altura, con 6-12 flores agrupadas en espigas./ Cápsula con tres celdillas.
Altura: 60-100 cm.
Periodo de floración: julio-octubre.
No rústica en climas continentales.

1

Ajo de Karatau

Allium karataviense

Liliáceas

Liliaceae

Planta originaria del Turkestán, su nombre proviene de la cadena montañosa de Karatau, en la costa este del mar Caspio, donde crece en estado silvestre. Introducida en Europa en 1876, empezó pronto a despertar interés por el aspecto decorativo de sus dos hojas de color azul-verdoso, opuestas, en forma de lengua, y por sus grandes umbelas esféricas compuestas por flores de color rosa-lila (1). Es una de las especies de *Allium* de floración más temprana. Las redondas inflorescencias persisten bastante tiempo después de que las flores se hayan marchitado. Puede utilizarse en macizos de flores o en grandes rocallas.

Especie de cultivo fácil. Los bulbos blancos y de gran tamaño se dividen al cabo de un cierto tiempo. Mediante siembra natural las plantas florecen a partir del tercer año. Prefiere lugares situados en semisombra.

La especie *Allium christophii,* sin. *A. albopilosum* (3), es igualmente originaria del Turkestán. Es una de las especies más hermosas del género *Allium;* sus flores de color violeta oscuro poseen un brillo metálico. La umbela mide entre 25 y 30 cm de diámetro. Las inflorescencias secas, muy decorativas, se emplean con frecuencia para confeccionar ramos de flores secas. El tallo floral alcanza entre 50 y 60 cm de altura. Las hojas son de color verde-azulado, entre estrechas y lanceoladas, y presentan el envés recubierto de pelos blancos. Los bulbos son esféricos, de color beige y llegan a medir hasta 6 cm de diámetro. Florece en junio-julio; puede utilizarse como flor cortada y en macizos de vivaces.

Allium giganteum (4) es originaria de Asia central y del Himalaya. Los tallos florales alcanzan de 100 a 150 cm de altura y llevan densas inflorescencias esféricas blancas o rosa intenso. Por su gran tamaño, es interesante para confeccionar ramos y plantar en macizos. Otra especie asiática de montaña, *Allium jesdianum* (sin. *rosenbachianum*), puede emplearse de igual manera. Desarrolla una inflorescencia esférica de color rojo violáceo. Es sensible al frío, por lo que antes de las heladas conviene protegerla con una capa de paja o de hojas muertas.

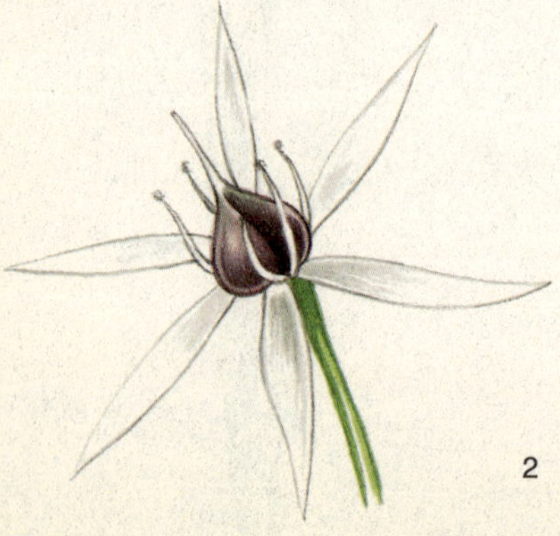

2

Bulbos/Hojas: Grandes, de hasta 5 cm, blancos./ Son principalmente dos, opuestas, de hasta 12 cm de largo, de color azul verdoso brillante, desnudas, a menudo con un ribete rojo, muy decorativas.
Flores/Frutos: Flores de color entre blanco y rojo violáceo con largos tallos (2), que forman densas umbelas./ Cápsulas con semillas negras sobre una umbela muy decorativa.
Altura: Tallo de 25 cm de altura.
Periodo de floración: Mayo-junio.
Rústica.

1
3
4

Ajo dorado

Allium moly

Liliáceas

Liliaceae

Para mantener la integridad del género, Linneo conservó el nombre latino que había utilizado anteriormente Plauto para designar una de las especies incluidas en él. Este género abarca alrededor de trescientas especies de bulbos rústicos, que se encuentran extendidos por Europa, Asia, el norte de África y Norteamérica. La mayoría de las especies posee tallos florales erguidos, de 20 a 40 cm (o incluso más), rematados en una umbela plana o esférica, formada por numerosas flores trímeras. La umbela está recubierta por una espata (bráctea) membranosa. Las flores pueden ser de diferentes tamaños y colores, pudiendo oscilar entre un azul puro, violeta o rojo vino hasta amarillo o blanco. La mayoría de las especies dan lugar a la formación de matas. Los bulbos pueden ser también de diferentes tamaños y colores. La forma de las hojas varía desde lineales a lanceoladas, a menudo tubulares y huecas. La cápsula, más bien membranosa (papirácea), contiene semillas negras, esféricas, angulares o planas. La mayoría de las especies desprenden olor a ajo, sobre todo cuando se daña algún tejido.

Gran cantidad de especies del género *Allium* son útiles: puerro, cebolla, chalota y ajo. En los libros de jardinería de los siglos XVI y XVII este género no aparecía aún como planta ornamental. Sin embargo, actualmente cerca de cien especies se utilizan en jardinería por la elegancia de su porte y el valor decorativo de sus flores.

Una de las especies más conocidas es el ajo dorado (*Allium moly,* 1). Originaria de España, donde crece abundantemente, sobre todo en los Pirineos, se viene utilizando en jardinería desde el siglo XVI. Se multiplica rápidamente y se reproduce también por semillas de modo espontáneo. Se aclimata fácilmente entre la hierba o en zonas de semisombra entre árboles y arbustos.

Una de las especies de ajo de flores amarillas es *Allium flavum,* que crece en el sur de Europa y en la península Balcánica, los Alpes y el Cáucaso. A diferencia de la especie anterior, posee un tallo más alto, acabado en una umbela de flores en forma de campanilla con largos filamentos.

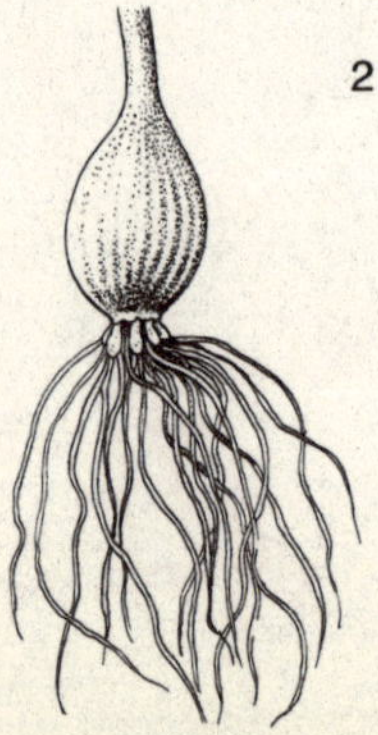

2

Bulbos/Hojas: Casi esféricos, de pequeño tamaño, blancos (2)./ De color verde azulado, anchas, lanceoladas y envainadoras (3).
Flores/Frutos: Tallo de 20 a 30 cm acabado en una umbela plana de 10-40 flores de color amarillo dorado, con un diámetro que puede llegar a medir 1 cm. Los pétalos, en la parte superior, tienen una raya verde justo por la mitad./ Cápsulas membranosas, apergaminadas, que contienen semillas negras.
Altura: 25-30 cm.
Periodo de floración: Mayo-junio.
Rústica.

1
2
3

Allium narcissiflorum

Existe una gran cantidad de especies de *Allium* cuyas inflorescencias son de colores que tienden al rojo, violeta o azul. Una de ellas, *Allium narcissiflorum,* es un bulbo originario de los Alpes italianos (pero también es conocido en el Cáucaso), que crece en zonas de derrubios. Para cultivarla con éxito, se le ha de proporcionar un lugar seco, caliente y soleado. Es una planta de un alto valor decorativo por sus flores colgantes en forma de campanilla, de color rojo violáceo intenso (1). En regiones de clima frío es conveniente protegerla durante el invierno. La rusticidad invernal es mejor cuanto mayor sea el contenido calcáreo del suelo.

Allium beesianum es una bella especie originaria de Yunnan y del sudoeste de China, que desarrolla una inflorescencia idéntica a la de *A. narcissiflorum,* pero de color azul. Florece al final del verano y necesita estar situada en lugares cálidos y soleados en rocallas.

Allium oreophilum es originaria del Cáucaso. Tiene una altura de 15 a 20 cm y está dotada de un bulbo blanco y redondo (2), del cual salen varias hojas estrechas, lineales, de color verde grisáceo y algunas inflorescencias semiesféricas con flores de color entre rojo y rosa intenso (3). Florece entre junio y julio.

Allium pulchellum crece en los Alpes y en la península Balcánica. Sus bulbos están rodeados por una túnica con rayas negras. Las hojas son lineales, con los bordes marcados; los tallos alcanzan entre 30 y 60 cm de alto y llevan umbelas formadas por flores de color rojo vino sobre tallos largos y finos. Florece entre junio y agosto.

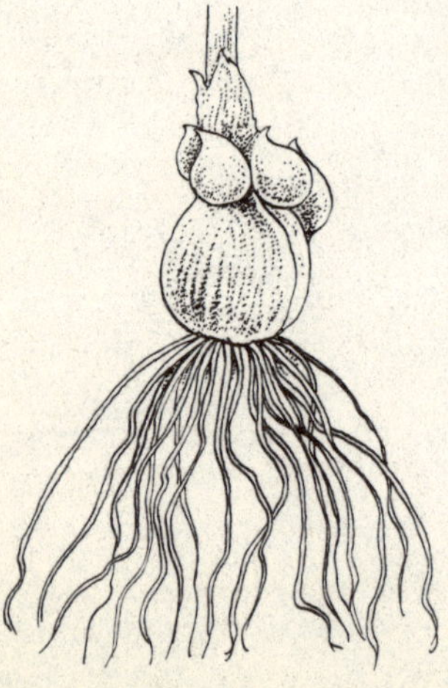

2

Bulbos/Hojas: Cilíndricos, tunicados, con cuello, dan lugar a la formación de matas./ Lineales, estrechas, rectas, de 15 a 20 cm de largo, de color verde grisáceo.
Flores/Frutos: Umbelas poco densas compuestas por 2-10 flores en forma de campanilla, de color rojo violáceo. Al principio son colgantes, pero luego se enderezan./ Cápsulas que constan de tres celdillas con pequeñas semillas de color negro brillante.
Altura: Tallo de 15 a 30 cm.
Periodo de floración: de mayo a junio. Los bulbos no se deben arrancar. Conviene protegerlos durante el invierno.

1
3

Alstroemeria Amarilidáceas

Alstroemeria aurantiaca *Amaryllidaceae*

El nombre de este género está dedicado al botánico sueco Clas Alströmer (1736-1769). Comprende sesenta especies distribuidas por América Central y del Sur. Conocidas también como "azucenas del Perú" o "azucenas de los Incas", estas grandes plantas vivaces recuerdan a los *Asparagus*. Están dotadas de raíces carnosas y tallos que acaban en umbelas compuestas por gran cantidad de flores de color naranja, rojo, amarillo y blanco. Existen numerosas variedades y cultivares de colorido variado (2, 3). Esta planta se cultiva de manera intensiva para recoger sus flores y confeccionar ramos. La mayoría de las especies necesitan ser cultivadas en invernadero frío para desarrollarse bien. Sólo algunas pueden crecer en exterior, pero siempre en lugares resguardados, en regiones de clima suave o en macetas. Cabe citar las siguientes especies: *A. aurantiaca,* de flores naranja (1); *A. haemantha,* de flores rojas con rayas verdes; *A. pulchella,* de flores rojas con manchas pardas y extremos verdes y *A. versicolor,* especie bastante rústica, de flores blancas, rosas, amarillas o naranjas. Las plantas de este género precisan lugares cálidos, suelos ligeros y bien drenados, enriquecidos con tierra de brezo. La humedad invernal es fatal para ellas, por lo que en regiones de clima frío ciertas especies deben protegerse de las heladas.

La plantación definitiva en el suelo se efectúa en primavera a 25-30 cm de profundidad, en una capa de arena gruesa. La floración comenzará dos o tres años después. Si se las deja, dan lugar a la formación muy rápida de matas. Conviene dividirlas cada seis u ocho años; si se hace con más frecuencia hay riesgo de dañar los rizomas más frágiles. El método de multiplicación más cómodo es la división de grandes matas, pero teniendo precaución con las raíces carnosas y frágiles. También se pueden sembrar las semillas en marzo o abril; germinarán en un mes, pudiendo ser repicadas las plántulas al año siguiente en invernadero. Suelen tardar tres años en florecer. Pueden utilizarse en macizos de flores, en terrazas o porches. Asimismo sirven para confeccionar espléndidos ramos.

3

Rizomas/Hojas: Tuberosos, con raíces carnosas frágiles./ Numerosas, sobre tallos de 70-100 cm, de peciolo corto y envés verde grisáceo.
Flores/Frutos: 10-30, de color naranja con manchas rojas en el interior. Var. *lutea,* de flores amarillo dorado; var. *concolor,* de flores amarillo anaranjado y unidas; var. *splendens,* de grandes flores color naranja con manchas pardas./ Cápsulas ovoides.
Altura: 60-90 cm.
Periodo de floración: junio-agosto.
Rústica, pero conviene protegerla contra la humedad durante el invierno.

2
1

Amorphophallus rivieri

Las ochenta especies que comprende el género *Amorphophallus* se encuentran repartidas por las regiones tropicales y subtropicales de África, India, Australia y Polinesia. Todas poseen grandes tubérculos (a menudo alcanzan 30 cm de diámetro) (2), de donde sale en marzo una inflorescencia cónica que llega a alcanzar 1 m de altura, y que presenta un espata o bráctea de color violeta oscuro y un espádice (inflorescencia cubierta por la espata) grueso. La flor desprende un fuerte olor, más intenso cuanto más alta es la temperatura. Las hojas aparecen una vez que las flores se han marchitado. Son divididas y se sitúan, como si fuera una umbela, en el extremo de robustos tallos.

Dado su gran crecimiento, no se adaptan bien a jardines reducidos, sino que su interés se limita a colecciones y jardines botánicos. La especie más frecuente es *A. rivieri* (1), la cual presenta una espata sobre un tallo relativamente alto (hasta 1 m). El desarrollo de la planta empieza ya en el mes de marzo. Para ello, los tubérculos se pueden colocar, incluso sin tierra, en el alféizar de una ventana a temperatura ambiente. Solamente florecerán los más grandes. Conviene evitar dejar la planta ya florecida en un sitio habitado, ya que, además de su fuerte olor, libera otras sustancias que pueden ocasionar problemas de salud, entre otros, dolor de cabeza. Una vez que las flores se marchitan, a finales de abril, se deben plantar los tubérculos en el exterior o en grandes macetas con un substrato rico en humus. Antes de que lleguen las primeras heladas, convendrá arrancar los tubérculos, secarlos y almacenarlos en algún lugar caliente y seco.

Estas plantas se multiplican fácilmente gracias a la gran cantidad de pequeños tubérculos secundarios que forman. *A. bulbifer* (4) produce incluso pseudo-tubérculos sobre las hojas. La isla de Sumatra alberga una especie gigante, *A. titanum,* que alcanza 5 m de alto y cuyas hojas desplegadas llegan a medir 3 m. Destaca la especie *A. campanulatus,* por la forma peculiar de su inflorescencia (5).

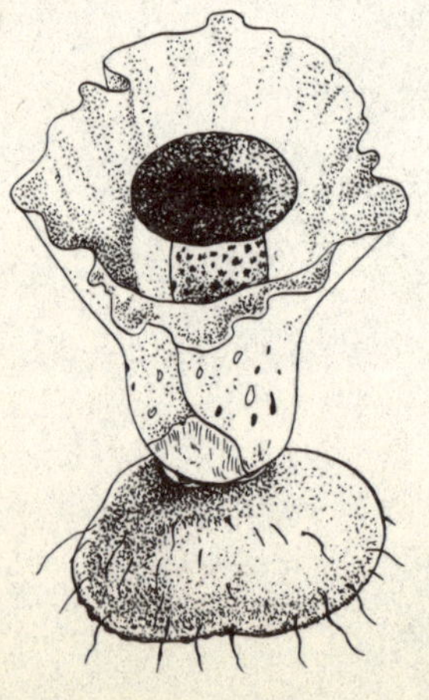
5

Tubérculos/Hojas: Esféricos y muy gruesos, pueden llegar a medir 30 cm de diámetro./ Robustas, pinnadas, en forma de umbela, con el peciolo brillante y con manchas de color blanco verdoso.
Flores/Frutos: La inflorescencia consta de un espádice grueso, cubierto por una espata de color violeta oscuro; las flores femeninas están situadas en la parte inferior del espádice y las masculinas en la parte superior./ Bayas rojas y carnosas.
Altura: Hasta 100 cm cuando están en flor.
Periodo de floración: Marzo-abril.
No rústica.

3
1
4
2

Anemone blanda

El género *Anemone* comprende más de cien especies distribuidas en su mayoría por las regiones templadas del hemisferio norte y algunas por Sudamérica y África austral. La mayoría de las especies poseen pequeños tubérculos o rizomas quebradizos, de ahí que la multiplicación y la dispersión se produzcan rápidamente (por el agua o roedores). Las anemones presentan hojas basales y divididas y flores pedunculadas y de diversos colores.

Crecen de modo natural en dehesas, bosques y montañas de las regiones frías. Se aclimatan muy bien al cultivo en jardines y rocallas, especialmente si se plantan en grupos, al sol o en semisombra. Algunas de ellas se marchitan y entran en periodo de reposo antes de que el follaje de los árboles dé una sombra demasiado densa, creciendo también bajo grandes árboles de hoja caduca.

A. blanda (1) crece en las montañas del sur de Europa, en la península balcánica y en Asia Menor. Existen cultivares de diferentes colores que se cultivan en jardín ('Blue Star', azul pálido; 'White Splendour', blanco). Los bosques caducos del sur y sudeste de Europa albergan la especie *A. apennina,* de flores azules. La especie *Anemone pavonina* es originaria de la cuenca mediterránea y se distingue por sus hojas profundamente divididas y sus flores rojo intenso, rosas o azul-violeta con un halo blanco alrededor de las anteras (2). Esta especie ha sido objeto de intensas selecciones, al igual que *Anemone coronaria.* En el mercado hortícola se puede encontrar sobre todo *Anemone coronaria* 'de Caen' (3), mezcla de flores sencillas de variados tonos. Bajo el nombre *A. coronaria* 'St. Brigid' (4) se comercializa una mezcla de flores dobles de diversas tonalidades.

Las anemones precisan suelos húmedos, enriquecidos con turba húmeda o con mantillo de hojas. La mayoría prefieren los lugares en semisombra y son rústicas. La especie *A. coronaria* debe almacenarse en invierno como un bulbo de gladiolo. La multiplicación se efectúa fácilmente mediante división de tubérculos en verano (5) o por semillas en primavera, pero teniendo en cuenta que la germinación tarda dos años. Antes de llevar a cabo la plantación de los tubérculos en primavera, deben mantenerse sumergidos en agua tibia un día entero.

4

Rizomas/Hojas: Cilíndricos, ramificados o tuberosos./ Muy divididas.
Flores/Frutos: Sencillas, estrelladas, de 4-5 cm de diámetro, 12-16 pétalos de colores variados, que van desde el azul oscuro al rosa y al blanco./ Aquenios.
Altura: 15 cm.
Periodo de floración: marzo-abril.
No del todo rústica; necesita una buena protección durante el invierno (ramas de coníferas).

1

2

3

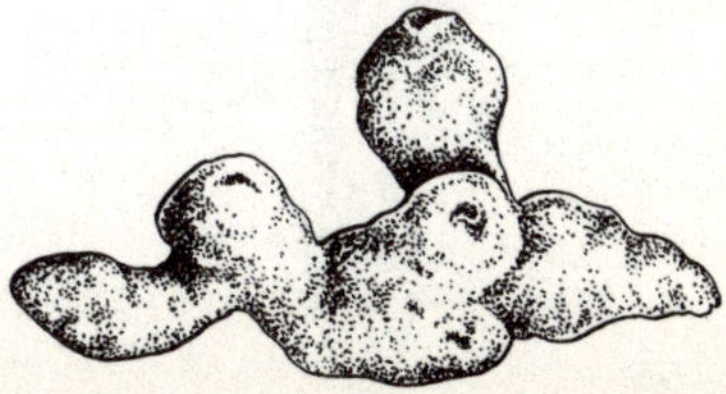

5

Arisaema triphyllum (sin. *A. atrorubens*)

Este género comprende alrededor de un centenar de especies, con formas verdaderamente extrañas. Provienen principalmente de regiones templadas y subtropicales de Norteamérica y Asia. Su nombre latino procede de la palabra griega *aris* (diminutivo de *arum*) y de *sema* (signo), ya que la planta guarda mucho parecido con los aros *(Arum)*. Se diferencia de éstos por su inflorescencia dioica y sus hojas plurilobuladas. Las diversas especies de este género se diferencian por la forma de sus hojas y por el color y la forma de su espata floral. La mayoría de las especies deben cultivarse en invernadero frío. Las especies rústicas crecen en zonas de sombra o semisombra, entre los helechos o arbustos y plantas de sotobosque.

Durante el periodo de crecimiento, las plantas pertenecientes a este género precisan mucha agua y aportes de fertilizante líquido. Crecerán bien con un mantillo de hojas frescas. En zonas de clima frío conviene arrancar las plantas y conservarlas en macetas en algún lugar seco y fresco.

El método de multiplicación más fácil consiste en la división de los nuevos brotes laterales o también mediante siembra. Las semillas están contenidas en bayas que se abren de vez en cuando y se deben plantar en marzo.

Además de *A. triphyllum* (*A. atrorubens,* 1), podemos encontrar también como planta de jardín *A. ringens,* especie muy delicada, que proviene del Japón, de tallos florales muy cortos. Por el contrario, *A. candidissimum,* originaria de China occidental, es una especie muy rústica. Se trata de una de las especies más bellas, de espata blanca y en algunas ocasiones rosa con rayas verdes. Esta especie crece bien con mucha humedad.

3

Tubérculos/Hojas: Planos, de 5 a 10 cm de diámetro (2), con pequeños tubérculos laterales./ Trilobuladas, anchas y de 30 a 90 cm de largo, con el envés azul verdoso.
Flores/Frutos: Espata situada en el extremo de un tallo de 10-30 cm de largo, doblada en forma de capuchón, de color violáceo o bronce con suaves rayas más claras (3); flores dioicas./ Bayas de color rojo intenso.
Altura: 20-30 cm.
Periodo de floración: Mayo-junio.
Rústica, pero en zonas frías es preferible almacenar los tubérculos en algún lugar resguardado de las heladas, o simplemente protegerlos si se dejan en el exterior.

1

2

Aro de Italia
Arum italicum

Existen unas quince especies del género *Arum,* la mayoría procedentes de Europa central y regiones mediterráneas. Poseen un rizoma tuberoso, del cual salen las hojas pecioladas, sagitadas y de nervios marcados, con un nervio principal. La inflorescencia es monoica, a diferencia del género anterior, *Arisaema (ver* pág. 44). Las flores, femeninas y masculinas al tiempo, están dispuestas sobre un espádice (4), a su vez situado en el centro de una espata generalmente jaspeada. Todas las partes de la planta son tóxicas, si bien, cocidas durante un buen rato, se vuelven comestibles. Por ello se recogen sus rizomas para alimentación.

La mayoría de las especies crecen de manera natural en malezas y bosques claros; sólo algunas se pueden encontrar en lugares secos. Los aros se aclimatan bien en sitios sombreados, en las zonas más o menos silvestres del jardín, pudiendo determinadas especies adaptarse a zonas húmedas de rocallas, como por ejemplo a los pies de una tapia. Precisan suelos ricos en humus.

Arum italicum (1) es la especie más cultivada. Las hojas empiezan a desarrollarse a partir del otoño y en regiones de clima riguroso conviene cubrir la planta con hojas muertas. Crece silvestre en Europa, Asia Menor, Cáucaso y Marruecos. El aro pintado *(Arum maculatum)* crece en zonas sombreadas y húmedas de los bosques caducos de Europa central y del sur. Sus hojas son verdes salpicadas de marrón y su espata, verde pálido con tonalidades pardo-rojizas (2).

El color de sus flores y el aroma que desprenden son muy intensos, para así atraer a los insectos polinizadores. En cuanto las flores se marchitan, la espata se seca y el espádice cilíndrico se cubre de bayas de color rojo intenso (3), dispuestas sobre anillos. Hasta finales de otoño la planta es muy decorativa.

La multiplicación se efectúa mediante división de los nuevos brotes o por semillas, que se sembrarán en cuanto estén maduras las bayas. Las plantas florecerán en dos años.

2

Rizomas/Hojas: Tuberosos, de hasta 5 cm de grosor y 25 cm de largo./ Decorativas, sagitadas, con manchas blancas o amarillas en algunas variedades.
Flores/Frutos: Espata blanco-amarillenta, verde por fuera, muy abierta y curvada./ Bayas rojas.
Altura: 30-40 cm.
Periodo de floración: abril-mayo.
Rústica, pero en zonas de clima riguroso es necesario cubrir con hojas.

1

♂

♀

4

3

Brimeura amethystina

Esta planta de bulbo, especialmente hermosa, aparece unas veces citada como *Hyacinthus amethystinus* y otras como *H. hispanicus,* y se la ha incluido dentro de los jacintos. De ahora en adelante, sin embargo, se clasifica por separado, comprendiendo el género una sola especie, que crece en los prados montañosos de los Pirineos, del sur de Francia y de la antigua Yugoslavia. Puede llegar a alcanzar hasta 20 cm de alto. Las inflorescencias se agrupan en racimos poco densos, compuestos por doce flores de color azul celeste, que constituyen un hermoso espectáculo en primavera (1).

Puede plantarse en rocalla o bajo arbustos, donde se aclimata perfectamente, al igual que *Hyacinthella azurea* (2, 3), que florece algo más tarde. Los bulbos se deben plantar en otoño, en grupos y a 6-8 cm de profundidad. Existe una variedad de flores blancas, *Brimeura amethystina* var. *alba,* que se encuentra bastante extendida. La multiplicación por bulbillos o por semillas es relativamente fácil.

2

Bulbos/Hojas: Ovoides, con una túnica ligera, delgada y de color pardo./ Estrechas, lineales, formando una roseta; a partir de un bulbo nacen entre 4 y 8 hojas, que miden hasta 20 cm de largo.
Flores/Frutos: De color azul celeste, campanuladas o tubulares, pueden medir 1 cm de largo; dispuestas en racimos poco densos de hasta 12 flores./ Cápsulas.
Altura: Hasta 20 cm.
Periodo de floración: (Marzo) abril-mayo. Rústica.

1

3

Azucena mariposa
Calochortus venustus

Liliáceas
Liliaceae

Esta planta es originaria del oeste de Norteamérica y de América central. El género comprende unas sesenta especies de hojas finas y flores de colores muy variados. Los tallos pueden llevar una o varias flores. En los países de donde es originaria recibe el nombre de tulipán mariposa o azucena mariposa.

Su cultivo es difícil en las condiciones climáticas medias de Europa. La mayoría de ellas necesitan ser cultivadas en invernaderos fríos o a cubierto. En caso de que se cultiven en exterior, deberán situarse en un lugar resguardado, caliente y soleado, como, por ejemplo, al lado de una pared orientada al sur. Los bulbos de *Calochortus* no soportan el exceso de humedad, por lo que el suelo deberá estar bien drenado, ser fibroso y rico; también puede ser ligeramente alcalino. Los bulbos se plantan en otoño (de finales de octubre a noviembre) a 8-10 cm de profundidad según el tamaño. Conviene proteger la plantación del frío y la humedad invernales con una capa de hojas secas, ramas de coníferas o una lona.

Una vez que se marchitan las flores, son indispensables el calor y la sequedad para que maduren los bulbos. Si, por el contrario, el verano es húmedo, convendrá cubrir el lugar donde están plantados con una lámina de cristal. Se recomienda arrancar los bulbos cuatro o cinco semanas después de la floración y almacenarlos en algún lugar aireado hasta que se planten en otoño. En regiones de inviernos rigurosos, los bulbos de *Calochortus* deben almacenarse en esta época y no conviene plantarlos hasta mayo ante el riesgo de heladas.

Calochortus puede multiplicarse por bulbillos (se plantan en noviembre en un suelo bien drenado o en un arriate resguardado; florecerán al cabo de dos años) o por semillas. Estas maduran tardíamente en otoño y pueden sembrarse en macetitas, recubiertas por un cristal para protegerlas de la humedad.

Calochortus venustus (1), *C. amabilis* (de flores amarillas) y *C. albus* (de flores blancas con una mancha roja, (4)-hojas) son de las especies más grandes, muy apropiadas para macizos de vivaces situados en semisombra. Por el contrario, *C. uniflorus,* con sus flores azules, mide sólo 8-15 cm de alto y puede plantarse en rocallas, como *C. clavatus,* de 10-15 cm, de flores amarillas con manchas pardas.

2

Bulbos/Hojas: Relativamente grandes, ovoides./ De 3 a 5 hojas estrechas, parecidas a la hierba.
Flores/Frutos: Tallo con 2-6 flores erguidas, blancas o amarillas con una mancha oscura en los (grandes) pétalos interiores (2, 3); en su máximo desarrollo, las flores alcanzan hasta 6 cm de largo./ Cápsulas triangulares largas con muchas semillas planas.
Altura: 30-60 cm.
Periodo de floración: Agosto.
Bastante rústica, pero conviene protegerla del frío y de la humedad.

1
4
3

Cammassia leichtlinii

El género *Camassia* lo constituyen plantas bulbosas vigorosas, originarias de las llanuras del centro y oeste de Norteamérica. El nombre procede de una antigua expresión india, *quamaste.* Los indios de América del Norte la consumían como alimento. Se introdujo en Europa en el siglo pasado y a pesar de ser una planta muy hermosa y poco exigente, prácticamente no se cultiva.

Posee unos tallos que llegan a medir hasta 1 m de alto, rematados en racimos de flores blancas, azules o violetas, que emergen en medio de un matojo de hojas acanaladas que nacen del suelo. Las *Camassia* son plantas de estepa, por lo que requieren humedad en primavera y sequedad en verano. Se adaptan mejor a lugares cálidos y resguardados. Necesitan suelos arcillosos y ligeramente húmedos, no creciendo bien en suelos demasiado secos y arenosos. La multiplicación se puede llevar a cabo mediante división y por semillas, que son muy numerosas y germinan con facilidad. Las plantas no florecen antes de tres o cuatro años.

Las plantas del género *Camassia* se plantan entre septiembre y octubre, a 10-15 cm de profundidad. Se pueden dejar en el mismo emplazamiento durante aproximadamente tres años. *Camassia leichtlinii* tiene flores color blanco crema o azul pálido (1). *C. quamash* (40-50 cm) da flores de color azul acero; se cultivan con mucha frecuencia las numerosas variedades de esta última especie (var. *alba,* de flores blancas, de 60-70 cm de alto; var. *coerulea,* de flores azul oscuro y 80-110 cm de altura; var. *atroviolacea,* de color violeta oscuro, robusta, de hasta 100 cm de alto). Por último cabe citar otra especie más pequeña, *C. scilloides* (30-45 cm), de flores azul intenso.

Pueden plantarse junto a gramíneas ornamentales o aisladas en el césped. Las inflorescencias son muy adecuadas para la confección de bellos ramos.

2

Bulbos/Hojas: Grandes, tunicados./ Radicales, con un nervio central.
Flores/Frutos: Trímeras, estrelladas, de color blanco-crema, azul o violeta (2) con anteras amarillas sobre largos filamentos (3), dispuestas en racimos poco densos sobre tallos robustos de hasta 90 cm de alto./ Cápsulas ovoides con tres celdillas, de textura entre apergaminada y coriácea; numerosas semillas con tegumento negro.
Altura: Hasta 100 cm en el momento de la floración.
Periodo de floración: Junio-julio.
Rústica, si bien en regiones de inviernos rigurosos conviene protegerla del frío con hojas muertas o ramas de coníferas.

1

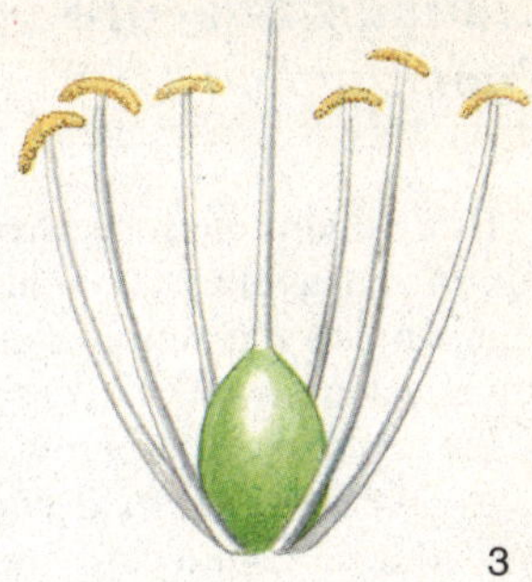

3

Canna, Cañacoro
Canna indica

Este género engloba alrededor de cincuenta especies que crecen a orillas de ríos en zonas húmedas de las regiones tropicales y subtropicales de Sudamérica. Algunas especies en particular también pueden encontrarse en Asia y África, donde están ya aclimatadas hace tiempo.

Estas plantas están provistas de un rizoma tuberoso más o menos rastrero; las hojas son erguidas, oval-lanceoladas, pinnadas y de nervios marcados. Existen alrededor de veinte cultivares del híbrido *Canna indica* (1), resultado de distintos cruces de *C. coccinea, C. flaccida, C. glauca* y *C. indica.* Su cultivo se practica desde mediados del siglo pasado y aún continúa en nuestros días. Se siguen creando cultivares nuevos, pero de ellos únicamente se comercializan veinte. Las formas enanas tienen hoy gran aceptación, porque florecen antes, ocupan menos espacio en el jardín y se adaptan muy bien al cultivo en contenedores. El cultivar 'Lucifer' es pequeño y florece incluso en invierno.

Estas plantas llegan a medir entre 40 y 150 cm de altura. Las flores presentan una amplia gama de tonos, que va desde el amarillo y el naranja al rojo y rosa violáceo. Existen asimismo numerosas variedades bicolores (2).

Los cannas necesitan calor, lugares soleados y suelos bien drenados y ricos; se aconseja una mezcla de mantillo y arena. Durante todo el periodo vegetativo se deben efectuar con regularidad riegos y aportes de fertilizante, si se desea conseguir un máximo desarrollo y una hermosa floración. Se puede emplear compost, cuerno, polvo de hueso o estiércol.

Estas plantas no son rústicas, por lo que en invierno se mantendrán en arena o turba ligeramente húmeda en un lugar seco, observándolas de vez en cuando, porque los tubérculos se pudren fácilmente. Al comienzo de la primavera ya se pueden trasplantar, primero a maceta, para luego repicar al exterior a mediados de mayo. Los cannas, en grupo, sirven para amenizar un macizo de vivaces en verano y los podemos encontrar con bastante frecuencia en los parques.

2

Rizomas/Hojas: Tuberosos./ Oval-lanceoladas, verdes, a menudo con tonos pardo-rojizos.
Flores/Frutos: Asimétricas (cáliz y corola trímeros), de colores distintos según las variedades, dispuestas en espigas o en racimos densos sobre tallos de 40-120 cm (150 cm) de alto./ Cápsulas de tres celdillas con gran cantidad de semillas (3).
Altura: 40-150 cm.
Periodo de floración: Junio-octubre.
No rústica.

3
1

Chionodoxa luciliae

Una gran número de especies pertenecientes a este género están repartidas por las montañas de Asia Menor y en la zona subalpina de Creta. El nombre del género proviene del griego *chion* (nieve) y *doxa* (gloria), y quiere dar idea de la belleza de sus flores, que aparecen en cuanto empieza a derretirse la nieve, al mismo tiempo que las soldanelas y los crocus. Sus flores son azules, si bien determinados cultivares dan flores rosas o blancas.

Estas pequeñas plantas bulbosas no son demasiado exigentes. Requieren suelos profundos, no demasiado secos y ricos en humus. Se plantan bajo arbustos o árboles, o incluso en rocallas, preferiblemente en gran cantidad. Pueden permanecer en el mismo emplazamiento durante varios años, pero es conveniente cubrirlos con una buena capa de compost. La multiplicación se efectúa rápidamente mediante bulbillos, los cuales se deben replantar a 6-10 cm de profundidad, en otoño, dejando una distancia de 10 cm aproximadamente entre unos y otros. La siembra es fácil, pero teniendo en cuenta que la recogida de las semillas puede entrañar algunos problemas, debido a que éstas están provistas de unos apéndices carnosos y grasos (arilos) que atraen a las hormigas. Por tanto, las semillas habrá que recogerlas en cuanto el ovario (cápsula de tres celdillas) esté maduro, antes de que las hormigas se encarguen de dispersarlas por todo el jardín. Las plantas florecerán en dos o tres años.

Chionodoxa luciliae (1) destaca entre las especies que se cultivan con más frecuencia. Crece entre 900 y 1.200 m de altitud en las montañas de Anatolia, en Turquía. Se cultivan multitud de variedades y cultivares, destacando la variedad *alba,* de flores de color blanco puro (2), la variedad *rosea,* de flores rosa pálido (3), y 'Pink Giant', parecida a la especie *C. gigantea* con grandes flores color rosa, muy apropiadas para hacer ramos. *C. sardensis* posee pequeñas flores azul celeste y *C. tmolusii,* flores azul-violeta con una raya blanca en mitad del pétalo. Este género se encuentra muy próximo al género *Scilla* y el cruzamiento entre ambos ha dado lugar a *Chionoscilla.*

3

Bulbos/Hojas: Del tamaño de una avellana, blancos./ Estrechas, que salen del bulbo, de color verde pálido.
Flores/Frutos: Hasta 10 flores en estrella, de color azul pálido a violeta, degradado hasta blanco en el centro de la flor; todas ellas dispuestas hacia el mismo lado del tallo, de 15 cm de altura aproximadamente./ Cápsulas de tres celdillas (4) con semillas redondas dotadas de un apéndice que atrae a las hormigas (arilo).
Altura: 10-15 cm.
Periodo de floración: Marzo-mayo.
Rústica.

1
4
2

Cólquico común, Flor de otoño — Liliáceas

Colchicum autumnale — *Liliaceae*

Este género comprende unas cincuenta especies que crecen en Europa, principalmente en las regiones mediterráneas, en Asia central y en Oriente Medio. La palabra latina *Colchis,* región costera del mar Negro, da nombre al género.

La mayoría de las especies del género *Colchicum* florece a finales de verano o en otoño. A partir de un bulbo sólido enterrado a gran profundidad, nacen las flores en forma de copa, sin hojas. Las flores suelen ser de color rosa o violeta-púrpura y raras veces blanco. En determinadas especies las hojas, grandes, brillantes y de color verde oscuro, no aparecen hasta la primavera y se secan y desaparecen durante el verano. Esta es la razón de que las flores aparezcan sin hojas. Existe un grupo menos conocido de cólquicos que florece a final del invierno o principio de la primavera, prácticamente al tiempo que salen las hojas. Cabe citar las especies *C. hungaricum, C. kesselringii* y *C. luteum.*

El cólquico común, *Colchicum autumnale* (1), es la más conocida entre las especies de floración otoñal. Suele aparecer con frecuencia en praderas húmedas y pastos de Europa Central. La planta contiene un alcaloide, la colchicina, que permanece activo durante mucho tiempo y que puede echar a perder toda una cosecha de heno. En primavera salen las hojas y se desarrolla el ovario a partir de las flores del año anterior, estando constituido por una gran cápsula triangular (2). Las flores, de color rosa, aparecen al final del verano, coincidiendo con las primeras lluvias, cuando el suelo empieza a estar húmedo. Entre las numerosas variedades existentes cabe citar: var. *album,* de pequeñas flores blancas, var. *album plenum,* idéntica a la anterior pero doble y var. *atropurpureum,* de flores violeta.

En Grecia y Creta crece la especie *Colchicum variegatum,* con flores de fondo rosa con motas de color rosa oscuro, con un tubo del periantio blanco (3).

Precisan terrenos profundos, pesados, ricos en elementos nutritivos, suficientemente húmedos y estar situadas en lugares soleados, aunque también se adaptan a zonas ligeramente sombrías. Son muy aptas para rocallas o césped.

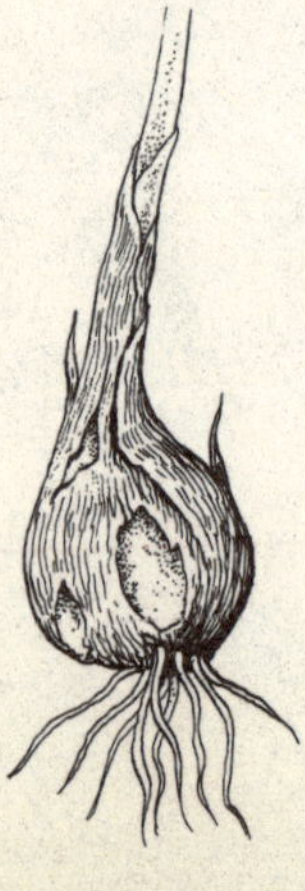

4

Bulbos sólidos/Hojas: Grandes, con túnica de color marrón (4)./ Verde brillante, lanceoladas, de hasta 30 cm de largo y 6 cm de ancho.
Flores/Frutos: Con 6 pétalos de color rosa, violeta, rara vez blanco, con un tubo del periantio que puede alcanzar los 7 cm de longitud, con el ovario al fondo./ Cápsulas entre ovoides y oblongas, semillas esféricas, de color marrón, más bien arrugadas.
Altura: 10-30 cm, incluidas las hojas.
Periodo de floración: Agosto-octubre.
Rústica.

2
3
1

Cólquico del Cáucaso — Liliáceas
Colchicum speciosum — *Liliáceas*

A esta especie originaria del Cáucaso, que crece también en Oriente, se la considera una de las más hermosas especies cultivadas de floración otoñal. Sus bulbos son relativamente grandes y alargados (4). De cada uno nacen varias flores grandes (1, 2); las plantas más robustas pueden llegar a dar hasta cincuenta flores. Por cruces con la especie *Colchicum latifolium,* originaria de Grecia, se ha obtenido una nueva línea de cultivares, entre los que destacan por la belleza de sus flores los siguientes: 'Autumn Queen', de flores violeta oscuro con estrías; 'The Giant', de grandes flores color rosa violáceo, 'Waterlily', de grandes flores dobles rosas en forma de nenúfar y 'Princess Astrid', de flores rosa oscuro con cuadros violetas.

Los Colchicum se multiplican mediante división de pequeños bulbos sólidos, que se replantarán en julio en un suelo húmedo y rico en humus. La época más aconsejable para plantarlos sería durante los meses de julio y agosto. La mayoría florecerán durante el segundo año. Si se cultivan en suelos ricos y húmedos, estas plantas son rústicas, es decir, que se pueden dejar en el mismo lugar durante varios años y seguirán dando una magnífica floración.

La especie *Colchicum agrippinum,* muy próxima a la anterior, es originaria de Asia Menor. Es multiflora, con flores de 10 cm de ancho, de color lila púrpura. Florece entre septiembre y octubre; es una planta rústica.

2

Bulbos sólidos/Hojas: Muy anchos, con una especie de cuello largo y túnica fina y de color pardo (4)./ De hasta 10 cm de ancho y 20 cm de largo, lanceoladas.
Flores/Frutos: Con una altura de hasta 25 cm, de color que va del rosa al violeta oscuro, con la parte inferior del pétalo teñida de amarillo, a veces blanco (var. *album,* 3). De un mismo tubérculo pueden nacer varias flores./ Cápsulas.
Altura: Hasta 25 cm.
Periodo de floración: Septiembre-octubre. Rústica.

1
4
3

Muguete
Convallaria majalis

Liliáceas
Liliaceae

Se trata de una de las plantas más apreciadas en primavera por el perfume que desprende y por la delicadeza de sus flores. Las propiedades medicinales del muguete son conocidas desde antiguo, siendo toda la planta tóxica, así como el agua donde esté metido un ramo de esta planta. Contiene glucósidos y saponinas, que son estimulantes cardiacos muy útiles en medicina. Los tratados antiguos de botánica hacen mención en numerosas ocasiones a esta planta y a cómo utilizarla.

El muguete se encuentra distribuido por todo el hemisferio norte, formando grandes colonias en bosques caducifolios, claros, dehesas o praderas de montaña. Es una planta vivaz, dotada de un largo rizoma rastrero, de donde salen dos hojas y un tallo floral con flores blancas y olorosas (1). Hasta la segunda mitad del siglo pasado no se cultivaba el muguete con fines comerciales; sin embargo actualmente se ha convertido en uno de los protagonistas del comercio hortícola. Se multiplica fácilmente mediante división de rizomas que lleven brotes florales terminales (3). Sólo los brotes de tres años dan lugar a la formación de flores, mientras que los más jóvenes sólo producen hojas. La selección del muguete es muy trabajosa y lleva tiempo, de ahí que sólo la multiplicación vegetativa se realice a gran escala. En los catálogos podemos encontrar multitud de cultivares, entre los que destaca por ejemplo 'Fortin's Giant', de flores blancas, 'Rosea' y 'Rosea fl. pleno', de flores rosas, sencillas y dobles, y 'Variegata', con hojas salpicadas de color dorado.

El muguete es una planta poco exigente. Prefiere zonas situadas en semisombra, si bien se adapta a lugares soleados, con tal de que el suelo tenga la suficiente humedad. Agradece los suelos ricos en humus y un aporte de fertilizante orgánico en otoño.

Rizomas/Hojas: Con varios nudos, rastreros, con brotes orientados hacia arriba./ 2-3, lanceoladas elípticas, que emergen de los brotes.
Flores/Frutos: Flores en forma de campanillas colgantes, de blanco crema a amarillo pálido (a veces rosa), dispuestas en racimos, orientadas todas hacia el mismo lado, sobre pedicelos cortos./ Bayas rojas con muchas semillas (2).
Altura: 20-30 cm.
Periodo de floración: Mayo-junio.
Rústica.

1

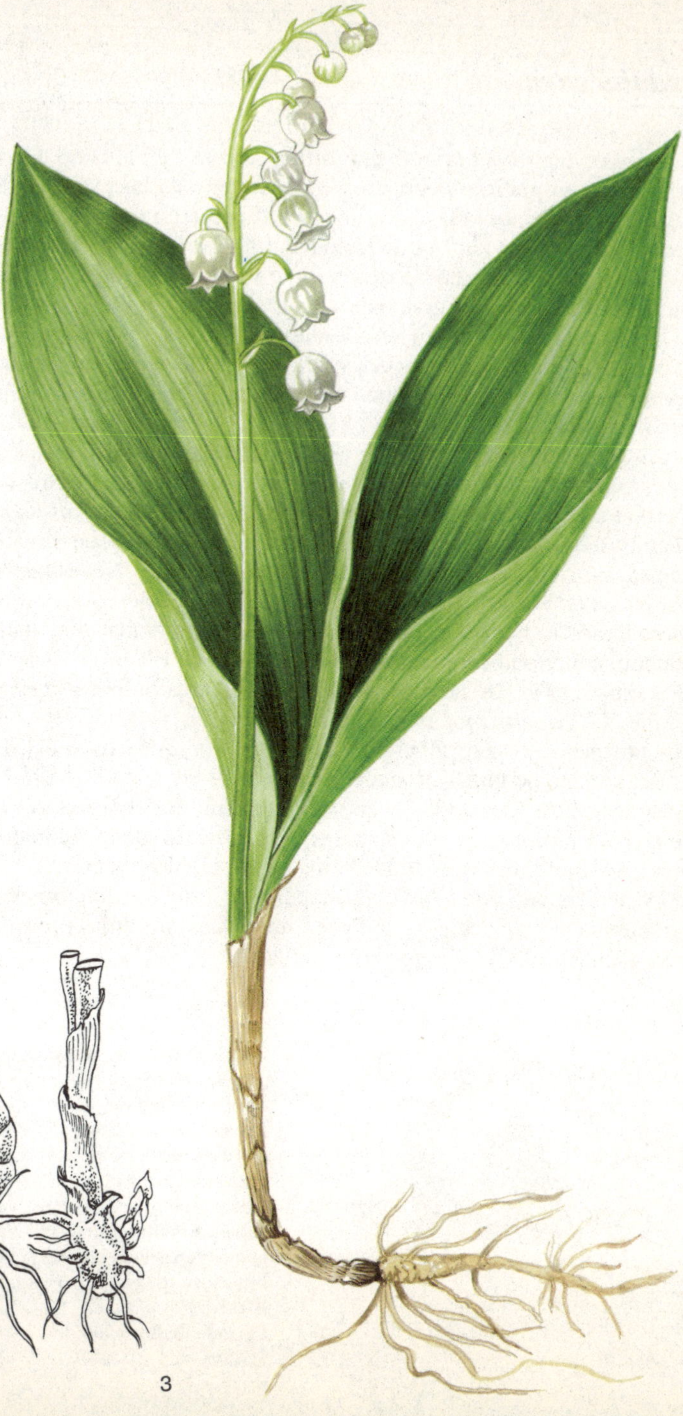

3

Corydalis cava

Su nombre deriva del griego y significa "cresta", en alusión a la forma de su inflorescencia, un racimo poco denso. La mayoría de las especies de *Corydalis* son plantas vivaces, dotadas de un rizoma tuberoso o de un tubérculo y de hojas profundamente divididas que nacen al empezar la primavera. En la mayoría de las especies las hojas desaparecen al comenzar el verano, manteniéndose la planta a partir de entonces gracias a sus órganos subterráneos. Es una planta geofita. De este género se conocen alrededor de trescientas especies, extendidas principalmente por zonas templadas del hemisferio norte, en especial por Asia nororiental. Cinco especies habitan en Europa central y algunas otras crecen en la región mediterránea.

Las inflorescencias, poco numerosas, están compuestas por flores simétricas de variados colores (amarillo y blanco, rosa, violeta y azul). Una de las piezas del periantio está proyectada hacia delante, formando una especie de cresta.

El cultivo de estas plantas es fácil y aunque prefieren estar situadas en zonas de semisombra, también se adaptan a zonas de pleno sol. Necesitan terrenos profundos, ricos en humus, que no se desequen. Se pueden resembrar con frecuencia, pero también se multiplican por bulbillos. Combinadas con plantas vivaces, mantienen cubierto el suelo durante todo el verano. El sitio más apropiado para ellas es bajo árboles de hoja caduca junto con otras bulbosas, como por ejemplo *Scilla, Chionodoxa* y *Crocus,* entre otras.

Los bosques europeos albergan la especie *Corydalis cava* (1). Posee tubérculos del tamaño de una avellana y huecos en el interior (2), a diferencia de los de la especie *C. fabacea* (3, 4), que son macizos. En el Himalaya habita la especie *C. cashmeriana,* de flores azules, que necesita suelos húmedos y ricos en humus y no tolera más que suelos bajos en contenido calcáreo. *C. cheilanthifolia,* especie originaria de China, se adapta bien a lugares ligeramente sombríos. Se caracteriza por sus racimos de flores amarillas y sus hojas profundamente divididas y finas, parecidas a las de los helechos.

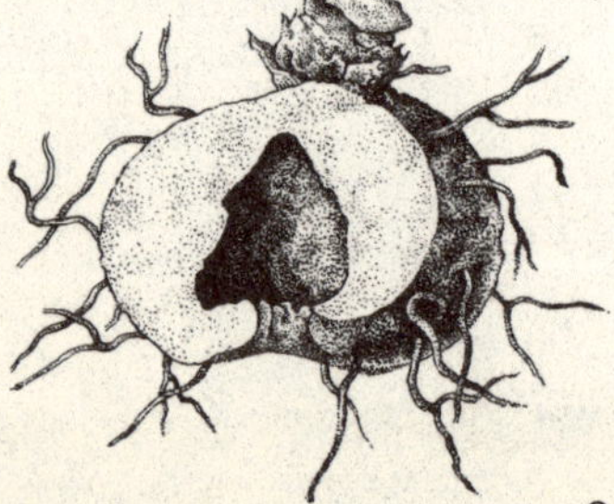
2

Tubérculos/Hojas: Grandes, huecos, con raíces que emergen de toda la superficie./ Largas, pecioladas, de forma triangular y grandes, divididas y dos veces trímeras, de color azul-verdoso.
Flores/Frutos: Racimos que constan de 8 a 20 flores, de color violeta-púrpura, en raras ocasiones rosa o blanco. Polinización por el viento./ Cápsulas oblongas lanceoladas de 2 valvas. Semillas negras, brillantes, con grandes apéndices blancos y colgantes; dispersión asegurada por las hormigas.
Altura: Hasta 35 cm.
Periodo de floración: Marzo-abril.
Rústica.

1
3
4

Crinum x *powellii*

Existen alrededor de cincuenta especies del género *Crinum* distribuidas principalmente por regiones costeras de zonas tropicales y subtropicales de Asia, América y África. En zonas templadas ninguna especie crece de manera silvestre, debiendo ser cultivadas en invernaderos, ya que muy pocas de ellas resisten las heladas. Sólo determinadas especies sudafricanas pueden cultivarse en exteriores, pero en lugares muy resguardados, cálidos y soleados.

Crinum x *powellii* es un híbrido entre *Crinum bulbispermum* y *Crinum moorei* y es el más cultivado dentro del género *Crinum.* Es rústico y de tamaño inferior a sus progenitores. Las hojas nacen de un gran bulbo y pueden llegar a alcanzar 1 m de largo (3). El tallo floral, de 60 cm de longitud, termina en una umbela de grandes flores color rosa pálido, tubulares y que se abren a mitad del verano (2). Sin embargo, existen numerosos clones de colores variados: 'Album' (1) blanco puro, 'Harlemense' rosa pálido y 'Krelagei' rosa oscuro.

Los *Crinum* necesitan estar situados en lugares resguardados, cálidos y soleados, en suelos ricos en humus, ligeros y trabajados en profundidad. Mientras están en flor precisan riegos y aportes regulares de fertilizante líquido. Durante el periodo de reposo, estas plantas son muy sensibles a las bajas temperaturas y a la humedad excesiva, por lo que es imprescindible cubrirlas con hojas muertas, con una maceta o un cesto dado la vuelta. En zonas de clima frío se aconseja mejor cultivarlas en contenedores para así poderlas mantener en algún local seco y protegido de las heladas en invierno.

Estas plantas se multiplican por bulbillos y por semillas, que germinan con facilidad. Se desarrollan mejor si no se dividen con demasiada frecuencia.

El tamaño que alcanza la inflorescencia de los *Crinum* requiere espacios suficientemente grandes, por lo que se combina perfectamente con otras plantas de floración estival, como los cannas.

2

Bulbos/Hojas: De forma oblonga u ovoide, de 12 a 20 cm de diámetro, con una especie de cuello largo (del cual debe sobresalir una parte por encima del suelo en el momento de la plantación)./ 12-15 hojas estrechas, de hasta 1 m de largo, de color verde pálido.
Flores/Frutos: De 3 a 12 flores tubulares, muy abiertas, de color rosa pálido con el estilo rojo oscuro, de hasta 15 cm de diámetro, formando una umbela./ Cápsulas que contienen grandes semillas de color verde pálido y que germinan fácilmente.
Altura: Hasta 60 cm.
Periodo de floración: Julio-septiembre.
Esta planta necesita una buena protección invernal; en regiones de clima frío vale más mantenerla en alguna habitación fresca.

1
3

Crocosmia x *crocosmiiflora*

Iridáceas
Iridaceae

Originarias del África central y austral, estas plantas son parientes cercanos de los gladiolos. A partir de un pequeño bulbo sólido salen las hojas en forma de espada y los tallos florales que alcanzan 1 m de alto. Las flores son de color naranja con forma más o menos de trompeta y están dispuestas en espigas ramificadas (1).

Crocosmia x *crocosmiiflora* se obtuvo mediante un cruce entre *C. aurea* y *C. pottsii,* que llevó a cabo Lemoine en el año 1880. A partir de este híbrido se han obtenido una gran variedad de clones de flores pequeñas o grandes, de color rojo, pardo-amarillento, pardo-rojizo o amarillo dorado (2).

Estas plantas necesitan lugares templados, soleados, resguardados y suelos de jardín bien drenados. No resisten el exceso de humedad ni las aguas estancadas, que son fatales para ellas. En zonas de clima frío en invierno, se recomienda arrancar los bulbos sólidos a finales de octubre y conservarlos como los de los gladiolos (a 2-5°C). Si se dejan fuera, se les habrá de procurar una buena protección contra las heladas y la humedad. Los tallos secos no deben arrancarse hasta la primavera (porque podría pudrirse la planta) y las plantas no deben dejarse en el mismo emplazamiento más de tres años.

Se multiplican rápidamente mediante división de matas. Los bulbos sólidos primarios llevan estolones, en el extremo de los cuales se forman numerosos bulbos secundarios. Los bulbos sólidos deben plantarse en abril a 5-8 cm de profundidad. También se puede acelerar el proceso empezando a sembrar en macetas en el mes de marzo. La multiplicación por siembra es fácil, pero no fiel al cultivar madre. Las semillas germinan en tres o cuatro semanas y las plantas empezarán a florecer a partir del tercer año desde la siembra.

Esta planta forma hermosas matas en macizos. Es asimismo interesante como flor cortada para confección de ramos de gran valor decorativo.

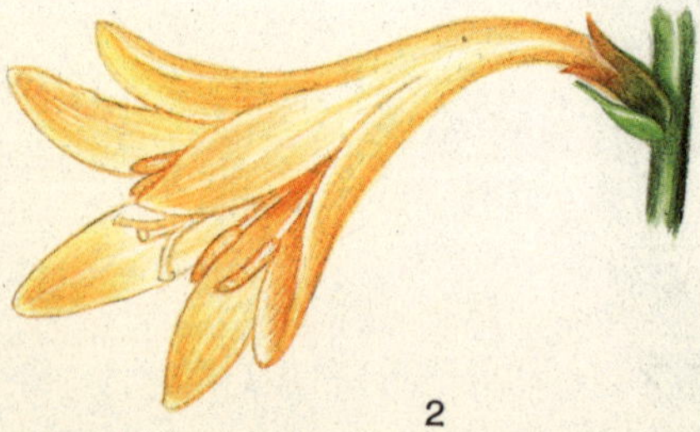

2

Bulbos sólidos/Hojas: Pequeños, del tamaño de una avellana, cubiertos con una túnica reticulada marrón oscuro (3)./ En forma de espada (ensiforme), de hasta 3 cm de ancho, que crecen muy altas detrás del tallo floral.
Flores/Frutos: Varios tonos de naranja, pero también amarillas y rojas (según el cultivar), de pedicelos cortos. La parte inferior del periantio forma un tubo ancho, de 0,5 cm de largo, que se ensancha y se divide en 6 piezas a la altura del periantio. Las inflorescencias miden de 15 a 20 cm de largo (una espiga)./ Cápsulas de tres celdillas.
Altura: 60-100 cm en flor.
Periodo de floración: Julio-octubre (antes de las primeras heladas).
No rústica sin una buena protección.

1
3

Crocus dorado
Crocus flavus

Iridáceas
Iridaceae

El género *Crocus* está compuesto por plantas bajas, dotadas de bulbos sólidos y hojas lineales con una banda central blanca. Las flores simétricas son trímeras con un periantio en forma de copa; el tubo largo contiene tres anteras y un largo estigma de colores y formas variados (4).

El género comprende más de ochenta especies; la mayoría crecen en Asia menor, en la península de los Balcanes, Italia, España y el Cáucaso. Los *Crocus* se cultivan como planta ornamental desde hace mucho tiempo. Los estigmas de *Crocus sativus* se emplean desde antiguo para fabricar tintes de colores vivos y duraderos, y obtener sustancias medicinales; también es el azafrán alimentario.

Alrededor de treinta y cinco especies se utilizan como planta de jardín en Europa; sin embargo, a partir de éstas se han obtenido multitud de variedades.

Existen dos grupos en el género, los *Crocus* de floración primaveral y los de floración otoñal. El primer grupo comprende las especies *Crocus vernus, C. chrysanthus, C. flavus, C. albiflorus, C. dalmaticus, C. tommasinianus, C. sieberi* y *C. neapolitanus* entre otras (el otro grupo se describirá en el siguiente apartado).

Los crocus crecen mejor en suelos bien drenados, ligeros y ricos en humus, en lugares soleados, aunque algunas especies toleran la semisombra. En verano, el ambiente debe ser relativamente seco. Se pueden plantar en rocallas, macizos y algunas especies se adaptan fácilmente al cultivo sobre césped.

La especie *Crocus flavus* crece desde Asia Menor, Grecia, Rumanía hasta el sur de Hungría. Es una de las especies de crocus que se cultivan desde más antiguo, sobre todo el cultivar 'Dutch Yellow'. Dotado de bulbos sólidos grandes, esféricos y desnudos, florece desde principios de marzo. *Crocus chrysanthus* crece de modo natural en Bulgaria, Grecia y Asia Menor. Los pétalos exteriores son amarillos y con una raya de color pardo (1), pudiendo ser de otros colores los cultivares. Esta especie posee bulbos más pequeños, esféricos y protegidos por una túnica lampiña. *Crocus sieberi* crece silvestre en Grecia y Creta. La variedad *versicolor,* que florece en marzo, es uno de los crocus más bellos (2).

3

Bulbos sólidos/Hojas: Grandes, esféricos, con una túnica lampiña, fibrosa en los extremos./ Hasta 4 mm de ancho.
Flores/Frutos: De hasta 4 cm de largo, sus pétalos pueden alcanzar hasta 1 cm de ancho. Salen con las primeras hojas y están recubiertos por una vaina papirácea. Son de color amarillo dorado (3), con rayas grises en la base y la parte de fuera; los diferentes cultivares presentan distintos matices de amarillo./ Cápsulas de tres celdillas, coriáceas, con semillas bastante grandes.
Altura: 5-10 cm.
Periodo de floración: Febrero-marzo. Rústica.

1
4
2

Crocus de otoño | Iridáceas
Crocus speciosus | *Iridaceae*

Existe la creencia generalizada de que los crocus florecen en primavera, mientras que los cólquicos lo hacen en otoño. Sin embargo, en realidad existen especies de floración otoñal o primaveral tanto entre los crocus como entre los cólquicos. Este fenómeno se suele dar en determinadas plantas que crecen a orillas del Mediterráneo. *Crocus sativus,* el azafrán, florece en otoño, entre septiembre y octubre, dando lugar a grandes flores de color violeta-púrpura. Planta originaria del sur de Europa y de Asia Menor, se cultiva desde la Edad Media. Sus grandes estigmas de color rojo anaranjado salen de los botones florales cuando éstos aún están cerrados. El azafrán se utiliza como especia y de él se extrae una potente sustancia tintórea, la crocina.

Crocus speciosus es una de las mejores especies de floración otoñal (1). Es una planta originaria de Europa del este, Asia Menor, Cáucaso y norte de Irán. Se cultiva en rocallas o debajo de arbustos que no den una sombra demasiado densa. Florece entre agosto y octubre, dando origen a grandes flores que se elevan hasta 10 cm del suelo, de colores que varían entre el violeta oscuro y el blanco, con estigmas de color rojo anaranjado oscuro y anteras amarillas. Se han seleccionado numerosos clones: 'Aitchisonii', de largas flores (hasta 7 cm) de pétalos azul violáceo, y 'Oxonian', también de flores azul-violeta (2), entre otros.

Crocus banaticus (sin. *Crocus byzanthinus, C. iridiflorus,* 3) es una de las especies de floración otoñal de flores lilas. Sus flores constan de unos pétalos interiores mucho más pequeños que los exteriores, presentando el aspecto de pequeños lirios. Destaca especialmente su estigma dividido, de color violeta oscuro o azul pálido. Las hojas son anchas, con una raya plateada que cruza por la mitad; salen en primavera, mientras que las flores aparecen entre octubre y noviembre. Es una de las plantas bulbosas que florece más tardíamente.

La especie *Crocus banaticus* crece en bosques claros de la península de los Balcanes; cultivada en el jardín, se adapta bien a zonas de semisombra.

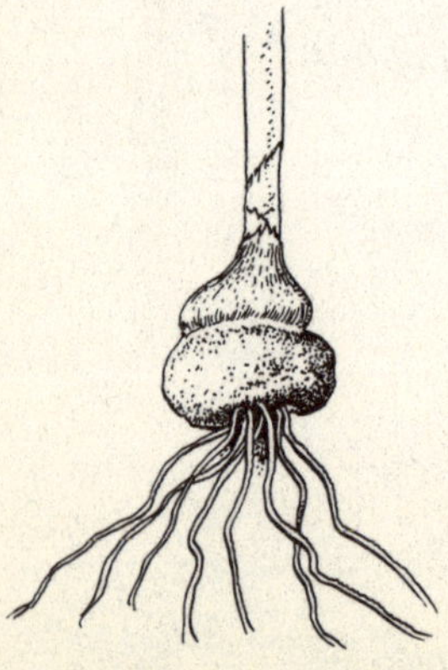

4

Bulbos sólidos/Hojas: Grandes, esféricos, con una túnica delgada (4)./ Las hojas no salen hasta que las flores no se marchitan por completo; en la base de las hojas crecen pequeños bulbos sólidos.
Flores/Frutos: De hasta 10 cm de largo, tubulares en la base y que después se ensanchan, de tonos variados que van desde el violeta al blanco; pétalos de hasta 6 cm de largo y 2 cm de ancho, anteras amarillas y estigmas divididos, de color naranja oscuro./ Cápsulas constituidas por tres celdillas coriáceas.
Altura: Hasta 10 cm.
Periodo de floración: Octubre-noviembre.
Rústica.

1
2
3

Crocus de los Alpes — Iridáceas

Crocus vernus subsp. *albiflorus* — *Iridaceae*

Este crocus es una especie abundante en los Alpes, los Pirineos, los Tatra, en el sur de la Selva Negra y en zonas montañosas de Europa central. Es una planta de floración temprana, en primavera, que aparece al mismo tiempo que la soldanela *(Soldanella alpina)* en zonas de nieve durante el deshielo.

El nombre puede llevar a confusión, pues no todas las flores de esta especie son blancas, sino que pueden presentar toda la gama de tonos violeta. Los estigmas, más cortos que las anteras, son de color naranja. Los bulbos sólidos están recubiertos por una túnica reticulada que se disgrega fácilmente. Las hojas tienen 8 mm de ancho y una raya plateada por la mitad.

La subespecie *Crocus vernus* subsp. *vernus* está dotada de bulbos sólidos más pequeños con escamas que forman una especie de red (3). Estos bulbos son muy estoloníferos, por lo que esta especie se multiplica y dispersa con facilidad. El color de sus flores varía desde el violeta al blanco puro con rayas violetas. La entrada del tubo de la corola es blanca y no tiene pelos en la base. El estigma es más largo que los filamentos de las anteras, a diferencia de la subespecie anterior. Crece en Albania, Grecia, Bulgaria, en los Cárpatos y en las montañas de Turquía. En la naturaleza existen numerosas variedades de distintos colores, a partir de las cuales y mediante selección se ha obtenido una amplia gama de híbridos de jardín (2) que se conocen con el nombre de híbridos holandeses o crocus holandeses (se han descrito más de cien especies). Dan flores mucho más grandes que la especie tipo y bulbos sólidos también de mayor tamaño. Florecen algo más tarde (marzo-abril).

Entre los numerosos cultivares podríamos citar, entre otros, 'Dutch Yellow', de color amarillo y floración precoz; 'Flower record', de color azul violeta; 'Jeanne d'Arc', de grandes flores blancas y 'Remembrance', de flores azul-violeta.

La mayoría de estos híbridos de flores grandes son estériles, por lo que sólo es posible la multiplicación vegetativa. Los bulbos sólidos deben trasplantarse después de tres o cinco años. Se deben arrancar a principios de julio, limpiar y almacenar hasta septiembre y plantar a continuación con una distancia de 6-8 cm entre ellos. Conviene protegerlos contra los pequeños roedores.

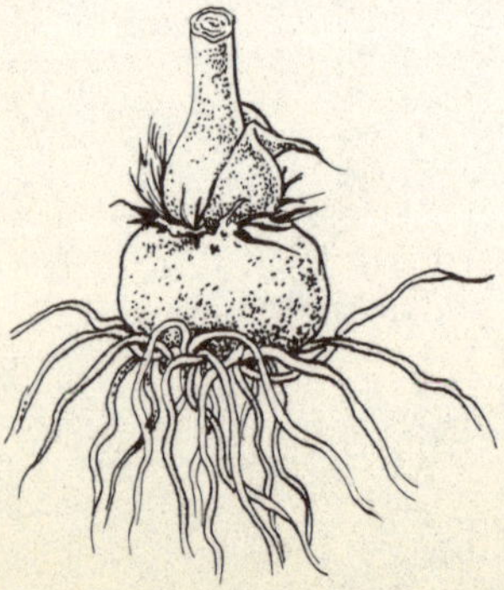

3

Bulbos sólidos/Hojas: De hasta 5 cm de diámetro y forma achatada./ Numerosas, de hasta 8 mm de ancho con una raya plateada por la mitad (1).
Flores/Frutos: En la especie tipo son de color blanco o violeta más o menos oscuro, pero nunca amarillas (los cultivares son de colores más variados)./ Cápsulas triangulares coriáceas con grandes semillas esféricas.
Altura: 5-10 cm.
Periodo de floración: Febrero-marzo. Rústica.

1

2

Ciclamino, Pamporcino Primuláceas
Cyclamen hederifolium (sin. *neapolitanum*) *Primulaceae*

El nombre del género proviene del griego *kyklos* (circular), en alusión a la forma de sus tubérculos. Veinte especies de este género crecen en regiones boscosas de Europa central, cuenca mediterránea y Asia Menor. Los tubérculos están recubiertos por una capa de corcho. De ellos salen las hojas, que forman una especie de roseta; son circulares, acorazonadas o en forma de judía y de color ligeramente plateado por el haz y violáceo por el envés. Las flores son colgantes, con pétalos doblados, de colores rosa, violáceo o blanco. Determinadas especies florecen a lo largo de la primavera, mientras que otras lo hacen entre finales de verano y otoño. Las variedades de flores grandes, obtenidas a partir de *C. persicum* (ciclamen de los floristas), están especialmente indicadas para cultivo en macetas. En cuanto se marchitan las flores, se desarrollan las cápsulas con las semillas; los pedicelos se enrollan en forma de tirabuzón, escondiendo las semillas bajo la superficie. Es fácil la multiplicación por semillas.

Los ciclámenes se aclimatan bien en zonas de semisombra con suelos calcáreos, profundos y ricos en humus, pero no toleran los suelos muy húmedos. Se adaptan bien al cultivo bajo arbustos o en rocallas en sitios resguardados.

Cyclamen hederifolium (sin. *C. neapolitanum*) (1) es una de las especies de mayor aceptación; crece en el sur de Italia y de Francia, en Grecia y en algunos otros lugares del Mediterráneo. Sus tubérculos (2), a diferencia de los de otras especies de ciclámenes (3, 4, 5), son planos, con raíces que emergen de su superficie. Las hojas salen una vez que las flores se han marchitado y permanecen verdes hasta la primavera siguiente. Presentan unas ligeras marcas en la superficie, como las de la hiedra, lo que les confiere un gran valor decorativo. Estas plantas necesitan un aporte de compost o de mantillo en la superficie.

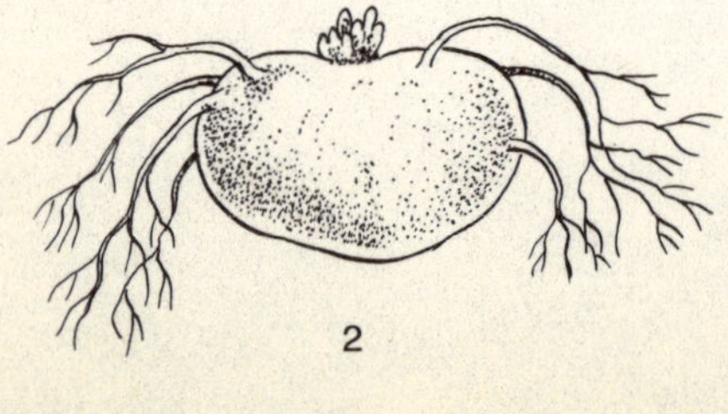
2

Tubérculos/Hojas: Grandes, aplanados, con raíces que emergen de la parte superior; deben plantarse a 10-20 cm de profundidad./ Las hojas salen una vez marchitas las flores; son de circulares a oblongas, dentadas, de tamaño variable, con dibujos plateados; los tonos oscilan de un verde puro a plateado, pasando por todos los jaspeados posibles.
Flores/Frutos: De hasta 1 cm de largo, colgantes, con colores que van del blanco puro al rosa violáceo, con una mancha oscura en la entrada del tubo del periantio. No son olorosas./ Cápsulas redondas, pedicelo enrollado en forma de tirabuzón, semillas que germinan con facilidad.
Altura: 10-15 cm.
Periodo de floración: (Agosto) septiembre-octubre.
Rústica, pero precisa protección en invierno.

1

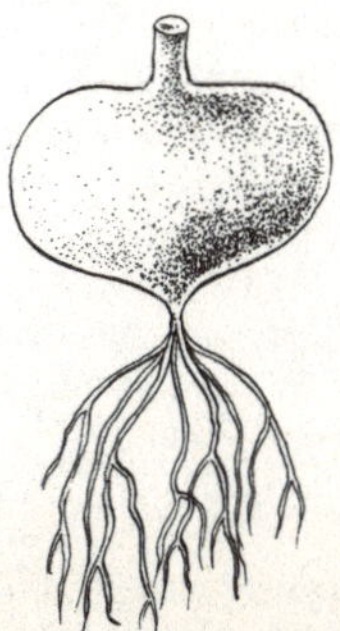

4

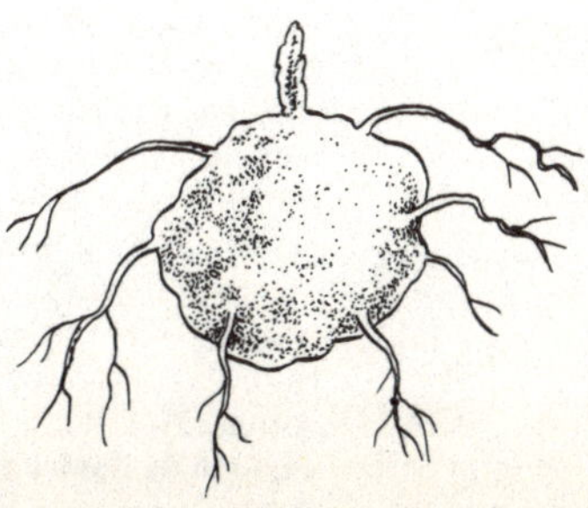

3

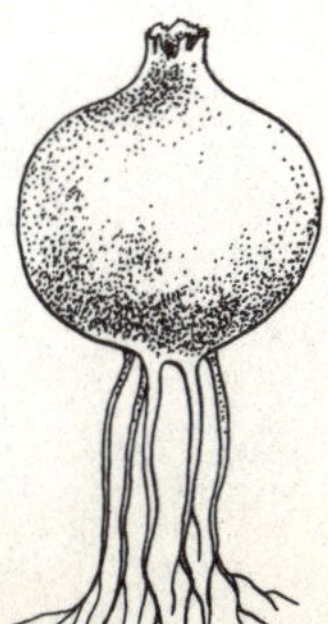

5

Ciclamen común

Primuláceas

Cyclamen purpurascens

Primulaceae

Se trata de la única especie europea de ciclamen que crece también al norte de los Alpes (1). Especie muy común en ciertas regiones alpinas, de la península de los Balcanes y de la cadena de los Tatras, crece bien en suelos pedregosos, ricos en humus y calcáreos, generalmente al pie de los pinos en zonas a gran altitud. A pesar de que sus tubérculos son tóxicos, los jabalíes los desentierran y se los comen. Se diferencia de la especie *C. hederifolium* (*ver* pág. 76) por las hojas, de coloración menos vistosa en el haz (el envés es de color rojo), por las flores, perfumadas y de base claramente circular, mientras que las de *C. hederifolium* son de base hexagonal, estando dotado cada pétalo de una pequeña aurícula. Las flores de *Cyclamen purpurascens* son más precoces que las de su pariente y las raíces emergen de los laterales del tubérculo, no solamente de la parte superior, como sucede en esta última especie.

Cyclamen purpurascens es una especie relativamente rústica, pero en zonas frías es conveniente colocar una protección de ramas de coníferas u hojas muertas antes de que comiencen las heladas. Los tubérculos no se deben plantar a demasiada profundidad, basta con 1-2 cm. Al cabo de algunos años aparecerán gran cantidad de flores.

Esta especie se aclimata perfectamente a zonas de semisombra, debajo de arbustos o plantada junto a pequeños helechos. Produce un efecto muy vistoso si se planta en grupos debajo de árboles de gran tamaño.

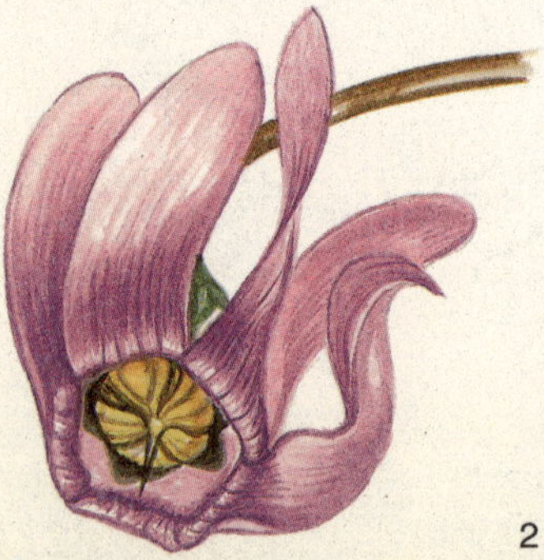

2

Tubérculos/Hojas: De forma redonda, ligeramente hundidos en la superficie, recubiertos por un tejido acorchado; las raíces crecen en los laterales./ Salen del centro ligeramente hundido de la parte superior del tubérculo. Son de forma circular, ligeramente dentadas, con marcas plateadas en el haz y envés de color rosa violáceo (debido a la presencia de antocianina).
Flores/Frutos: Colgantes, corolas de cinco pétalos, de color rosa-malva con una mancha oscura en la base del periantio (2)./ Cápsulas situadas en el extremo de un pedicelo enrollado en forma de tirabuzón (3).
Altura: 10-15 cm.
Periodo de floración: Julio-septiembre. Rústica, pero es aconsejable alguna protección invernal en regiones de clima frío.

1

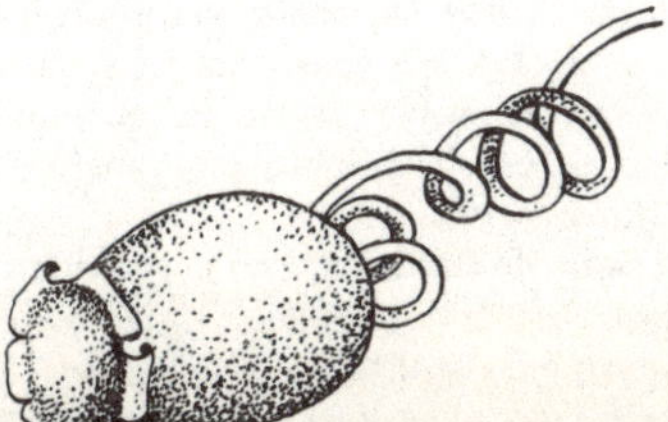

3

Cyclamen repandum

La especie *Cyclamen repandum,* también conocida con el nombre de *C. vernale* (1) crece en el sur de Europa y Asia Menor. Pertenece al grupo de especies de ciclámenes de floración primaveral. Sus hojas exhiben motivos plateados muy decorativos, parecidos a los que presenta la especie de floración otoñal *C. neapolitanum* (ya descrita en la página 76), pero algo más apagados.

Las hojas nacen en otoño a partir de pequeños tubérculos, existiendo dentro de ellas una gran variedad de formas y colores. Las flores, que aparecen entre abril y mayo, desprenden un intenso aroma. Estos ciclámenes necesitan una buena protección invernal a base de hojas o de ramas de coníferas.

Cyclamen coum (sin. *C. orbiculatum*), que florece también en primavera, es una especie mucho más rústica. Las hojas, acorazonadas o circulares, son de color verde oscuro, sin motivos destacables en el haz, pero con el envés de color rojo violáceo, como la mayoría de los ciclámenes. Las flores son de color rosa con una mancha oscura en la base de cada pétalo. Habiéndose cultivado y seleccionado desde hace mucho tiempo, se han obtenido numerosos clones, con colores que van desde el blanco puro con mancha carmín en la base hasta rojo violáceo oscuro (2).

C. libanoticum (3) también pertenece a las especies de floración primaveral. Se planta en septiembre, mientras que las de floración otoñal se plantan en agosto, a 3-5 cm de profundidad según el tamaño de los tubérculos. La siembra es fácil, siempre y cuando las semillas sean frescas (recogidas a partir de julio-agosto). Germinan al cabo de tres a seis semanas y mantienen su poder germinativo durante tres años. Las plantas se deben repicar y aclimatar antes de la plantación definitiva en el exterior, que será en rocallas o bajo árboles de gran tamaño, junto a otras plantas de floración primaveral (eléboros, hepáticas, crocus y otros).

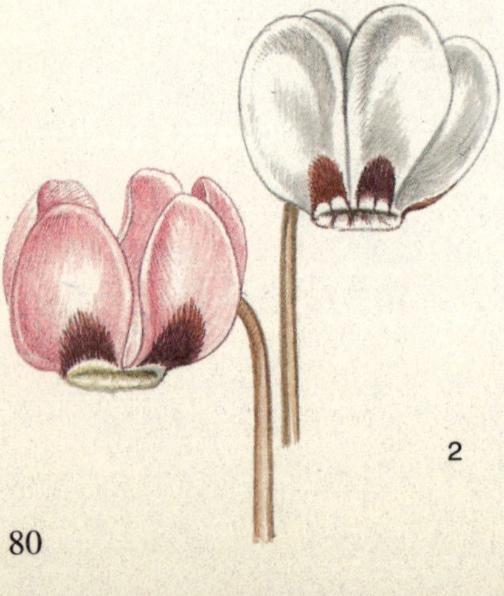

2

Tubérculos/Hojas: Pequeños, con raíces que emergen únicamente de la parte inferior./ Verdes con tenues dibujos plateados; el envés de color rojo, de hasta 2,5 cm de largo.
Flores/Frutos: De color rojo carmín intenso, rojas en el centro, colores muy variados, olorosas./ Cápsulas dispuestas sobre un pedicelo enrollado sobre sí mismo.
Altura: 10 cm.
Periodo de floración: Marzo-principios de abril.
No del todo rústica; se aconseja una protección invernal, al menos en las zonas más frías.

3
1

Ñame
Dioscorea batatas

Dioscoreáceas
Dioscoreaceae

Este género comprende unas seiscientas especies repartidas por regiones tropicales y subtropicales de todo el mundo. Muchas crecen en regiones muy distantes de sus países de origen. Dentro del género existen especies que se cultivan por sus tubérculos ricos en fécula. Estas plantas forman lianas que, según la especie, se enrollan hacia la izquierda o hacia la derecha. Si disponen de algún soporte, suelen trepar muy alto. Los tubérculos subterráneos pueden ser bastante grandes (3), formándose en algunos casos pseudo-tubérculos sobre los tallos o en la base de las hojas, que suelen tener forma de corazón y nervios muy marcados, en algunos casos con espectaculares dibujos (*D. discolor,* 2).

Algunas especies son parcial o totalmente rústicas bajo las condiciones climáticas de nuestras regiones. Entre ellas podemos citar *D. caucasica,* del Cáucaso, y *D. batatas* (1), de Extremo Oriente. Son plantas trepadoras, por lo que sirven para cubrir pérgolas, rejas y vallas. Con el tiempo la planta entera llega a pesar mucho, por lo que el soporte deberá ser resistente.

Los *Dioscorea* necesitan suelos de jardín buenos, profundos, bien drenados y ricos en humus. Los tubérculos se deben transplantar cuando la planta ya está muerta. La multiplicación se lleva a cabo mediante los tubérculos subterráneos o los pseudo-tubérculos aéreos que se forman en el tallo o en la base de las hojas. También es posible multiplicar por esquejes, pero teniendo en cuenta que deben pasar el primer invierno a resguardo de las heladas. A partir del segundo año ya se podrán plantar en el exterior.

Tubérculos/Hojas: Largos o más o menos esféricos, que pueden llegar a pesar hasta 1 kg; pequeños pseudo-tubérculos sobre los tallos./ Color verde brillante, de 6 a 10 cm de largo, en forma de corazón, nervios marcados.
Flores/Frutos: Pequeñas, monoicas o dioicas, de 6 pétalos, en forma de campanilla o trompeta, de color amarillo verdoso o rosa; forman racimos que se ocultan tras un denso follaje, desprendiendo en ocasiones un suave perfume./ Cápsulas triangulares.
Altura: Algunos pueden alcanzar los 6 m o incluso más.
Periodo de floración: Verano.
Rústica, pero necesita una buena protección invernal. Los tubérculos pueden arrancarse y almacenarse como los de las dalias. Algunas especies pequeñas, como *D. villosa* y *D. fargesii,* son totalmente rústicas.

3

2
1

Dracunculus vulgaris

Se trata de un género muy cercano a *Arum,* en el cual se incluía antiguamente. Dentro de él podemos destacar sobre todo dos especies, *D. vulgaris* y *D. canariensis,* que se distinguen por la estructura de sus flores y la división de sus hojas. Crecen en las regiones mediterráneas, en zonas muy húmedas en invierno y secas en verano. El nombre proviene de la palabra latina *draco,* que significa dragón, en alusión a la forma de dragón que presenta la planta en determinadas etapas de su desarrollo. Solamente se cultiva la especie *D. vulgaris.*

Es una especie dotada de un tubérculo bastante grande, peciolo blanquecino cubierto por una vaina jaspeada y hojas profundamente divididas que pueden alcanzar los 100 cm de longitud. La inflorescencia, de hasta 30 cm de largo, está constituida por flores de color pardo-rojizo oscuro (1). En el momento de plena floración, las flores desprenden un olor a carne podrida que atrae a los insectos, sobre todo a las moscas, asegurándose la polinización de las flores que están ocultas dentro de la espata.

Esta planta tiene aceptación esencialmente entre los aficionados a las plantas raras e insólitas. En nuestras condiciones climáticas no es una planta rústica, por lo que los tubérculos deberán ser almacenados durante el invierno en algún lugar seco. La multiplicación se lleva a cabo mediante tubérculos secundarios, pero también se puede hacer por semillas, teniendo en cuenta que las plantas no florecerán hasta transcurridos varios años.

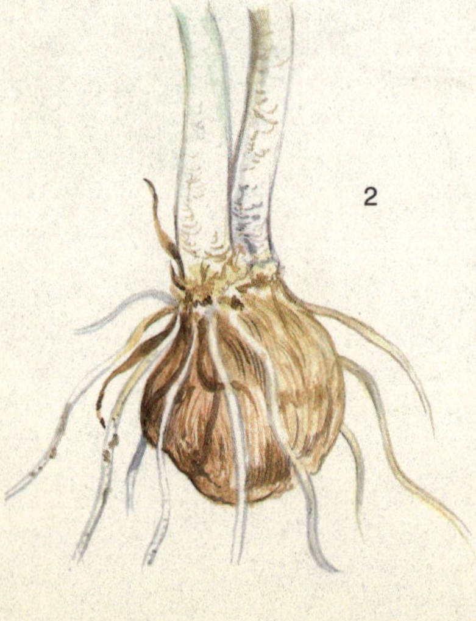

2

Tubérculos/Hojas: Planos, de hasta 8 cm de diámetro (2)./ Hojas muy divididas dispuestas sobre un gran peciolo de hasta 100 cm de alto, rodeado por una vaina jaspeada.
Flores/ Frutos: Desde pardo-rojizo a rojo violáceo oscuro, situadas en la parte inferior del espádice, que a su vez está envuelto por un espata de 20 cm de ancho y 30 cm de largo, del mismo color que la flor. Intenso olor a carne podrida./ Bayas.
Altura: Espata floral con tallo de hasta 60 cm de alto; hojas de hasta 100 cm de largo.
Periodo de floración: Mayo-junio.
No rústica.

1

Acónito de invierno
Eranthis hyemalis

Ranunculáceas
Ranunculaceae

El interés que despiertan estas plantas es debido a su floración al comienzo de la primavera. Dentro del género existen dos especies que crecen en el sur de Europa y otras seis repartidas por Asia Central y Extremo Oriente. Están clasificadas dentro del género *Shibateranthis*. Las hojas son bajas, lobuladas y palmeadas; los tallos florales llevan una o dos flores grandes amarillas, que se cierran por la noche y en días nublados. Los acónitos comienzan a desarrollarse a principios de febrero a partir de pequeños rizomas tuberosos. Son plantas que se resiembran muy a menudo, formando rápidamente grandes colonias.

Prefieren zonas ligeramente sombrías y suelos neutros o ligeramente alcalinos, profundos y ricos en humus; conviene evitar condiciones climáticas de elevada sequedad y pleno sol, que pueden dañar las hojas. No son plantas demasiado exigentes; sólo precisan una protección de hojas secas, mantillo o compost.

La multiplicación por siembra es sencilla; las semillas se plantan en otoño y hay que tener en cuenta que las plantas obtenidas no florecerán hasta que pasen cuatro o cinco años. También se puede llevar a cabo la multiplicación mediante división de tubérculos (3). Se deben plantar entre septiembre y octubre, a 5-7 cm de profudidad y con 10 cm de distancia entre ellos.

Dado que prefieren la semisombra, un lugar apropiado para su cultivo es bajo arbustos o árboles de hoja caduca, entrando pronto en su periodo de reposo.

La especie *Eranthis hyemalis* crece en todo el sur de Europa, excepto en Grecia, donde crece otra especie, *E. ciliata* (2), que florece algo más temprano. Esta ultima presenta hojas finamente divididas alrededor de las flores, que son de color amarillo dorado, a diferencia de las de la especie *E. hyemalis,* de color amarillo más bien pálido. El híbrido entre las dos especies, *E.* x *tubergenii,* da lugar a flores mucho más grandes, pero es estéril, como la mayoría de los híbridos, por lo que no produce semillas y la única multiplicación posible es por vía vegetativa.

2

Rizomas/Hojas: Pequeños, oscuros, tuberosos, de formas irregulares, parecidos a los rizomas de la anemone./ Palmeadas, lobuladas, muy divididas.
Flores/Frutos: Piezas de 2-3 cm, color amarillo dorado, dispuestas sobre hojas trilobuladas, palmeadas; 6 nectarios en forma de tubo./ Folículos con pedicelo, provistos de un pico en el extremo (4); semillas multiangulares, de color marrón.
Altura: 5-15 cm.
Periodo de floración: (Enero) febrero-marzo.
Rústica.

1
3
4

Eremurus stenophyllus

El nombre latino del género deriva del griego *eremos* (desierto) y *oura* (cola), en alusión al parecido que muestra su inflorescencia con la cola de un animal y a su crecimiento en el desierto. La mayoría de las treinta especies que componen este género están repartidas por las estepas de Asia central y occidental.

La planta está dotada de tubérculos divididos en varias raíces carnosas (entre cinco y ocho), largas, que se extienden lateralmente bajo tierra. Del centro nace una roseta densa de hojas estrechas, lanceoladas, de longitud variable y un tallo robusto, que suele medir 2,5 m de alto (4). La inflorescencia está compuesta por pequeñas flores trímeras de diversos colores. Los largos filamentos que constituyen las anteras (2) acaban de completar el aspecto peculiar de esta planta.

Los *Eremurus* requieren suelos ligeros, bien drenados y fértiles, ni fríos ni húmedos (es una planta de estepa). Se aclimatan mejor en lugares soleados y cálidos, protegidos de la humedad durante el invierno. La multiplicación se puede hacer por siembra (las semillas deben plantarse cuando están maduras, en otoño o más tarde y no germinan hasta que no pase un periodo de frío). También se puede llevar a cabo la división de grandes matas, teniendo la precaución de que haya un brote en cada división. Para alcanzar un desarrollo óptimo, los *Eremurus* deben tener un sistema radicular bien afianzado, lo que puede llevar varios años. Por eso no es aconsejable arrancar las raíces o transplantarlas.

Dado el gran tamaño de estas plantas, el mejor emplazamiento para ellas es en espacios despejados de parques y jardines, delante de árboles o arbustos; pero como desaparecen gran parte del año, se pueden combinar con plantas vivaces de enraizamiento superficial (*Thymus, Gypsphila, Potentilla,* etc.). Con las inflorescencias cortadas se confeccionan vistosos ramos. La especie *Eremurus robustus*, originaria del Turkestán, tiene flores rosas (3) y es la más grande (hasta 2,5 m de alto). *E. spectabilis,* procedente del Cáucaso, da flores de colores entre amarillo y ocre y no es tan alta. *E. himalaicus* da flores blancas y *E. stenophyllus,* de Asia central, es claramente más baja que las anteriores, cultivándose sobre todo la variedad *bungei,* de flores amarillas con anteras rojas (1).

3

Tubérculos/Hojas: Se extienden horizontalmente, como una estrella de mar./ 25 cm de largo, 1 cm de ancho.
Flores/Frutos: De color amarillo oscuro, con rayas de color naranja en la parte superior; dispuestas en racimos de 25 cm de longitud./ Cápsulas que contienen semillas negras angulares.
Altura: 90-120 cm.
Periodo de floración: Junio.
Necesita una buena protección invernal, principalmente contra la humedad.

2
4
1

Diente de perro

Erythronium dens-canis

Liliáceas

Liliaceae

Los *Erythronium* son plantas vivaces dotadas de bulbos de formas diversas, que dan origen a dos hojas oblongas, lanceoladas pero muy anchas, con jaspeados pardo-rojizos. Este género comprende quince especies, de las cuales existe sólo una en Europa *(Erythronium dens-canis)*. De las otras especies, la mayoría crecen en el oeste de Norteamérica.

Las flores van en algunos casos dispuestas en racimos constituidos por una o dos flores colgantes, compuestas por seis pétalos doblados, semejantes a los de ciclámenes o azucenas, de colores blanco, amarillo, rosa o violáceo.

Los *Erythronium* son plantas de cultivo sencillo; les basta con disponer de suelos ricos en humus, ligeros, más bien húmedos y estar situados en semisombra. Hay que evitar que padezcan sequedad en verano. Se multiplican rápidamente por bulbillos, dando lugar en poco tiempo a matas muy aparentes y de gran valor decorativo en rocallas y jardines, en zonas ligeramente sombrías al pie de los árboles.

La especie *Erythronium dens-canis* es un huésped, poco común, de los bosques de hoja caduca y laderas cubiertas de maleza de Europa. Puede llegar a crecer hasta 1.700 m de altitud en la vertiente sur de los Alpes, siendo también conocida en Siberia y Japón, donde aparece en raras ocasiones. El nombre le viene dado por la peculiar forma de su bulbo, parecida a un diente de perro (2). Existen numerosas variedades de jardín con flores de colores muy diversos, entre las que cabe citar algunas de flores blancas (3), mutantes naturales no resultantes de ningún proceso de selección.

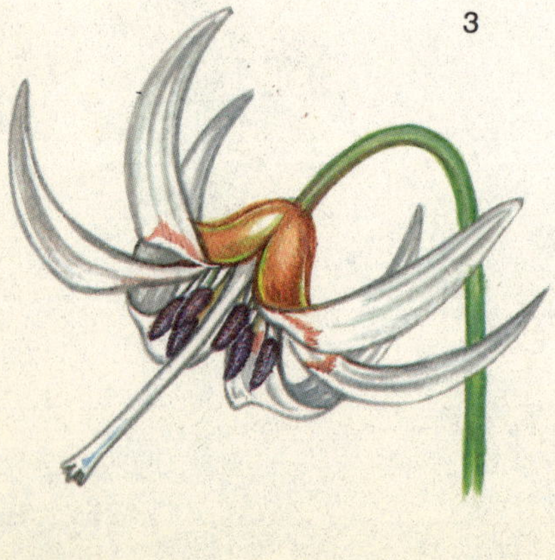

Bulbos/Hojas: Ovoides, oblongos, finos, en forma de diente de perro (de ahí su nombre), con numerosos bulbillos sésiles./ Entre oblongas y lanceoladas muy anchas, salpicadas de color púrpura y que forman una especie de vaina en la parte basal.
Flores/Frutos: Colgantes, colores entre rosa y violeta; el tallo, de 15 cm de altura, está rematado por una flor solitaria de 6 piezas, dobladas y con manchas de color pardo por el envés./ Cápsulas apergaminadas más o menos aovadas (4) con multitud de pequeñas semillas.
Altura: 15-30 cm en flor.
Periodo de floración: Marzo-abril.
Rústica.

1
2
4

Erythronium revolutum

Es una de las especies más hermosas de este género y la que florece más tardíamente. Crece en los bosques costeros pantanosos de California y Oregón, en el noroeste de los Estados Unidos. Posee de una a cuatro hojas, con manchas de color entre blanco y marrón pálido (1). Se comercializan varios cultivares, entre los que destacan (2, 3): 'Johnsonii', de flores rosa violáceo con el centro naranja, hojas de color marrón oscuro; 'Rose Beauty', de color rosa y más alta que la especie tipo; y 'White Beauty', de flores blancas con el corazón amarillo anaranjado y hojas con manchas pardo-rojizas.

Los *Erythronium* prefieren zonas ligeramente sombrías, húmedas y suelos porosos y ricos en humus. Como ocurre con la mayoría de las plantas originarias de América, necesitan protección contra el exceso de humedad, mediante hojas secas o incluso con la ayuda de una lona, pero sólo durante el invierno, debiendo retirarse esta protección antes de que comience de nuevo el desarrollo vegetativo. Esta especie se adapta muy bien al cultivo en rocalla o bajo árboles y arbustos.

2

3

Bulbos/Hojas: De tamaño mediano, con numerosos bulbillos./ De 1 a 4, con manchas entre blanco y pardo-rojizo.
Flores/Frutos: Solitarias, raramente en parejas, de color entre blanco y rosa violáceo, de hasta 4 cm de diámetro./ Cápsulas triangulares ovoides.
Altura: Hasta 15 cm, puede llegar incluso a 30 cm o más cuando está en flor.
Periodo de floración: Abril-mayo (junio). Rústica, pero es aconsejable protegerla contra el exceso de humedad durante el invierno.

1

Erythronium tuolumnense

Esta especie norteamericana, de hojas unidas de color verde amarillento y flores amarillas, fue descubierta en California a mediados de este siglo. A diferencia de la especie *Erythronium grandiflorum,* que se describirá a continuación, su estigma es entero. Crece bien en suelos húmedos, ricos en compost, en los que forma grandes colonias (por medio de bulbillos) y florece abundantemente. Los tallos, de 30 cm de altura, llevan una o, en raras ocasiones, dos flores. Como la mayoría de los *Erythronium,* deben dejarse en el mismo emplazamiento el mayor tiempo posible. Los bulbos arrancados se desecan con facilidad, por lo que es preferible mantenerlos en turba húmeda y durante el menor tiempo posible. La germinación es muy lenta, pudiendo tardar las plantas hasta cinco años en florecer. Se recomienda añadir una capa de compost bien disuelto en el lugar donde se plantan los *Erythronium.*

Existe un híbrido entre *E. tuolumnense* y *E. revolutum,* llamado 'Pagoda', que da origen a cuatro flores de gran tamaño dispuestas sobre un tallo que alcanza los 45 cm de altura; la especie *E. henderdonii,* de flores rosa violáceo y anteras azul-violeta, es igualmente originaria de América (2).

2

Bulbos/Hojas: De tamaño medio (3), con numerosos bulbillos./ De hasta 30 cm de largo, lanceoladas muy anchas, de color verde amarillento, sin dibujos.
Flores/Frutos: Una sola flor de color amarillo dorado con un estigma entero sobre un peciolo largo./ Cápsulas triangulares.
Altura: 40 cm cuando están en flor.
Periodo de floración: Abril-mayo.
Rústica, aconsejándose protección durante el invierno contra el exceso de humedad.

1

3

Eucharis grandiflora

El nombre del género proviene de la palabra griega *eucharis,* que significa "muy airoso", en alusión a sus hermosas flores. La planta es originaria de los Andes de Colombia, donde se pueden encontrar ocho especies diferentes. A partir de los bulbos, que pueden presentar diferentes formas y tamaños, nacen las hojas, muy anchas y ovaladas, y el tallo floral de 60 cm, rematado en una umbela de flores grandes de color blanco puro, brillantes y perfumadas. Al igual que sucede en el género *Narcissus,* próximo a él, las flores no constan de cáliz y corola (2), sino que las piezas del periantio forman dos coronas.

La especie *Eucharis grandiflora* (1) se encuentra entre las especies de mayor difusión; sus umbelas constan de hasta 10 flores blancas, de 7 cm de diámetro cada una. Dadas las necesidades de calor de estas plantas, ninguna especie de este género se puede cultivar en el exterior bajo las condiciones climáticas europeas. El cultivo se llevará a cabo, pues, en interiores o en invernadero, en macetas o en contenedores (los bulbos se deberán plantar a 3-5 cm de profundidad). En invierno, durante el periodo de reposo, su temperatura óptima oscila entre 13 y 15° C y durante el verano 20° C aproximadamente, en zonas ligeramente sombrías y de atmósfera humeda. El suelo debe estar compuesto por dos partes de mantillo de hojas, una parte de turba y otra parte de tierra rica, además de algo de arena y compost. Las plantas de *Eucharis* sólo se deben transplantar cada tres o cuatro años. Poseen unas raíces muy delicadas, por lo que habrá que manejarlas con sumo cuidado. Estas plantas pasan dos o tres periodos de reposo a lo largo del año, floreciendo otras tantas veces (al principio de la primavera, en verano y en otoño).

La multiplicación se lleva a cabo por bulbillos laterales. Mediante siembra, las plantas tardan varios años en florecer. Son muy indicadas como flor cortada para confección de ramos.

2

Bulbos/Hojas: De hasta 7 cm de diámetro, ovoides, con un cuello largo./ Ovaladas muy anchas, de color verde intenso, con el borde ondulado (3), sobre todo en plantas ya adultas.
Flores/Frutos: 3-6 (en ocasiones 10) flores blancas, algunas alcanzan 7 cm de diámetro; la corola puede llegar a medir 12 cm de largo, largas anteras verdosas./ Cápsulas.
Altura: Hasta 60 cm cuando están en flor.
Periodo de floración: Varias veces al año, al principio de la primavera, en verano, en otoño. Planta delicada, que debe cultivarse en interiores.

1

3

Liliáceas

Eucomis bicolor

Liliaceae

Se trata de una planta extraña, con una inflorescencia que destaca por su peculiar forma más que por sus colores. Las hojas tienen forma de sable, son puntiagudas y de color verde con tonalidades rojas por los bordes (4) y moteadas en algunas especies. Forman una roseta que rodea a una inflorescencia cilíndrica y densa, que asemeja a una piña o a una corona imperial. Las plantas pueden llegar a medir hasta 50-70 cm de altura.

El género comprende alrededor de doce especies de plantas tropicales, originarias de África austral. La especie *Eucomis undulata* fue la primera que se introdujo en Europa. Su altura es de 40-50 cm y sus flores son de color verde, ligeramente teñidas de rosa. La especie *E. punctata* se distingue por presentar el tallo y las hojas inferiores jaspeadas. *E. bicolor* (1) es la especie que se cultiva con más frecuencia; de flores de color amarillo verdoso con un ribete violeta y hojas unidas (3).

Los *Eucomis* deben ser cultivados en lugares resguardados y en suelos ricos. En regiones con nuestro clima, pueden permanecer fuera durante el invierno si los bulbos se han plantado a 20-30 cm de profundidad y si disponen de algún tipo de protección invernal. Durante el periodo vegetativo los riegos deben ser frecuentes, pero se irán reduciendo después de la floración, ya que el exceso de humedad puede dañar los bulbos. Si se cultivan en macetas, se deben plantar dejando que sobresalga el cuello del bulbo. La multiplicación se efectúa rápidamente por bulbillos.

Dado el aspecto tan peculiar que presenta esta planta, es perfecta para cultivarla en macizos grandes y espacios amplios, en especial combinada con otras plantas de aspecto tropical (como yucas o cactus, por ejemplo), o para la confección de ramos.

3

Bulbos/Hojas: De hasta 8 cm de diámetro (2)./ Largas y en forma de cinta, de hasta 10 cm de ancho y 50 cm de largo, de bordes dentados, unidas por el envés.
Flores/Frutos: Alrededor de 1,5 cm de diámetro, de color verde con un ribete violeta, forman un racimo denso de 30 cm de longitud; tallo jaspeado./ Cápsulas triangulares con semillas ovales, oscuras y de poder germinativo duradero.
Altura: 50-60 cm.
Periodo de floración: Junio-agosto.
Rústica, pero es aconsejable algún tipo de protección durante el invierno.

1
2
4

Freesia refracta

Cuando en el siglo XIX el físico y botánico F. H. Freese descubrió en África austral esta pequeña planta bulbosa que lleva su nombre, no se imaginaba lo popular que llegaría a ser dicha planta. Actualmente la obtención de nuevas variedades se ha convertido en un asunto comercial. Las especies *Freesia refracta* y su prima hermana *Freesia armstrongii* han sido la base de los programas de selección, pero presentan hoy en día un mero interés botánico.

Freesia refracta es una planta dotada de bulbos sólidos, con hojas en forma de espada, que salen de la base del tallo. Las flores, en forma de trompeta y de color verde-amarillo, están dispuestas en espiga, todas orientadas hacia el mismo lado. La especie *F. armstrongii* tiene flores blancas con la garganta amarilla y con un ribete rosa lila. Mediante cruzamientos entre las dos especies se han obtenido multitud de cultivares, con flores de todos los colores posibles e imaginables (1, 2). Las flores blancas, amarillas y de color crema desprenden aromas mucho más intensos que las de color rosa y violeta.

Estas plantas no son rústicas y sólo se pueden cultivar en invernadero o en interiores. Necesitan suelos ligeros, porosos, ricos en humus y en elementos nutritivos, con pH que oscilen alrededor de 7. Al principio de la primavera se recomienda un aporte de fertilizante y de un producto a base de hierro. Los bulbos sólidos deben plantarse entre mediados de julio y octubre, en contenedores o en macetas, a 4-5 cm de profundidad. En cuanto empiezan a brotar, se les debe añadir fertilizante; cuando ya salen los tallos, las macetas se deben colocar en un invernadero a 10-15° C. *Freesia* también se puede multiplicar por semillas, que se plantan en bandejas entre abril y junio. Una vez que empiezan a germinar, las bandejas deben colocarse en el invernadero, pudiéndose transplantar al exterior a partir de mayo. La variedad más conocida y más utilizada es la llamada 'Paradise Freesia'. Son plantas muy apropiadas para confeccionar ramos y para forzar su cultivo.

2

Bulbos sólidos/Hojas: Más o menos esféricos, pequeños, protegidos por una túnica reticulada./ En forma de espada, agrupadas en la parte inferior del tallo.
Flores/Frutos: Periantios trímeros, en forma de trompeta (3+3 pétalos colocados en dos filas), agrupados en espigas de 20 a 30 flores orientadas hacia el mismo lado. Colorido variado./ Cápsulas ovoides de 3 celdillas con semillas oscuras.
Altura: 25-60 cm.
Periodo de floración: Depende del periodo de plantación o de siembra.
Rústica.

1

Corona imperial
Fritillaria imperialis

Liliáceas
Liliaceae

El género *Fritillaria* comprende en torno a un centenar de especies repartidas por zonas templadas del hemisferio Norte, principalmente en Oriente medio y Asia central. Otro grupo de especies crece en el oeste de los Estados Unidos.

Son plantas de alturas variables (de 20 a 100 cm) y flores en forma de campana de colores muy diversos, siendo los más comunes el rosa, el violeta y el amarillo. Sólo se cultivan comúnmente de diez a quince especies, si bien los aficionados a estas plantas cultivan un número mucho mayor. Las especies norteamericanas son plantas de cultivo mucho más delicado (por ejemplo, *F. liliacea, F. pudica* y *F. recurva*).

Fritillaria imperialis (1) es una de las especies más preciadas y la de cultivo más generalizado. Es originaria del oeste del Himalaya y de las montañas de Irán y Afganistán. La primera cita de su cultivo en Europa data del año 1553, en Italia. Los tratados de jardinería de los siglos XVI y XVII ya mencionaban dicha especie bajo el nombre de "corona imperial". Se trata de una planta muy bella, que alcanza 1 m de altura y que da origen a una gran umbela constituida por doce flores o más, colgantes, de color naranja, rojo o amarillo. Las flores están coronadas por un manojo de hojas que le dan un aspecto exótico al conjunto. La planta ya florecida desprende un olor parecido al del tejón o el zorro.

Prefiere estar situada en lugares soleados, con suelos fértiles y bien drenados. Se puede realzar su valor decorativo si se planta en el borde de macizos de flores. También se puede combinar con otras vivaces, pero es demasiado grande para cultivarla en un jardín de rocalla. Necesita un aporte de abono para florecer bien; en caso contario florecerá irregularmente o no lo hará en absoluto. Se comercializan varios cultivares, entre los que se pueden destacar: 'Aurora', de flores de color rojo anaranjado, 'Orange Brillant', de flores naranja, y 'Lutea Maxima', con grandes flores de color amarillo intenso (2).

2

Bulbos/Hojas: Grandes, amarillos, de 6-7 cm de diámetro, con escamas, de olor acre y desagradable (3); contienen un alcaloide, la imperialina./ Las hojas de la parte basal y del tallo son diferentes, entre oblongas y lineales lanceoladas, brillantes.
Flores/Frutos: 12 o más, colgantes, en forma de campana, de hasta 6 cm de diámetro, en umbelas. Las flores son rojas, amarillas o naranjas, con nectarios en la base de los segmentos del periantio./ Grandes cápsulas de 6 ángulos sobre un pedicelo (4), numerosas semillas planas, ligeramente aladas.
Altura: 100 cm o más cuando está en flor.
Periodo de floración: Abril-mayo.
Rústica.

1
4
3

Tablero de damas
Fritillaria meleagris

Liliáceas
Liliaceae

Constituye la especie europea más conocida de este género; crece en zonas pantanosas e inundadas de las grandes cuencas fluviales y en bosques húmedos a lo largo de toda Europa central, incluida la península de los Balcanes y el Cáucaso. Esta especie se propagó mucho en el pasado, pero actualmente se encuentra amenazada de extinción debido a las técnicas agrícolas, por lo que en muchas regiones está protegida por la ley.

Fritillaria meleagris es una planta pequeña, con un tallo con pocas hojas y una o, en raras ocasiones, dos flores colgantes campanuladas, con cuadros violetas sobre fondo blanco (1, 3), de ahí su nombre vulgar. A partir de la especie tipo se ha obtenido una amplia gama de cultivares, como son 'Aphrodite', de flores color blanco puro, 'Charon', de flores violeta oscuro, 'Pomona', de flores blancas con tonos violeta (2), y 'Saturnus', de flores violeta pálido. Las especies *F. latifolia,* natural del Cáucaso y Asia Menor y *F. tubiformis,* de los Alpes, muestran una gran semejanza con *F. meleagris.*

F. meleagris crece bien si está expuesta al sol y si dispone de un terreno húmedo (cerca de algún arroyo o zona inundada), rico en humus y ácido. Para conseguir una abundante floración se aconseja suministrar abono en forma de compost, sin contenido calcáreo, o abono líquido, durante el periodo vegetativo.

Es una especie muy indicada para grandes jardines de rocalla; si dispone de un suelo adecuado, formará rápidamente grandes colonias que producirán una abundante floración. Sin embargo, hay que tener en cuenta que esta planta no crece bien si está situada muy cerca de arbustos o plantas vivaces de sistema radicular abundante.

Se multiplica por bulbillos, que se dividen en junio, en cuanto la planta entra en su periodo de reposo. Los bulbos son muy sensibles a la desecación, por lo que se deberán mantener en turba húmeda durante este periodo. Posteriormente, en agosto y principios de septiembre, se plantarán en una tierra adecuada, a 8-10 cm de profundidad.

4

Bulbos/Hojas: Más o menos esféricos, en ocasiones ligeramente achatados, de 10-30 mm de diámetro (4), cubiertos con una túnica blanca y de olor desagradable./ 4-5, erguidas, de color gris-verdoso, lineales, dispuestas sobre un tallo floral de color verde parduzco.
Flores/Frutos: 1 (2) campanulada, colgante, con cuadros violetas (existen multitud de cultivares, con colores diversos - *ver* arriba)./ Cápsulas multiloculares esféricas, semillas negras y ovaladas.
Altura: 30-40 cm.
Periodo de floración: Abril-mayo.
Rústica.

1
2
3

Fritilaria de flores pálidas — Liliáceas

Fritillaria pallidiflora — *Liliaceae*

Es la especie que se cultiva con más frecuencia de entre las *Fritillaria* de flores amarillas. *Fritillaria pallidiflora* (1) es originaria de las montañas del Altai, en Siberia, donde crece a 2.700 m de altitud. Posee un tallo de 40-50 cm de altura y bulbos grandes (4), que crecen con rapidez y son fáciles de obtener a partir de semillas. Estas se deben plantar a principios de otoño en arriates con suelos ricos en humus, ligeros y bien drenados. El lugar donde se planten las semillas debe cubrirse con una capa de 2 cm de turba y arena. Las plantas florecerán al cabo de tres o cinco años.

Fritillaria bithynica (sin. *F. citrina*), de flores pequeñas, originaria del oeste y noroeste de Asia Menor, se incluye también dentro de las especies de fritilarias de flores amarillas. *Fritillaria tubiformis* var. *moggridgei,* de grandes flores en forma de campana de color amarillo pálido, quizá sea una de las mejores especies dentro de este género (2). Crece de manera silvestre en los Alpes Marítimos, en el sur de Francia y en Italia. Dentro de las especies de flores amarillas destaca una que crece en Norteamérica, *F. pudica,* que da flores de color amarillo pálido de agradable aroma y que necesita suelos bien drenados. Desde hace poco tiempo se comercializa la especie *F. michailovskyi,* especie muy bonita de flores amarillas y pardas (3).

2

3

Bulbos/Hojas: Grandes, de hasta 6 cm de ancho, compuestos por multitud de escamas (4)./ Lanceoladas, anchas, las superiores en involucro, glaucas.
Flores/Frutos: De pedicelo corto, las piezas del periantio son de color amarillo pálido y están salpicadas de color rojo por el envés; las flores salen en grupo en el centro./ Cápsulas.
Altura: 40-50 cm.
Periodo de floración: Abril.
Rústica.

1
4

Gagea minima

Este género, representado por cerca de cuarenta especies, está constituido por pequeñas plantas bulbosas que crecen en herbazales y bosques de hoja caduca de Europa, Asia y Norteamérica. Se distinguen por sus hojas estrechas, que salen del suelo, en algunos casos con el borde pubescente. Las flores son de color amarillo oscuro, estrelladas, trímeras y forman un umbela poco densa. Las piezas del periantio tienen una raya verde en la cara exterior. Florecen al comienzo de la primavera y miden entre 10 y 30 cm de altura. Tras la floración, como la mayoría de las verdaderas geofitas, entran en el periodo de reposo.

El cultivo de plantas de este género es fácil, creciendo perfectamente en un suelo normal de jardín, aunque la mayoría de las especies son calcífugas. La multiplicación es rápida mediante siembra o por bulbillos, que se deben plantar en otoño, a 5-6 cm de profundidad. Son especies totalmente rústicas. Necesitan riegos. Las semillas se deben plantar una vez que estén maduras, preferiblemente en invernadero frío, empezando a florecer las plantas a partir del tercer año.

Un buen emplazamiento para *Gagea* es en jardines de rocalla, formando grandes matas bajo árboles de hoja caduca o arbustos. Además de la pequeña *G. minima* (1), cabría citar *G. bohemica* (2), especie muy escasa, dotada de un bulbo esférico y tallos pubescentes; *G. lutea* y *G. pratensis* son dos especies bastante comunes, grandes y con hojas mucho más anchas que las especies anteriores (3-10 mm).

3

Bulbos/Hojas: Pequeños, ovoides, blanquecinos (3), bulbos sésiles de dos en dos, con escamas normales./ Estrechas, erguidas, de un color verde suave.
Flores/Frutos: 1-3, bastante grandes, estrelladas, de color amarillo brillante por dentro./ Pequeñas cápsulas.
Altura: 5-10 cm.
Periodo de floración: Marzo-abril.
Rústica.

1
2

Narciso de las nieves, Campanilla de invierno Amarilidáceas

Galanthus nivalis *Amaryllidaceae*

El nombre botánico del género proviene de las palabras griegas *gali* (leche) y *anthos* (flor), en referencia al color lechoso de sus flores. Este género comprende alrededor de catorce especies, repartidas por Europa, Asia Menor y el Cáucaso. *Galanthus nivalis* (1) es una especie típica de Europa central y planta muy popular entre los jardineros, debido especialmente a su adelantada floración, siendo una de las especies que más temprano florecen.

Esta planta esta dotada de bulbos de forma entre esférica y ovoide, hojas oblongas acanaladas, flores colgantes trímeras, con dos filas de tres piezas cada una. Las piezas exteriores son anchas y se cierran cuando hace mal tiempo sobre las piezas interiores, más pequeñas y que presentan manchas verdes o amarillas sobre su superficie. La cápsula de tres celdillas contiene grandes semillas provistas de un apéndice carnoso (arilo) que, al ser alimento para las hormigas, ayuda a la dispersión rápida de estas plantas.

Los narcisos de las nieves necesitan suelos ricos en humus, frescos y situados bajo la sombra de árboles de hoja caduca. Una vez terminado su periodo de floración, entran en reposo, coincidiendo con la salida de las hojas de los árboles, por lo que no les afecta la sombra. Se les puede dejar en el mismo sitio durante mucho tiempo. Se multiplican por bulbillos, teniendo en cuenta que como única protección tienen una delgada membrana que los cubre, por lo que no resistirán estar almacenados durante mucho tiempo sin otra protección.

Se adaptan muy bien al cultivo entre arbustos o árboles, en zonas de semisombra. En jardines de rocalla se pueden combinar con otras plantas de floración más tardía. Además de *G. nivalis,* las otras especies cultivadas con más frecuencia son *G. elwesii,* originaria de Asia Menor, que florece a partir de febrero y da lugar a flores grandes más o menos esféricas, *G. byzanthinus* (2), originaria de Turquía y *G. plicatus,* originaria de Crimea, de grandes flores con forma diferente a las otras especies de narcisos de las nieves (3).

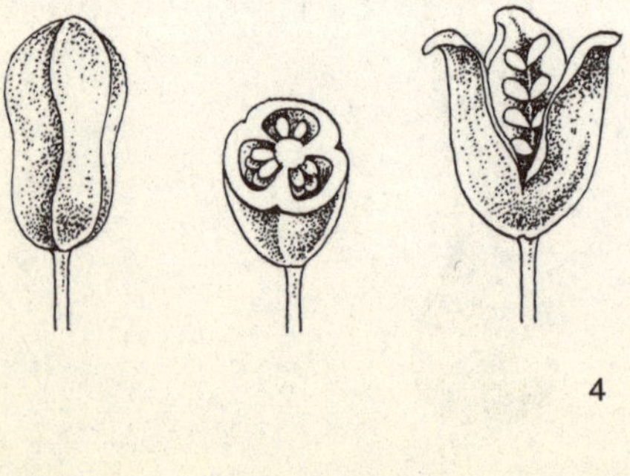

4

Bulbos/Hojas: Esféricos, blancos, 1,5-3 cm de diámetro./ Alargadas, glaucas, 15-20 cm de largo.

Flores/Frutos: Blancas, 1,5-2 cm de diámetro; las piezas internas del periantio están ribeteadas de verde (también se conocen formas dobles)./ Cápsulas de tres celdillas, carnosas (4), que contienen semillas blanquecinas de hasta 3 mm de ancho, con un apéndice carnoso (que consumen las hormigas).

Altura: 15-20 cm.

Periodo de floración: Marzo.

Rústica.

1

3

2

Galtonia candicans

Liliáceas
Liliaceae

El nombre del género está dedicado al naturalista Francis Galton, que trabajó en el África austral en el siglo pasado. Este género lo componen tres especies sudafricanas, de las cuales sólo se cultiva una, *Galtonia candicans* (1). Por encima de una roseta basal de hojas sobresale un tallo de 100 cm de altura, rematado en una espiga fina de flores blancas con tonos verdes. La inflorescencia es muy vistosa, sobre todo cuando está en grupo, si bien la presencia de flores marchitas que no se hayan suprimido puede estropear el efecto del conjunto.

Galtonia crece perfectamente en suelos de jardín bien drenados y ricos en elementos nutritivos. Sin embargo, no son especies totalmente rústicas y no soportan un suelo frío o húmedo. Esto hace imprescindible protegerlas durante el invierno. También se pueden arrancar los bulbos (2) y mantenerlos en algún lugar seco y fresco, como los tubérculos de las dalias, hasta que se vuelvan a plantar a comienzos de primavera (en abril). Los bulbos más pequeños se deben plantar a 10-12 cm de profundidad, mientras que los más grandes se plantarán a 15-20 cm. Los que no se hayan plantado a suficiente profundidad no darán la sujeción necesaria para que la planta pueda resistir el viento.

Las plantas del género *Galtonia* se multiplican sólo por semillas, que se producen en gran cantidad y germinan con facilidad. Se siembran en febrero o marzo, en bandejas o contenedores con una mezcla de arena y mantillo de hojas. A mediados de mayo y tras un repicado, pueden plantarse ya en exterior o en invernadero. Durante el crecimiento vegetativo precisarán un aporte de abono completo. Existe una variedad que se cultiva en raras ocasiones, ya que sólo se multiplica de manera vegetativa, llamada var. *variegata,* con hojas rayadas de color blanco-amarillo. *G. viridiflava* es más pequeña y da flores de color amarillo verdoso (3). Estas dos especies muestran toda su belleza si se cultivan formando grupos en macizos, o aisladas sobre el césped, además de servir para la confección de ramos; hasta la última flor se abre si se eliminan las flores marchitas.

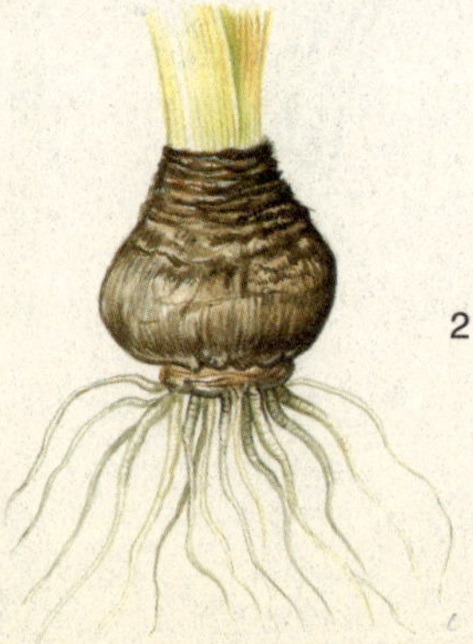

2

Bulbos/Hojas: De tamaño mediano, esféricos o ligeramente achatados, blancos con una túnica teñida de amarillo./ Carnosas, estrechas, de hasta 50 cm de longitud, al principio erectas, al final ligeramente caídas.
Flores/Frutos: 10-30 flores en forma de campanilla, colgantes, blancas y perfumadas, dispuestas en racimos (4); la floración empieza desde abajo./ Cápsulas con numerosas semillas que germinan con facilidad.
Altura: 80-100 cm cuando están en flor.
Periodo de floración: Julio-septiembre.
No totalmente rústica, por lo que necesita protección en invierno.

4
3
1

Gladiolus imbricatus

Los gladiolos figuran entre las plantas de jardín de mayor aceptación y cultivo más generalizado. Su nombre deriva de la palabra latina *gladius,* espada, en alusión a la forma de sus hojas. Durante la Edad Media se consideraba a esta planta dotada de poderes especiales, de ahí que sus bulbos se llevaran como amuleto durante las batallas. Se conocen unas cincuenta especies de este género, repartidas principalmente por la región de El Cabo en África austral y por Asia, pudiendo aparecer también algunas especies en el centro o sur de Europa.

Desde comienzos del siglo XVII se empezaron a traer a Europa especies sudafricanas de *Gladiolus,* a partir de las cuales se han ido obteniendo con el tiempo miles de cultivares. Sin embargo, éstos no son rústicos, por lo que deben ser arrancados y conservados a temperaturas superiores a 0° C durante el invierno.

Existen algunas especies rústicas europeas, entre las que cabe destacar *Gladiolus imbricatus* (1) y *G. palustris.* Son especies poco frecuentes, que crecen en zonas húmedas y pantanosas y en ocasiones en laderas herbosas, desde las llanuras hasta zonas más altas. Sus flores no son tan espectaculares como las de la mayoría de los cultivares, pero la delicadeza de sus racimos de flores, con colores que van del rosa al malva, hacen de ellas plantas muy preciadas.

Los gladiolos crecen bien en suelos ligeramente húmedos y tanto a pleno sol como a la sombra. Los bulbos sólidos deben plantarse a 10 cm de profundidad, dividiéndose al cabo de dos o tres años. La multiplicación por semillas o por bulbos sólidos secundarios es sencilla.

La mayoría de las especies se deben cultivar en grupo a orillas de arroyos o estanques; también pueden plantarse en macizos florales o en jardines de rocalla grandes. Son plantas muy indicadas para confeccionar ramos florales.

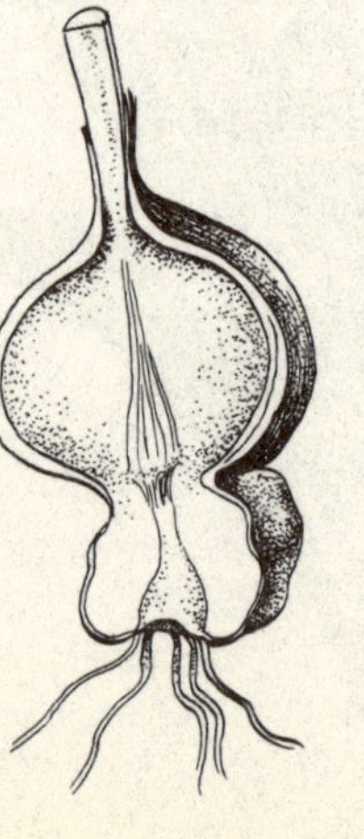
3

Bulbos sólidos/Hojas: Ovoides, de hasta 2 cm de diámetro (3), recubiertos por una túnica reticulada, resto de antiguas vainas foliares./ Hojas en forma de espada, de aproximadamente 2 cm de ancho, con nervios paralelos; las hojas envuelven la base del tallo formando una especie de trompeta.
Flores/Frutos: Bellas corolas compuestas por tres piezas externas y tres internas, unidas por la base formando un tubo curvado (2); racimos de 4-10 flores de color frambuesa oscuro o pálido./ Cápsulas de tres celdillas, ligeramente estrechas por la parte de arriba.
Altura: 50-60 cm.
Periodo de floración: Junio-julio.
Rústica.

1
2

Gladiolos - cultivares | Iridáceas
Gladiolus | *Iridaceae*

Las especies sudafricanas de *Gladiolus* son los antecesores de los cultivares modernos. En 1774 se introdujo en Europa la especie *Gladiolus blandus,* seguida a continuación por *G. cardinalis, G. ramosus* y *G. oppositiflorus,* y posteriormente por *G.papilio* y *G. primulinus,* entre otros. Al poco tiempo los europeos emprendieron la hibridación y selección de estas plantas, por lo que las variedades que se utilizan hoy en día (1, 2, 3) tienen un origen muy complejo. En 1880 se conocían dos mil variedades, que se incrementaron a ocho mil en 1930 y actualmente rondan las cien mil.

Solamente se pueden mutiplicar por semilla las especies botánicas de gladiolos, no los cultivares. La siembra dará lugar a plantas distintas en función de las características de los padres. Aún hoy se sigue con la siembra de semillas de híbridos para la obtención de nuevas variedades.

La multiplicación vegetativa es muy sencilla, ya que los bulbos sólidos producen gran cantidad de pequeños bulbos sólidos en su superficie (4, 5) durante el periodo de desarrollo vegetativo. Bastará con dividirlos en otoño, al mismo tiempo que se arrancan los bulbos madre, y almacenarlos a la misma temperatura que éstos (5° C), en algún lugar seco y ventilado.

Los gladiolos de jardín toleran bien cualquier tipo de suelo, si bien prefieren los suelos secos y arenosos antes que los empapados de agua. Crecen mejor en rincones soleados, pero protegidos del viento o, en caso contrario, se les habrá de procurar una sujeción para resistirlo. Se les debe suministrar además un fertilizante líquido orgánico en otoño.

No se adaptan muy bien al cultivo en parques, ya que se pueden arrancar con facilidad y el aspecto de sus tallos una vez marchitas las flores es bastante feo. Sin embargo, constituyen espléndidos ramos.

La clasificación de los híbridos de gladiolos no es definitiva. En Europa, generalmente se hace una clasificación en nueve grupos diferentes:

I Especies botánicas de gladiolos e híbridos primarios.
II Híbridos de floración precoz.
III Híbridos del grupo *Primulinus.*
IV Híbridos de flores pequeñas.
V Híbridos de flores grandes.
VI Híbridos de flores grandes onduladas.
VII Híbridos de flores dobles.
VIII Híbridos de flores de orquídeas.
IX Híbridos perfumados.

Cada clase de híbridos se divide a su vez en función del color y el periodo de floración.

3
2
1
4
5

Gloriosa rothschildiana

El género *Gloriosa* agrupa aproximadamente seis especies, distribuidas por las regiones tropicales boscosas de África y Asia, en climas caracterizados por marcados periodos de sequía. Este género es conocido por sus tubérculos cilíndricos (3), de tamaño y longitud variables en función de la edad de la planta y del lugar donde crezca, pudiendo llegar a medir hasta 30-50 cm de largo. Las plantas de este género se cultivan sobre todo por sus hermosas y extrañas flores, que alcanzan hasta 12 cm de diámetro.

Los tallos son ramificados y trepadores; pueden alcanzar 100 cm de largo y salen de un tubérculo que se debe plantar a 5 cm de profundidad. Las hojas, ovaladas, de hasta 15 cm de largo, están rematadas en su extremo por un zarcillo. Las flores pedunculadas están compuestas por seis piezas oblongas, curvas y puntiagudas, con bordes ligeramente ondulados y las anteras orientadas hacia fuera.

Las plantas de este género son aptas para el cultivo en el alféizar de una ventana, en una galería acristalada o en grandes macetones. En verano se pueden plantar en el jardín, en algún lugar abrigado y cálido. Durante el invierno los tubérculos entran en un periodo de reposo que dura seis u ocho semanas; antes de que empiece el frío intenso se deben arrancar y durante este tiempo se conservan en turba o arena en condiciones de sequedad, a 15° C y aproximadamente 70% de humedad ambiental. Al principio de la primavera se vuelven a plantar en una mezcla rica de mantillo de hojas, compost y turba. La multiplicación por semillas es fácil; éstas necesitan sesenta días a 20-22° C para germinar y las nuevas plantas tardarán tres años en florecer.

Gloriosa rothschildiana (1) es la más bella de las especies de este género. Es originaria de África central, pudiendo aparecer también en Uganda y en el este de África. Existe asimismo un cultivar llamado ‘Citrina’, de flores amarillo limón con manchas de color rojo burdeos.

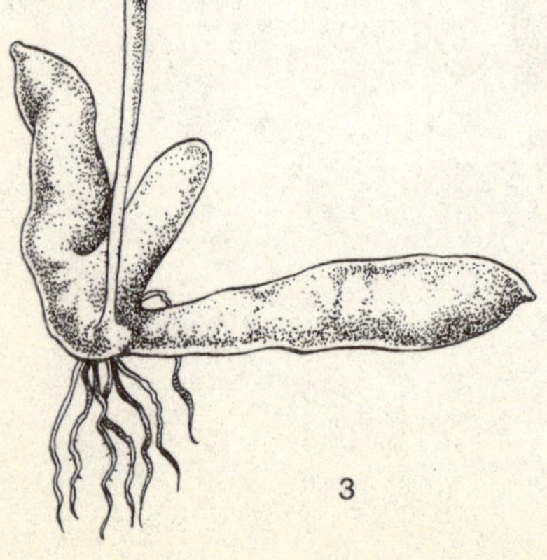

3

Tubérculos/Hojas: Raíces alargadas de 10-30 (50) cm de largo./ Oblongas, ovaladas, puntiagudas, terminadas en zarcillos que permiten a la planta trepar.
Flores/Frutos: De 10-12 cm de diámetro, rojas, dispuestas sobre largos pedúnculos, con el corazón amarillo, con tonos púrpura en la base./ Cápsulas alargadas, carnosas (2), con unas 90 semillas negras.
Altura: Hasta 2 m de largo, con zarcillos que le permiten trepar.
Periodo de floración: Junio-julio.
No rústica.

2
1

Haemanthus katharinae

Alrededor de sesenta especies pertenecientes al género *Haemanthus* crecen en África central y austral. Sus hojas, duras y carnosas, desaparecen por completo durante el periodo de reposo en algunas especies y sólo en parte en otras. La inflorescencia es una umbela constituida por multitud de pequeñas flores blancas, naranjas o rojas.

Se cultivan en macetas; florecen en pleno verano y entran en un periodo de reposo de varias semanas, durante las que se habrán de mantener a unos 12° C. Estas plantas se multiplican mediante separación de bulbos secundarios, pero también mediante semillas, que se deben plantar en cuanto estén maduras, ya que pierden rápidamente su poder germinativo. Como substrato para la siembra se utilizará una mezcla de turba fibrosa, compost, un poco de mantillo de hojas y, en mayor proporción, arena. Las plantas obtenidas de la siembra no necesitan reposo en invierno hasta que no se dé la primera floración, que será después de dos años y medio o tres; hasta entonces se deben mantener en fase vegetativa. Después de esta primera floración sí se debe respetar la periodicidad entre fases vegetativa y de reposo. Los *Haemanthus* también se pueden multiplicar vegetativamente por separación de bulbillos o esquejes de hojas. Se colocan las hojas en una bolsa de plástico y aparecerán plantulitas en el lugar del corte, que se deben separar y tratar como si fueran plantas obtenidas mediante siembra. Las plantas adultas no necesitan frecuentes repicados; al contrario, florecen mejor si no se tocan e incluso si están plantadas en un sitio estrecho. El grado de humedad depende de si se trata de una especie que pierde las hojas por completo o no.

Haemanthus katharinae (1) es originaria de Natal y Zimbabwe; da flores rojas y las hojas no desaparecen en su totalidad. Habrá que regarla, pues, durante el periodo de reposo, a diferencia de otras especies, como *H. coccineus,* que florece antes de que aparezcan las hojas. Estas plantas forman espléndidas macetas, pero siempre que se mantengan en grupos constituidos por el pie madre acompañado de las plantas jóvenes.

3

Bulbos/Hojas: Grandes, esféricos, de 6-8 cm de ancho./ Oblongas, duras y carnosas, pecioladas, con nervios marcados.
Flores/Frutos: Pequeñas, de color rojo intenso (2), trímeras (3+3 en dos filas), agrupadas en una umbela densa, de hasta 15 cm de diámetro, situada sobre un tallo de 20-30 cm de alto./ Bayas carnosas (3), que tardan hasta seis meses en madurar; las semillas pierden rápidamente su poder germinativo.
Altura: 30-50 cm.
Periodo de floración: Julio-agosto.
Planta adecuada para maceta, no rústica.

1
2

Hippeastrum

El género *Hippeastrum* está compuesto por sesenta o setenta especies originarias de regiones tropicales y subtropicales de América del Sur. Las hojas salen en primer lugar, antes que las flores; los tallos son huecos y en ellos se disponen de dos a seis flores; las semillas son negras y achatadas y se producen bulbos secundarios de una forma irregular.

Los *Hyppeastrum* híbridos (*Hippeastrum* x *hortorum,* 1) se han obtenido a partir de dos especies originarias de los Andes peruanos: *H. vittatum* y *H. leopoldii* y su cultivo es bastante común. No es difícil cultivar estas plantas si se siguen una serie de reglas concretas; de ser así se conseguirá una floración cada año. Esta se produce a finales del invierno o principios de primavera y, en cuanto finaliza, los tallos deben suprimirse inmediatamente. En el periodo comprendido entre mayo y septiembre son necesarios aportes regulares de abono, con intervalos de tres a cinco semanas. Durante esta época los bulbos se pueden dejar en el exterior, pero nunca a pleno sol. Llegado septiembre se deben meter en interiores, en algún lugar donde la temperatura sea de 15-20° C, y en noviembre en otro lugar más fresco (13-17° C), sin regarlos y teniendo la precaución de eliminar las hojas que se vayan secando. En cuanto empiezan a salir los botones florales (4), las plantas se transplantan a un substrato rico en compost y en macetas más bien pequeñas con relación al tamaño de los bulbos (tal como se describió en el apartado anterior). Los *Hippeastrum* deben colocarse siempre en lugares iluminados. La multiplicación se realiza por bulbos secundarios.

Además de las especies ya mencionadas, también se comercializan las siguientes especies botánicas: *H. aulicum,* de flores de color entre bermellón y escarlata, *H. pratense,* de flores pequeñas de color rojo intenso y *H. advenum,* de flores rojo carmín con estrías amarillo-verdoso.

3

Bulbos/Hojas: Grandes, esféricos, con una túnica coriácea./ Lineales, lanceoladas, de hasta 60 cm de largo.
Flores/Frutos: Largas y ensanchadas en embudo, de simetría radial, de hasta 12 cm de largo y 10 cm de ancho, de color rojo escarlata; las flores de los híbridos son blancas, rosas y rojas con distintos matices (2, 3), blancas en la base por dentro, con rayas verdes por fuera./ Cápsulas de tres celdillas, ovoides, con numerosas semillas que maduran en unas seis semanas y pierden rápidamente su capacidad germinativa.
Altura: Hasta 60 cm.
Periodo de floración: Final del invierno, principio de la primavera.
Planta para cultivar en macetas, no rústica.

1
2
4

Escila española — Liliáceas
Hyacinthoides hispanica — *Liliaceae*

Este género, que comprende sólo tres especies, se incluía antes en el género *Scilla*. La clasificación de esta planta como perteneciente al género *Hyacinthoides* es perfectamente válida hoy en día, pero en la literatura hortícola aparece esta especie bajo diferentes denominaciones: *Endymion hispanicus, Hyacinthus campanulatus* y *Endymion campanulatus,* entre otras. Lo que diferencia al género *Hyacinthoides* del género *Scilla* es que en el primero, al germinar la semilla, la hoja embrionaria carnosa permanece en tierra. La especie *H. hispanica* es más grande que las otras especies de este género, con una inflorescencia en racimos piramidales de 25-30 cm, de flores azules, rosas o blancas (1). Constituye una planta ideal para rocallas o bajo árboles o arbustos.

Necesita suelos ricos en humus, más o menos arcillosos, pero suficientemente húmedos. El emplazamiento ideal sería en un césped húmedo a orillas de un arroyo o estanque. Se multiplica rápidamente por bulbillos que se transplantan a finales de verano o en otoño. Los bulbos se deben plantar a 8 cm de profundidad, según el tamaño y 20 cm de distancia entre ellos. Las plantas se resiembran también y forman en seguida matas densas que florecen abundantemente. En otoño conviene suministrarles abono de vez en cuando.

H. hispanica se utiliza como planta de jardín desde 1590; desde entonces y mediante selección se han obtenido multitud de cultivares, entre los que se encuentran más comúnmente: 'Queen of the pinks', de grandes flores rosa oscuro (2); 'Excelsior', de grandes flores azul oscuro sobre largos tallos; y 'White Triumphator', de grandes flores color blanco puro. Algunos de los cultivares se utilizan como flor cortada y se fuerza su cultivo con este fin. La especie *H. nonscripta* es originaria del oeste de Europa, en concreto de España; posee flores de color azul violáceo, orientadas hacia el mismo lado, formando racimos más o menos colgantes. *H italica* crece en Italia y sur de Francia y desarrolla inflorescencias con hasta treinta flores pequeñas, de color azul pálido y perfumadas.

2

Bulbos/Hojas: Hasta 7 cm de diámetro, aplastados./ Puntiagudas, lanceoladas, de hasta 20 cm de largo, en roseta.
Flores/Frutos: En forma de campanilla, inflorescencia en racimo constituido por 10-15 flores de color azul-violeta en la especie tipo (3)./ Cápsulas triangulares, ovoides, con tres compartimentos (4).
Altura: 25-30 cm.
Periodo de floración: Mayo-junio.
Rústica, pero se deben evitar las zonas demasiado húmedas en invierno..

1

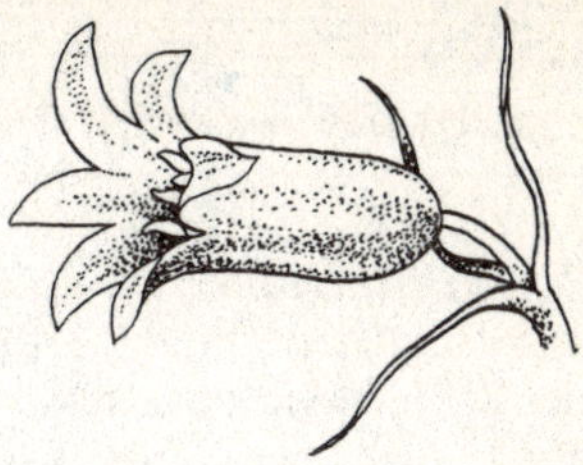

3

4

Jacinto Liliáceas
Hyacinthus orientalis *Liliaceae*

El género *Hyacinthus* abarcaba antiguamente veinte especies originarias de la cuenca mediterránea y África tropical y austral. Sin embargo, actualmente este género se ha dividido a su vez en varios: *Brimeura* (4), *Hyacinthella, Scilla, Galtonia* y *Hyacinthus,* que ya no incluye más que una especie, *H. orientalis,* origen de la mayoría de los cultivares de jardín.

Un botánico francés llamado Charles de Lécluse, también conocido como Clusius, trajo los primeros jacintos a los Países Bajos desde Oriente Medio. Allí crecían, y siguen creciendo, en los alrededores de Bagdad, en Irak, y Halab, en Siria. Los híbridos de jardín no se parecen demasiado a la especie tipo, ya que ésta tiene, por cada tallo, de una a seis flores en forma de campanilla. Tras tres siglos de hibridaciones y selecciones se han obtenido cultivares de flores dobles y un amplio abanico de colores; lo único que se ha mantenido invariable ha sido el intenso aroma de la especie tipo. Hoy en día existen cientos de cultivares (1), de flores sencillas o dobles, blancas, amarillas, o incluso naranja ('Orange Boven'), rosas, azules y violeta puro (2, 3).

Los jacintos son plantas aptas para forzar su cultivo, pero también para adornar parques y jardines. Necesitan suelos ligeros, ricos en humus, situados en lugares cálidos y soleados. En periodo vegetativo precisan suficiente humedad y aportes regulares de abono, ya que la floración consume considerablemente las reservas del bulbo y la formación de los botones florales requiere sustancias nutritivas. A diferencia de lo que sucede con los tulipanes, en los jacintos no se produce un nuevo bulbo cada año, sino que aumenta de tamaño (5). El bulbo debe plantarse en septiembre u octubre a 15 cm de profundidad. Los jacintos producen pocos bulbos secundarios y no se multiplican por semillas. Existe una técnica de multiplicación que permite obtener bulbillos mediante sección de un bulbo; el procedimiento puede encontrarse en la literatura especializada.

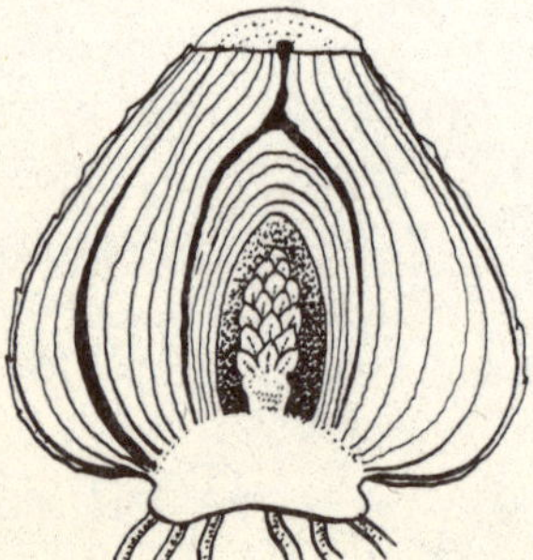
5

Bulbos/Hojas: Casi esféricos, de diversos tamaños, con una túnica coriácea de rosa a violeta pálido, que no se corresponde totalmente con la coloración de las flores./ Lampiñas, brillantes, de 25-35 cm de largo, en roseta, en número de 6 a 9.
Flores/Frutos: Trímeras, campanuladas, de colgantes a erguidas, de colorido variado, dispuestas sobre un pedicelo corto, formando densos racimos./ Cápsulas de tres celdillas, esféricas, con grandes semillas negras.
Altura: 20-30 cm.
Periodo de floración: Marzo-abril.
Rústica.

3
2
1
4

Hymenocallis calathina

El nombre del género proviene de las palabras griegas *hymeno* (membrana) y *kalos* (belleza), en referencia a la bráctea membranosa que envuelve las flores antes de que éstas se abran. Alrededor de cuarenta especies pertenecientes a este género están distribuidas por regiones tropicales y subtropicales de América. Pueden constituir espléndidas macetas si se cultivan de la misma manera que las plantas del género *Hippeastrum* o *Vallota.* Las plantas entran en periodo de reposo durante el invierno, por lo que los bulbos se deberán arrancar, limpiar y conservar en algún lugar seco a 10-15° C. Llegado el mes de abril, se puede forzar su crecimiento aumentando la temperatura, para después en el mes de mayo plantarlos en macetas con un substrato rico y fibroso, y colocalos en un lugar cálido y soleado. Durante todo el periodo de crecimiento se deben efectuar riegos y aportes de abono frecuentes. Las flores aparecen en verano; forman una umbela de cuatro a veinte flores, blancas, perfumadas, en forma de trompeta, formadas por piezas bastantes estrechas y una copa estaminal. La especie *H. speciosa* es la única que florece de septiembre a noviembre.

Después de la floración, las plantas ya pueden plantarse en el exterior, al aire libre; no obstante, las hojas se deben mantener protegidas de las lluvias intensas. En cuanto empiece de nuevo el frío, los bulbos se deben arrancar y almacenar durante el invierno.

Las especies *H. caribaea, H. speciosa* y *H. undulata* se pueden cultivar en invernaderos calientes o fríos; sin embargo, las especies *H. calathina* (1) y *H. littoralis* son lo bastante rústicas como para ser cultivadas en exterior en regiones de clima suave. Se pueden plantar al pie de una pared o aisladas en el césped.

Hymenocallis se multiplica por bulbos secundarios que se replantarán en primavera en un substrato de arena y mantillo.

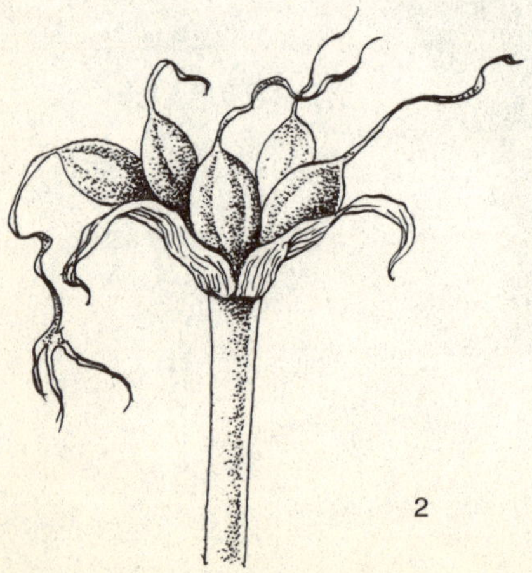

2

Bulbos/Hojas: Grandes, esféricos, de 6 a 12 cm de diámetro, de cuello cilíndrico./ Estrechas, lanceoladas o en forma de cinta, de 40-60 cm de largo y hasta 5 cm de ancho.
Flores/Frutos: Tallo aplanado y macizo rematado en una umbela de dos a seis flores blancas, perfumadas y de forma original, compuestas por piezas estrechas y una delicada copa estaminal./ Cápsulas redondas de tres celdillas, carnosas (2).
Altura: 40-60 (100) cm.
Periodo de floración: Junio-julio.
No rústica.

1

Ipheion uniflorum

El género comprende una sola especie, originaria de Argentina, también conocida con los nombres de *Brodiaea uniflora, Triteleia uniflora* o *Milla uniflora.* Se trata de una planta pequeña, de hojas finas (1), ideal para plantar en rocallas o en macizos. Crece a pleno sol y se aclimata fácilmente, dando lugar a impresionantes tapices bajo árboles y arbustos.

Los *Ipheion* se conforman con tierra normal de jardín, no demasiado húmeda; es conveniente añadir virutas de cuerno. Se pueden dejar en el mismo emplazamiento durante mucho tiempo. Los bulbos entran en periodo de reposo en verano, durante el cual el suelo se debe mantener seco. Se plantan a principios de agosto, a 5-8 cm de profundidad; las hojas salen en octubre y, a pesar de la rusticidad de estas plantas, es conveniente protegerlas durante el invierno.

Multiplicación rápida por bulbillos y por semillas, que florecerán en tres o cuatro años.

2

3

Bulbos/Hojas: Ovoides, coriáceos, de 12-20 cm de diámetro, que se estrechan en la punta./ Lineales, estrechas, planas, de 15-25 cm de largo y 8 mm de ancho.
Flores/Frutos: Entre 1 y 2 por tallo, estrelladas, de 2 cm de diámetro, blancas con tonalidades azules (2), envés verdoso y que exhalan un intenso aroma. La var. *violacea* y el cultivar 'Wisley Blue' dan flores azul oscuro (3)/ Cápsulas.
Altura: 15 cm.
Periodo de floración: Abril-mayo.
Rústica, pero conviene proteger las hojas, que salen en invierno..

1

Iris bucharica (sin. *Juno bucharica*)

El género *Iris* comprende de ciento setenta a doscientas especies de lirios que sólo crecen en el hemisferio norte. Dada su amplia distribución y la cantidad de especies que abarca el género, su diversidad es enorme. Existen multitud de formas y colores de las flores; los órganos subterráneos son rizomas o bulbos, las hojas son perenes o caducas y pueden florecer en primavera o en verano.

Los lirios que se cultivan con más frecuencia son los dotados de rizomas, pero ya se empiezan a ver algunas especies bulbosas. Alrededor de ochenta especies pertenecen a este último tipo, originarias de dos zonas: la cuenca Mediterránea y Asia Menor y central. El botánico ruso Rodionenko llevó a cabo una división del género, manteniendo bajo el nombre de *Iris* los lirios dotados de rizomas y repartiendo los lirios bulbosos en varios géneros nuevos: *Iriodyction, Juno* y *Xiphium.*

Las flores trímeras constan de tres piezas internas erguidas y tres externas orientadas hacia abajo o horizontalmente, lo que constituye una característica común a todos los lirios.

Iris bucharica (Juno bucharica), originaria de Asia central, pertenece a un grupo de sesenta especies de lirios bulbosos distinto del resto. Las piezas del periantio son cortas, estrechas y crecen horizontal en lugar de verticalmente o inclinadas hacia abajo. Las flores están dispuestas de una en una en la base de las hojas, lo que confiere a la planta un aspecto que recuerda al maíz. *I. bucharica* (1) da flores de color blanco-amarillento, *I. graeberiana* es originaria del Turkestán y da flores de color azul pálido (2) y *I. orchioides,* flores amarillo puro. La especie más robusta y de cultivo más sencillo es *I. vicaria,* cuyos tallos alcanzan 60 cm de altura; de cada uno nacen siete flores normalmente de color azul lavanda pálido y en algunos casos blanco.

Los lirios pertenecientes a este grupo crecen bien en suelos fértiles, bien drenados, situados en zonas soleadas. Una vez que las flores desaparecen en verano, se deben dejar los bulbos en el sitio sin tocarlos, hasta que transcurran cuatro o cinco años, y entonces se deberán dividir y replantar en el mes de septiembre. Este tipo de lirio se debe plantar en zonas silvestres del jardín o en rocallas. Es conveniente algún tipo de protección contra la humedad invernal, por medio de cristales o lonas. En el momento de arrancar los bulbos se debe procurar que lleven tantas raíces carnosas como sea posible, para así asegurar un perfecto desarrollo de las plantas.

Bulbos/Hojas: Desnudos, carnosos, compuestos por multitud de escamas; las raíces sésiles crecen en su superficie./ Anchas, parecidas a las del maíz, tanto en forma como en disposición (3); brillantes por la cara superior, azul-verdoso por la inferior.

Flores/Frutos: En la base de cada hoja crece una sola flor, de hasta 5 cm de diámetro./ Cápsulas triangulares.
Altura: Hasta 45 cm cuando están en flor.
Periodo de floración: Abril.
Rústica, pero necesita protección contra la humedad invernal.

1
3
2

Iris reticulata (sin. *Iridodyctium reticulatum*)

Se trata de la especie más conocida dentro de un segundo grupo de lirios bulbosos (*ver* apartado anterior), constituido por once especies distribuidas por Asia central y Menor. Este grupo de lirios goza de gran aceptación entre los jardineros por sus hermosas flores perfumadas, que salen al comenzar la primavera. Los bulbos están constituidos por una única escama tuberosa hinchada de 2 ó 3 cm de largo y están rodeados por una túnica de color pajizo reticulada, de donde procede el nombre de la planta. Del bulbo sale un tallo muy corto, rematado por una flor también muy corta, que consta de un periantio en forma de tubo muy largo. El ovario está escondido, como sucede en algunos crocus y cólquicos. La cápsula no sale hasta que las semillas no están totalmente maduras. Las flores suelen ser de color entre azul y violeta, pero mediante selección se han obtenido numerosos cultivares con una gran diversidad de colores.

Iris histrioides, de flores azul oscuro con una raya amarilla y una mancha blanca sobre los estandartes, es originaria de Asia Menor; *Iris danfordiae,* natural de los montes Taurus en Turquía, da flores amarillas, con tonos verdes en los estandartes. Las hojas aparecen tras la floración, pero desaparecen antes de empezar el verano.

Las plantas pertenecientes a este grupo prefieren lugares soleados y suelos ricos, ligeros, bien drenados y más bien calcáreos. Si el verano es húmedo conviene proteger los bulbos contra la humedad, o bien arrancarlos y conservarlos en un lugar seco a 20° C hasta octubre, en que ya se podrán replantar. También se puede forzar su cultivo.

La multiplicación se lleva a cabo mediante separación de los bulbillos que se forman alrededor del pie madre (5). Harán falta uno o dos años para que la planta empiece a florecer y cuatro o cinco si las plantas proceden de semillas. Aunque se trata de una planta rústica, es conveniente protegerla de la humedad intensa durante el invierno mediante cristal o lona. En regiones frías y húmedas conviene arrancar los bulbos cada verano y volverlos a plantar en otoño.

Bulbos/Hojas: 2-3 cm de largo, con una túnica color amarillo pajizo, claramente reticulada./ Estrechas, de sección cuadrangular, al principio más cortas que la flor, después más largas.
Flores/Frutos: Desde azules a violetas (distintos tonos (1, 4) según los cultivares), con manchas amarillas y naranjas o blancas; 'Natascha' es un cultivar de color blanco plateado con irisaciones gris-azul./ Las cápsulas salen de la tierra cuando las semillas están maduras.
Altura: 15-20 cm.
Periodo de floración: Marzo.
Rústicas, pero es conveniente protegerlas de la humedad, tanto invernal como estival.

1
2
3
4
5

Lirios - cultivares | Iridáceas
Iris | *Iridaceae*

A comienzos del siglo pasado empezaron en Europa occidental los procesos de selección a partir de lirios silvestres. Hoy en día la cantidad de variedades hortícolas es enorme y algunos cultivares se han obtenido mediante complejos cruzamientos (1, 2, 3). Entre las especies que se han venido utilizando para los cruzamientos podríamos citar: *Iris pumila, I. lutescens, I. aphylla, I. arenaria, I. germanica, I. graminea, I. ochroleuca, I. spuria, I. pallida, I. variegata, I iberica, I. sibirica, I. korolkowii, I. kaempferi, I. gatesii* e *I. laevigata,* entre otras.

Este grupo de especies y cultivares no constituye un grupo homogéneo, lo que hace difícil aconsejar unas únicas condiciones de cultivo. La mayoría necesitan estar expuestos a pleno sol, en suelos secos y bien drenados, con pH cercanos a 7. Sin embargo, determinadas especies son muy sensibles a los suelos con alto contenido calcáreo, como es el caso de *I. cristata, I. confusa* e *I. japonica.* Existen también especies que necesitan suelos húmedos, como *I. laevigata* e *I. pseudacorus.* En cambio, otras son muy sensibles a la humedad del suelo y al agua estancada, como las especies del grupo de los *Oniocyclus,* entre las que cabe destacar *I. susiana* e *I. gatesii.* Es esencial, por tanto, conocer perfectamente las características de cada especie o cultivar que queramos utilizar.

Las especies y cultivares mencionados pertenecen al grupo de lirios rizomatosos, por lo que su sistema radicular requiere especiales cuidados. Por ejemplo, la parte superior del rizoma siempre debe sobresalir por encima del nivel del suelo, expuesta al sol. Los rizomas experimentan un crecimiento considerable cuando acaba la floración, entre julio y septiembre. Este periodo parece el más propicio para dividir y transplantar en la mayoría de los cultivares. Deben transplantarse en cuanto las matas rizomatosas empiecen a extenderse demasiado.

Los rizomas son órganos muy sensibles a diversos tipos de podredumbres, enfermedades que se transmiten por babosas y caracoles. Por ello conviene examinar de vez en cuando las plantas, especialmente cuando las hojas empiezan a amarillear y a desaparecer y, en caso de que haya bulbos infectados, eliminar las partes dañadas y desinfectar las plantas.

Los lirios pequeños son ideales para plantar en rocallas, mientras que los de tamaño mediano o grande son más apropiados para cultivar en macizos. Determinadas especies pueden plantarse cerca de agua corriente o estancada.

Dentro de la gran variedad de lirios rizomatosos existentes cabría destacar los siguientes:
Lirios barbudos: Provistos de una barba, generalmente coloreada, en la mitad de cada una de las piezas externas.
Lirios del grupo de los *Oniocyclus:* Flores grandes, que suelen ser de colores extraños, una por cada tallo, provistas de una barba sobre las piezas exteriores.
Lirios del grupo de los *Regelia:* Parecidos al grupo anterior, pero las barbas se encuentran tanto sobre las piezas exteriores, como sobre las interiores.
Lirios californianos: Grupo de lirios sin barba, originarios de los estados del oeste americano.
Lirios *spuria:* Lirios sin barba, originarios del sur de Europa, Asia central y Menor.
Lirios de cresta: En lugar de una barba presentan una especie de cresta.

1
2
3

Ixia viridiflora

Alrededor de treinta especies componen este género originario de África austral. Las especies tipo prácticamente ya no se cultivan, sino que van siendo sustituidas por una multitud de híbridos de diversas formas que se han obtenido a partir de ellas.

De un bulbo esférico emergen seis hojas en forma de espada, de 50 cm de longitud. Las flores, estrelladas y totalmente abiertas, están dispuestas en espigas en número de cinco a doce (1) y constan de tres estigmas estrechos y doblados hacia atrás. El color de las flores va desde combinaciones de blanco con el centro escarlata, o amarillo con el centro violeta, hasta violeta escarlata con el centro naranja. Las plantas del género *Ixia* florecen a principios de verano.

Cultivadas en exteriores, necesitan suelos ligeros y arenosos, ricos en elementos nutritivos y situados en lugares cálidos y soleados. Los bulbos se deben plantar al final del otoño, preferiblemente a finales de noviembre o principios de diciembre. Si se plantan demasiado pronto, las hojas saldrán demasiado temprano y se helarán. Se deben plantar a 8-10 cm de profundidad y con una distancia de 6-10 cm entre ellos. Las plantas necesitan protección en invierno, que se debe mantener hasta la primavera. Tras la floración los bulbos se deben arrancar y conservar en ambiente seco y fresco hasta su plantación.

Las plantas del género *Ixia* se multiplican por semillas o por división de bulbillos, que se separarán del pie madre y se replantarán en primavera, en un suelo rico en humus. Este suelo se debe trabajar, eliminando las malas hierbas, hasta que empiece el desarrollo de las plantas.

Ixia maculata da flores blancas con una mancha violeta e *I. speciosa,* flores de color rosa escarlata. Mediante cruzamientos de estas dos especies y selección de los híbridos obtenidos, expertos holandeses han conseguido una gran cantidad de variedades de diversos colores y formas (2, 3), que se encuentran disponibles en el comercio.

3

Bulbos/Hojas: Esféricos, pequeños, de superficie desnuda o fibrosa (4)./ Estrechas, en forma de espada, de hasta 50 cm de largo.
Flores/Frutos: Estrelladas o acampanadas, de hasta 4 cm de diámetro, dispuestas en número de 5 a 12 en espigas. Sólo se abren en tiempo soleado. Las flores de la especie tipo son de color verde cobrizo con el centro rojo oscuro y manchas azul-verdoso./ Cápsulas membranosas.
Altura: 50-70 cm cuando están en flor.
Periodo de floración: Mayo-junio.
Se trata de una planta delicada que no resiste condiciones climáticas continentales rigurosas; los híbridos son menos sensibles, pero también necesitan cuidados.

1
2
4

Ixiolirion tataricum

Este género de plantas bulbosas originarias de Asia central y occidental comprende sólo tres especies. Las plantas alcanzan una altura de 25 a 40 cm y dan origen a flores azules, cortas y en forma de embudo, dispuestas en una umbela irregular. Se trata de un género muy cercano a *Alstroemeria.* Actualmente las tres especies (*I. ledebourii, I. montanum* e *I. pallasii*) se agrupan en una sola especie muy variable: *I. tataricum.* La especie conocida como *I. montanum* (2) en la bibliografía especializada difiere de *I. tataricum* en sus flores de color azul violeta oscuro con ligeras tonalidades rosa-blanco y en su floración más tardía.

Estas plantas necesitan un suelo de jardín rico en humus y seco y estar situadas en un lugar abrigado. Pese a que su cultivo es fácil, no se suelen cultivar con demasiada frecuencia como planta de jardín. Los bulbos se deben plantar en octubre o noviembre, a 10 cm de profundidad y 8-10 cm de distancia. No toleran la humedad en invierno, por lo que conviene recubrirlos con cristal o lona.

No se deben regar las plantas mientras dura el periodo de reposo de los bulbos, desde julio hasta octubre. En zonas de clima húmedo es preferible desenterrarlos y conservarlos en un lugar seco y a la sombra antes de replantarlos. De no ser éste el caso, los bulbos se deberán transplantar como máximo cada tres años.

Ixiolirion se multiplica fácilmente por semillas, que se siembran en cuanto están maduras, tardando las plantas dos años en florecer. También se puede multiplicar por bulbillos. Constituye una planta idónea para cultivar en rocallas, a los pies de una tapia o en macizos, además de ser muy adecuada para confeccionar ramos florales de larga duración.

2

Bulbos/Hojas: Ovoides, de hasta 3 cm de ancho, con un cuello largo (3) y una túnica parda y rígida./ Estrechas, de hasta 25 cm de largo; el tallo floral está provisto de algunas hojas.
Flores/Frutos: 4-6 flores ensanchadas en forma de embudo, de color azul lavanda intenso, dispuestas en umbelas irregulares (1). Las piezas exteriores son de un tono más oscuro./ Cápsulas alargadas.
Altura: 25-30 cm.
Periodo de floración: A principios de mayo. Rústica, pero es conveniente protegerla contra la humedad invernal.

1

3

Campanilla de verano Amarilidáceas
Leucojum aestivum *Amaryllidaceae*

El nombre de este género, que incluye nueve especies distribuidas por toda Europa central y la cuenca mediterránea, deriva de las palabras griegas *leucos* (blanco) e *ion* (violeta). En efecto, las flores son blancas y exhalan un aroma parecido al de las violetas. Los bulbos son blancos, esféricos u ovoides, con dos hojas o más, largas, estrechas y oblongas. Las flores son trímeras, con una mancha de color verde-amarillento en los extremos de cada una de las piezas del periantio (2).

Algunas especies de *Leucojum* crecen en prados húmedos o en bosques de ribera, donde forman grandes colonias, especialmente vistosas en primavera. Son plantas de cultivo fácil y se desarrollan especialmente bien en suelos arcillosos, profundos, ricos en humus y en zonas de semisombra. El emplazamiento ideal para estas plantas es bajo árboles de hoja caduca, en lugares cálidos y húmedos, donde las raíces puedan expandirse libremente sin ningún estorbo.

Leucojum aestivum (1) se encuentra distribuida por las regiones mediterráneas, la península de los Balcanes, el Cáucaso y en Europa central. Es una planta bastante robusta, que alcanza 50 cm de alto y que desarrolla varias flores por tallo.

3

Bulbos/Hojas: Esféricos, de hasta 4 cm de diámetro (3)./ De 4 a 7 hojas estrechas, de hasta 40 cm de largo.
Flores/Frutos: De 3 a 7, campanuladas, colgantes, blancas, de pedicelos más o menos largos, algunas llegan a medir hasta 2 cm, con manchas amarillas en el extremo de las piezas florales; dispuestas en racimos poco densos sobre un tallo de sección fusiforme./ Cápsulas redondas de 3 celdillas.
Altura: 30-60 cm.
Periodo de floración: Abril-mayo.
Rústica, pero en invierno agradece una protección mediante una capa de hojas secas.

1
2

Campanilla de primavera Amarilidáceas
Leucojum vernum *Amaryllidaceae*

Esta especie se cultiva desde 1420 y crece de modo natural en Europa central y del sur, donde forma grandes colonias en prados húmedos y bosques caducifolios muy húmedos. Florece al principio de la primavera, en marzo-abril. Las flores, solitarias o en parejas, son de color blanco puro con una mancha amarilla en el extremo de los pétalos (1). La variedad *carpathicum* es muy vigorosa, con dos flores por tallo y manchas amarillas en el extremo de los seis pétalos. La variedad *vagneri,* originaria de Hungría, es también robusta y presenta asimismo dos flores por tallo.

Al igual que *L. vernum* y *L. aestivum* (*ver* apartado anterior), la especie *Leucojum autumnale,* originaria de Portugal y Marruecos, es una especie totalmente rústica. Desarrolla de una a tres flores, colgantes, de color blanco con manchas rojas y que salen entre septiembre y octubre. Existen otras especies, como *L. roseum* y *L. trichophyllum* (2), que no son rústicas en nuestras condiciones climáticas.

Las tres especies rústicas citadas son de cultivo fácil. Los bulbos se deben plantar entre agosto y septiembre, habiendo enriquecido el suelo previamente con turba o compost. Se deben dejar sin arrancar durante mucho tiempo, porque, de lo contrario, se desecan. Los *Leucojum* se multiplican por bulbos secundarios o por semillas. Las plantas pueden permanecer en el mismo sitio durante varios años. Se resiembran.

Leucojum se puede combinar con otras plantas de bulbo en primavera o cultivarse a la sombra de árboles o arbustos. Al igual que sucede con los narcisos de las nieves, se puede forzar su cultivo. Pueden servir asimismo para confeccionar bonitos ramos a principios de la primavera.

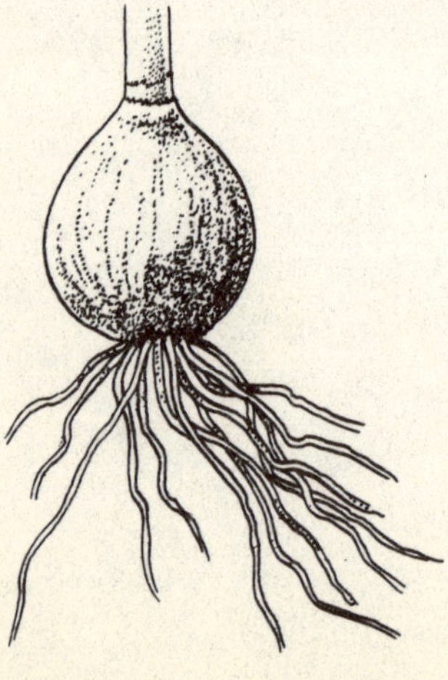

3

Bulbos/Hojas: Blancos, esféricos, de hasta 2,5 cm de diámetro (3)./ De 3 a 4 hojas lineales, 5-13 mm de diámetro, de color verde oscuro y brillantes, más largas que los tallos.
Flores/Frutos: Solitarias (a veces 2), con pedicelo, en forma de campanilla colgante, de hasta 2 cm de diámetro, blancas, con una mancha verde-amarillenta en los extremos de las seis piezas del periantio; las flores salen de una espata./ Cápsulas de tres celdillas esféricas (4).
Altura: 10-30 cm.
Periodo de floración: Febrero-abril.
Totalmente rústica.

1

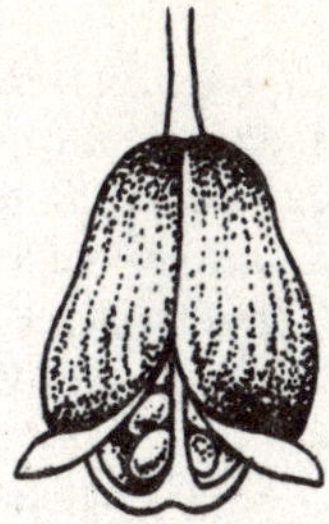

4

2

Azucena anaranjada, Azucena roja Liliáceas
Lilium bulbiferum *Liliaceae*

El género *Lilium* comprende unas cien especies silvestres repartidas sólo por regiones templadas y subtropicales del hemisferio Norte, excepto determinadas especies asiáticas, como *Lilium philippinense,* que crece en zonas tropicales. Unas diez especies de *Lilium* o azucena crecen en Europa, treinta en América del Sur y más de cincuenta en Asia. Dada la amplia distribución del género, las especies que lo integran son muy diferentes en lo que se refiere a la forma, color y tamaño de las flores, tipo de bulbo, forma de las hojas y altura de las plantas.

A diferencia de lo que sucede con los bulbos de tulipanes o jacintos, en los que las escamas concéntricas están rodeadas por una espesa túnica exterior, en las azucenas los bulbos están compuestos por escamas unidas a un eje central. Estos bulbos se secan con facilidad, por lo que una vez que se arranquen del suelo, se habrán de mantener en turba, arena o en otro substrato húmedo.

La forma de las hojas puede ser muy diversa, desde lanceoladas y estrechas hasta muy anchas y ovaladas, dispuestas en verticilos o de una en una sobre el tallo. Las flores de cualquier especie son regulares, con seis pétalos, seis anteras en el extremo de largos filamentos y un pistilo con un estigma trilobulado y pegajoso. A excepción del azul, una amplia gama de colores está representada en este género. La mayoría de las flores exhiben alguna mancha o algún motivo o dibujo especial en las piezas del periantio. Existen muchos tipos de flores: en forma de trompeta, horizontales o inclinadas (3); planas o en forma de copa, horizontales o derechas (4, 5) y en forma de corona, con los pétalos doblados hacia atrás y las flores colgantes orientadas hacia abajo o en oblicuo (6).

Lilium bulbiferum (1) pertenece al primer grupo. Planta originaria de Europa central y del norte de los Alpes, se utiliza muy a menudo para hacer hibridaciones. Se multiplica fácilmente mediante bulbillos, que se deben plantar en lugares soleados, a 10 cm de profundidad en suelos fértiles.

Lilium bulbiferum var. *croceum* se emplea con frecuencia como planta de jardín; no produce bulbillos y sus flores son naranja pálido con motas pardas.

2

Bulbos/Hojas: Blancos, duros, achatados, de grandes escamas; en estado silvestre se entierran a más de 30 cm./ Alternas, estrechas y lanceoladas, dispuestas densamente sobre el tallo; a lo largo de éste se forman bulbillos en la base de las hojas (2).
Flores/Frutos: En forma de copa, totalmente abiertas, de color naranja-rojo, con puntos rojos en el interior; la inflorescencia consta de 6 a 15 flores sin aroma./ Cápsulas de tres celdillas, de forma oblonga.
Altura: 50-100 (120) cm.
Periodo de floración: Junio-julio.
Totalmente rústica.

1
3
4
5
6

Azucena común
Lilium candidum

Liliáceas
Liliaceae

Planta originaria probablemente de Asia Menor, fue la primera especie de azucena descrita o dibujada y una de las más cultivadas.

Las flores, en forma de trompeta, desprenden un intenso aroma; aparecen en número de cinco a diez por tallo, a veces más (1, 2). Los tallos desaparecen a finales de julio y las hojas basales salen en otoño y permanecen todo el invierno. La especie *L. candidum* crece en cualquier suelo de jardín que sea rico en humus, pero también agradece un aporte de turba, de mantillo de hojas o de arena gruesa, y un suelo calcáreo; sin embargo, no tolera bien el exceso de humedad. Prefiere los lugares situados a pleno sol. Los bulbos se deben plantar en agosto y no a demasiada profundidad, sólo a 2 cm de la superficie. Se multiplica principalmente por bulbillos, aconsejándose una división cada cuatro o cinco años.

Existen determinadas especies que pueden obtenerse mediante siembra. En este aspecto, dentro de las azucenas se distinguen dos grupos, según cómo germinen sus semillas. El primer grupo sería el de germinación hipogea, que incluiría las especies *L. bulbiferum, L. martagon* y *L. monadelphum,* entre otras. En estas especies los cotiledones permanecen bajo tierra, donde se forma un pequeño bulbo (3); las hojas verdaderas empiezan a salir en el segundo año (4). Por el contrario, en la germinación epigea, un cotiledón filiforme (5) sale de la tierra al cabo de tres a seis semanas después de la siembra, apareciendo las hojas verdaderas unas semanas más tarde (6). Las especies *L. carniolicum, L pyrenaicum* y *L. candidum* pertenecen a este último grupo. Las semillas permanecen enterradas más de un año antes de germinar. No se deben sembrar, por tanto, semillas de azucenas de los dos grupos juntas en el mismo sitio, porque podemos destruirlas al escardar.

Los bulbos de estas plantas son muy sensibles a diversas enfermedades criptogámicas, por lo que es aconsejable someter los bulbos nuevos a un tratamiento preventivo antes de la plantación.

2

Bulbos/Hojas: Concéntricos, amarillentos, compuestos por escamas carnosas. El peciolo de las hojas suele salir directamente de las escamas./ De color verde suave, lanceoladas, dispuestas densamente sobre el tallo floral.
Flores/Frutos: De 5 a 10, en forma de trompeta, blancas y perfumadas; las anteras tienen polen amarillo./ Las cápsulas se forman en raras ocasiones.
Altura: 100-140 cm.
Periodo de floración: Junio-julio.
Rústica, pero los bulbos no resisten la humedad invernal. En tal caso, conviene protegerlos con cristal o lona.

1
3
4
5
6

Azucena silvestre
Lilium martagon

Liliáceas
Liliaceae

Esta especie pertenece al grupo de azucenas en forma de corona (*ver* página 146). Estas se reagrupan en la sección *Martagon,* que comprende, entre otras, las especies *L. carniolicum, L. canadense, L. monadelphum, L. pyrenaicum, L. speciosum* y *L. pardalinum.* Dentro de las especies que componen este grupo existe una gran diversidad en lo que se refiere al tamaño, color y manchas de las flores. Algunas de ellas son especies bastante comunes en el sur y centro de Europa, y habitan principalmente bosques de hoja caduca de subsuelo calcáreo. Algunas en particular crecen también en praderas alpinas de altitud moderada. Lamentablemente ciertas especies han desaparecido en bastantes regiones, porque con mucha frecuencia jardineros poco escrupulosos las han arrancado para ponerlas en sus jardines. Como consecuencia de esto, *Lilium martagon* está protegida por la ley en numerosos países. La especie tipo da lugar a flores de color entre rojo y rosa, con moteado violeta (1). Existen multitud de variedades repartidas por todo el área de distribución: *L. m.* var. *albiflorum,* de flores blancas con manchas rosa oscuro; *L. m.* var. *album,* de flores blanco puro y anteras amarillo dorado; *L. m.* var. *carneum,* de flores rosa pálido sin manchas; *L. m.* var. *flavidum,* de flores amarillo pálido con pequeñas manchas rojas y *L. m.* var. *cattaniae,* de flores oscuras.

La especie *Lilium carniolicum* también forma parte de la sección *Martagon.* Crece en el sur de Europa, principalmente en los Alpes julianos y en Italia. Sus flores, de una a cinco, de color rojo intenso y en ocasiones amarillo, en forma de corona, están dispuestas sobre un tallo de mediana altura y de numerosas hojas (2, 3). Es una planta de olor desagradable y que requiere suelos calcáreos. Las dos especies citadas son de siembra fácil, siendo *L. martagon* de germinación hipogea y *L. carniolicum* epigea (*ver* apartado anterior); pero también se pueden multiplicar por división de bulbos o por esquejes de escamas. *L. carniolicum* necesita algún tipo de protección en invierno, mientras que *L. martagon* es una especie muy rústica.

2

Bulbos/Hojas: De tamaño mediano, color amarillo oscuro, compuestos por escamas carnosas y puntiagudas (4)./ Ovaladas, dispuestas en verticilos sobre el tallo.
Flores/Frutos: Entre 6 y 30 flores pequeñas, en forma de corona, de 3 a 6 cm de diámetro, de color entre encarnado y rosa pálido con manchas violetas, dispuestas sobre largos tallos; las anteras son del color del óxido./ Cápsulas de tres celdillas.
Altura: 60-180 cm.
Periodo de floración: Junio-julio.
Totalmente rústica.

1
3
4

Azucena del Cáucaso
Lilium monadelphum

Liliáceas
Liliaceae

Esta azucena crece en bosques y montañas del noroeste de Turquía y del Cáucaso, donde se aclimata perfectamente a más de 2.000 m de altitud. Posee flores grandes en forma de corona y de color amarillo canario (1).

Esta especie se desarrolla bien en suelos pedregosos, enriquecidos con mantillo de hojas. Los bulbos se deben plantar a una profundidad de 15 cm como mínimo, en zonas ligeramente sombrías. Debe transcurrir un año desde que se plantan (o transplantan) para que emitan brotes aéreos. Esta planta crece con facilidad a partir de semillas, pero la germinación (tipo hipogea) es lenta, no floreciendo hasta que no transcurren cinco o seis años.

Lilium pyrenaicum (2) es otra especie de la sección *Martagon* que crece en los bosques claros del sudoeste de Francia y norte de España. Alcanza una altura de 60-120 cm y su inflorescencia está compuesta por entre tres y doce flores, más bien pequeñas, entre amarillo acaramelado y naranja, y anteras de color rojo anaranjado. Se debe plantar a 10-12 cm de profundidad y tolera los suelos calcáreos. En condiciones climáticas difíciles, se debe proteger con ramas de coníferas.

Tanto una especie como la otra se pueden multiplicar por semillas o por esquejes de escamas, que deben separarse del bulbo madre inmediatamente después de la floración (de cinco a diez escamas). Conviene tener una serie de precauciones con estos esquejes para que no sufran daño alguno. Se deben espolvorear las escamas con algún producto apropiado contra la roya o con carbón de leña en polvo; a continuación se introducen hasta la mitad más o menos en una mezcla de substrato ligero y arena. Al cabo de tres a seis semanas empiezan a desarrollarse pequeños bulbos a partir de la escama esquejada (3), siempre y cuando se mantengan unas condiciones de 16-20° C de temperatura y suficiente humedad. Seguidamente en primavera el conjunto escama-bulbillos se plantará en un invernadero y se tratará como si fuera un semillero. Las plantas empezarán a florecer al cabo de tres o cuatro años.

2

Bulbos/Hojas: Medianos, puntiagudos, de color amarillo con tonalidades rojas./ De color verde intenso, lanceoladas.
Flores/Frutos: Acampanadas, inclinadas hacia abajo, en número de 4 a 20, dispuestas sobre un tallo muy poblado de hojas; de color amarillo canario, de hasta 10 cm de diámetro, con estrías rojas en la superficie; anteras amarillas que contienen polen amarillo./ Cápsulas ovaladas de tres celdillas con semillas planas de superficie apergaminada.
Altura: 100-150 cm.
Periodo de floración: Junio.
Rústica.

1

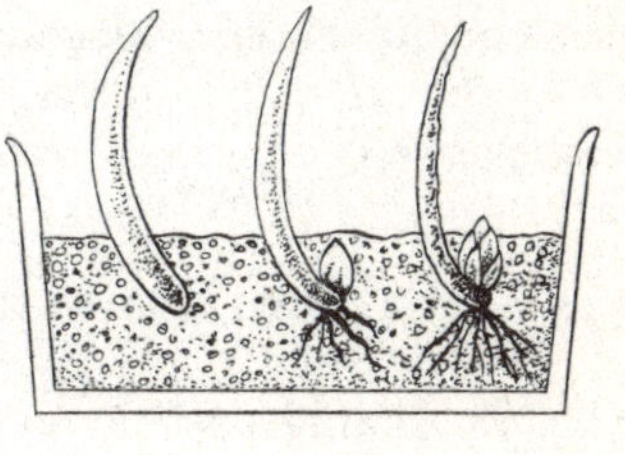

3

Azucenas - cultivares e híbridos — Liliáceas
Lilium — *Liliaceae*

Desde hace ya bastante tiempo el número de variedades hortícolas sobrepasa el de especies botánicas y sus variedades. Y eso a pesar de que la selección de las azucenas no empezó hasta el siglo pasado. Para llevar a cabo un buen proceso de selección son necesarios unos mínimos conocimientos de biología vegetal y genética, así como una amplia experiencia en horticultura, lo que no ha impedido que el número de seleccionadores haya aumentado considerablemente. Con la selección, lo que se pretende en la mayoría de los casos es obtener azucenas mejor adaptadas al cultivo en jardines que las especies botánicas de las que proceden. Las flores de los híbridos suelen ser de colores más vivos, de tamaño mayor y menos sensibles a las enfermedades.

Para llevar a cabo hibridaciones es necesario conocer la posición taxonómica de los padres de un mismo grupo. Otras características muy importantes que se deben conocer son la calidad del polen, el periodo de recogida y el de utilización, entre otras muchas. Además de los programas de hibridación clásicos, también se obtienen nuevas variedades mediante acción directa sobre el patrimonio genético, del que son portadores los cromosomas. En la naturaleza se producen con frecuencia mutaciones espontáneas, pudiendo aparecer mutantes poliploides por aumento del número de cromosomas. Este fenómeno puede ser inducido de modo artificial mediante radiaciones o el empleo de productos químicos: por ejemplo, sumergiendo las escamas de azucena doble en colchicina se puede duplicar el número de cromosomas (48 en lugar de 24). Se obtienen así variedades tetraploides, con características diferentes de las diploides.

La selección de azucenas es un tema complejo y exigente, siendo necesario bastante tiempo antes de sacar un nuevo cultivar al mercado.

Los cultivares de *Lilium* se suelen clasificar en siete u ocho grupos:

I Híbridos asiáticos (1, 2, 3). Son los que se cultivan con más frecuencia.

II Híbridos de *martagon.* De flores delicadas en forma de corona.

III Híbridos de *candidum.* Se cultivan escasamente.

IV Híbridos americanos (4). De flores de *martagon* con manchas de diversos colores.

V Híbridos de *longiflorum.* Ideales para forzar su cultivo en invernadero y como flor cortada para confección de ramos.

VI Híbridos en forma de trompeta. De cultivo fácil, de grandes flores de colorido variado.

VII Híbridos orientales (5). Flores de formas y colores variados, adaptados a zonas de clima templado, suelos ácidos ligeros y elevada humedad atmosférica

VIII Híbridos que no entran en ninguna de las categorías anteriores.

5
3
4
2
1

Quitameriendas, Villorita
Merendera montana

Liliáceas
Liliaceae

Este género, que incluye nueve especies, está muy relacionado con el género *Colchicum,* pero se diferencia de éste por sus flores de menor tamaño, la forma diferente del periantio y, por encima de todo, las seis piezas que lo forman, que están separadas unas de otras desde la base. Las hojas no son tóxicas. Se diferencia del género *Bulbocodium* en el estilo tripartito libre.

Esta planta se encuentra distribuida por todo el sur de Europa, alrededor de la cuenca mediterránea, llegando hasta Irán y el Cáucaso. Posee flores ensanchadas en forma de embudo, de color rosa-lila, blancas en ocasiones, que aparecen en primavera o en otoño según las especies. Las plantas del género *Merendera* se cultivan escasamente, quedando casi reservadas a los coleccionistas. Todas las especies son rústicas, pero como son bastante pequeñas, con frecuencia se las comen las babosas o los caracoles. Necesitan suelos muy drenados.

M. montana (1), conocida también con el nombre de *M. bulbocodium, Bulbocodium autumnale* o *Colchicum montanum,* es una especie muy extendida. Crece en zonas montañosas de España y Portugal, en praderas de alta y media montaña. Florece en cuanto llegan las lluvias de otoño. *M. sobolifera,* originaria de Asia Menor y central, concretamente de Afganistán, da flores de color violeta pálido y es también una planta pequeña. Se distingue de las otras especies por su bulbo sólido pequeño, alargado, parecido a un rizoma. Florece en septiembre, como *M. trigyna* (2), originaria del Cáucaso e Irán.

Las plantas del género *Merendera* se cultivan como los *Colchicum.* Las especies *M. sobolifera* y *M. trigyna* están mejor aclimatadas a las condiciones climáticas del centro de Europa. Prefieren suelos ligeros, drenados, ricos en humus y en zonas ligeramente umbrías. Los bulbos sólidos se deben plantar hasta 10 cm de profundidad, según su tamaño. La multiplicación se puede llevar a cabo mediante división de bulbos sólidos o por siembra.

2

Bulbos sólidos/Hojas: Pequeños, con una túnica marrón oscura, de forma irregular./ Entre lineales y lanceoladas, con la punta rematada bruscamente, salen en otoño.
Flores/Frutos: De 1 a 2 flores, casi sésiles, como si salieran del suelo, de pétalos ovalados estrechos, de 4 a 5 cm de largo, color entre lila y violeta, raras veces blanco./ Cápsula ovoide de tres celdillas.
Altura: hasta 10 cm.
Periodo de floración: Agosto-septiembre.
Rústica.

1

Muscari

Muscari botryoides

Liliáceas

Liliaceae

La mayoría de las cincuenta especies que componen el género *Muscari* están distribuidas por el sur de Europa, cuenca mediterránea y determinadas regiones de Oriente-Medio y del sur de Rusia, pudiéndose encontrar también algunas especies en Europa central. El nombre del género posiblemente derive de la palabra griega *moschos* (almizcle), en alusión al olor que desprenden algunas especies, aunque esta no es la única teoría.

Los muscaris son ante todo, pequeñas plantas bulbosas de floración primaveral. Poseen hojas estrechas, lineales y racimos densos de pequeñas flores de forma aovada, de diferentes tonos de azul, aunque existen también determinadas variedades con las flores blancas, rosas o amarillas. La mayoría de las especies son rústicas y de cultivo fácil. Crecen bien en suelos de jardín buenos, que no sean demasiado húmedos, pero durante el periodo vegetativo sí necesitan suficiente humedad. Se multiplican por bulbillos, que se producen en gran número. La división de matas se debe efectuar con frecuencia y se deben replantar cada dos o tres años, en julio, cuando amarilleen las hojas. Los bulbos se deben mantener en turba o arena, porque se secan con facilidad. En septiembre u octubre se volverán a plantar en un suelo enriquecido con compost, a 10-15 cm de profundidad según el tamaño del bulbo y 6-10 cm de distancia. Las hojas salen antes del invierno, pero no sufren con el frío.

Los muscaris deberían estar presentes en cualquier rocalla. Se multiplican fácilmente, lo que hace que a algunos los consideren malas hierbas, por ejemplo a *M. racemosum.* Combinados con narcisos amarillos producen un efecto especialmente bello en un macizo de flores; resultan también muy decorativos si se plantan sobre un césped que se tarde en segar o delante de arbustos.

La especie *Muscari racemosum* es similar a *Muscari botryoides* (1) y está repartida por el sur de Europa, Asia Menor, Cáucaso y Europa central. Tanto una especie como otra incluyen variedades de diferentes formas y colores. Una de las especies más hermosas de muscari de flores amarillas es *M. macrocarpum,* natural de las islas del mar Egeo (2).

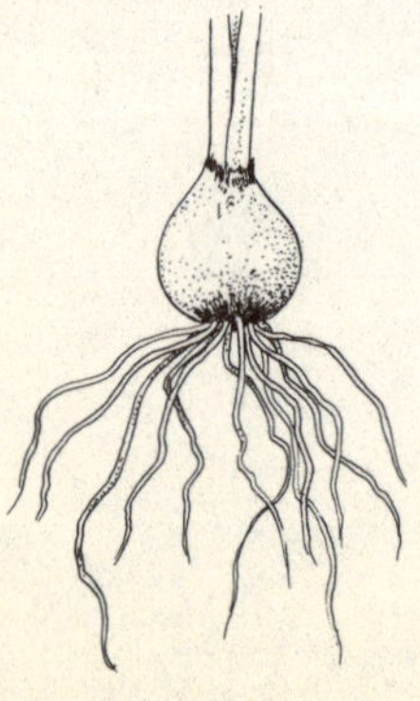

3

Bulbos/Hojas: Entre esféricos y ovoides (3), con una túnica clara, de 2 a 3 cm de diámetro./ 2-3 hojas lineales, basales, de 20 cm de longitud.
Flores/Frutos: Apretadas, ovoides, azules con una garganta dentada de color blanco, dispuestas en racimos de 15 a 20 flores, con algunas flores estériles en el extremo superior./ Cápsulas de tres celdillas con semillas negras (4).
Altura: 10-20 cm.
Periodo de floración: Abril-mayo.
Rústica.

1
2
4
5

Ajipuerco, Guitarrillo
Muscari comosum

Liliáceas
Liliaceae

La especie tipo *M. comosum* crece en zonas arenosas del sur de Europa y norte de África, pero también está aclimatada en otras zonas de Europa. Es más robusta que la mayoría de las otras especies del género, llegando a alcanzar una altura de 30-40 cm. Las flores tienen pedicelo y están dispuestas en racimos. En la parte superior de éstos se disponen unas cuantas flores estériles, de color entre violeta y verde oliva, mientras que las flores inferiores son fértiles y de color azul (1, 2). A diferencia de la especie tipo, que no se cultiva, la variedad *plumosum* (3) se cultiva comúnmente. Está dotada de panículas de flores muy divididas, de color azul-violeta, que de lejos recuerdan a una pluma de avestruz. El tallo que sujeta las inflorescencias es tan pesado que necesita algún tipo de sujeción. Casi todas las flores son estériles y deben multiplicarse por bulbillos. Esta planta, conocida desde 1612, continúa hoy siendo muy cultivada, entre otras razones por ser ideal para confeccionar ramos de flores que permanecen frescos durante bastante tiempo.

3

Bulbos/Hojas: Grandes, ovoides./ De color verde pálido, de hasta 2,5 cm de diámetro.
Flores/Frutos: Racimo denso de flores extrañas, muy divididas, de color azul-violeta cuando se abren y que se tornan color amatista con el tiempo./La var. *plumosum* es estéril y no produce frutos.
Altura: 30-40 cm.
Periodo de floración: Mayo-junio.
Rústica.

1

2

Trompeta de Venus

Amarilidáceas

Narcissus bulbocodium

Amaryllidaceae

El género *Narcissus* engloba los junquillos y los narcisos. Son plantas que se asocian siempre con la primavera, aunque existen determinadas especies de floración otoñal. Las plantas pertenecientes a este género se distribuyen principalmente por la cuenca mediterránea, en concreto España y Portugal. Existen alrededor de cuarenta especies y subespecies silvestres y se conocen ya más de ocho mil cultivares. Los ingleses son muy aficionados al cultivo de narcisos.

La gran cantidad de especies y variedades que comprende este género se clasifican en once categorías: los narcisos de trompeta (4), de corona grande (5), de corona pequeña (6), dobles (7), de corona dividida "flores de orquídea"; los cultivares obtenidos a partir de algunas especies en particular se reagrupan en *Triandus* (8), *Cyclamineus* (9), *Jonquilla* (10), *Tazetta* (11) y *Poeticus* (12); y por último los "inclasificables".

Los narcisos son plantas vivaces de bulbo tunicado, de hojas lineales y flores trímeras, con un periantio formado por dos filas de tres piezas cada una. Las piezas se unen por la parte inferior formando una especie de trompeta en el caso de los junquillos y una corona en los narcisos. El color, tamaño y disposición de las flores son muy variables.

Narcissus bulbocodium (1) es una de las especies botánicas cultivadas más interesantes. Constituye la especie tipo de un grupo de narcisos, la llamada sección *bulbocodium,* caracterizada por una trompeta tubular que constituye la flor, además de las otras piezas del periantio, que están muy poco desarrolladas. Necesitan suelos húmedos, bien drenados y una adecuada protección contra el frío. Las flores de la especie *N. cantabricus* (2), natural de la península Ibérica, son de color blanco puro. Se trata de una especie muy delicada, que no resiste los inviernos rigurosos. Florece en febrero, a veces incluso a finales de enero. Prestándoles algunos cuidados, entre otros una adecuada protección invernal, estas plantas se pueden cultivar en rocallas.

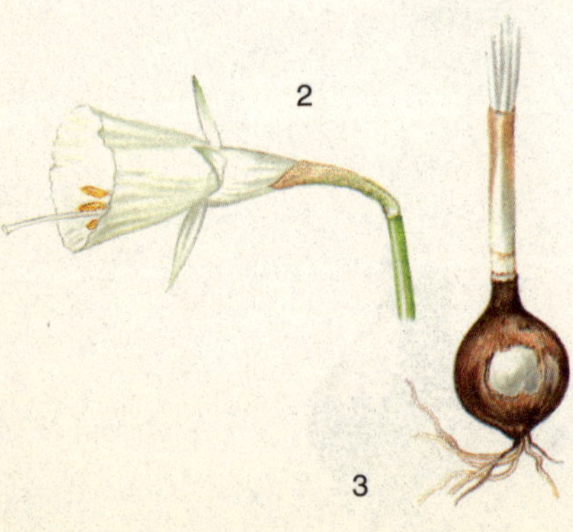

Bulbos/Hojas: Pequeños (3)./ Derechas, estrechas, filiformes.
Flores/Frutos: Pequeñas, solitarias, casi derechas, en forma de embudo, de color amarillo limón o más oscuro (según subespecies o variedades)./ Cápsulas de tres celdillas con dos filas de pequeñas semillas negras en cada una.
Altura: 10-15 cm.
Periodo de floración: Abril.
Rústica, pero sensible a la humedad del suelo, por lo que puede ser necesaria una protección mediante cristal o lona.

1
4
5
6
7
8
9
10
11
12

Narciso ciclamen — Amarilidáceas
Narcissus cyclamineus — *Amaryllidaceae*

Constituye una de las especies más hermosas de entre los narcisos de pequeño tamaño. Planta originaria de España, se caracteriza por sus flores, colgantes, formadas por largas trompetas estrechas y las demás piezas del periantio dobladas hacia atrás (1, 2). Estos narcisos empiezan a florecer al principio de la primavera. No toleran los suelos calcáreos y crecen en zonas húmedas, ligeramente sombrías, aunque en verano el suelo debe estar seco, por lo que, en caso de riesgo de humedad, conviene protegerlos con una lona. Es perfecta para plantar en rocallas donde, en condiciones favorables, se podrá resembrar.

Por cruces entre *N. cyclamineus* y otras especies, entre ellas narcisos de trompeta, se han obtenido una larga serie de cultivares que dan flores de colores muy diversos, con corolas y coronas entre amarillas y blancas. Por ejemplo, *N. minicycla* hort., obtenida mediante un cruce de *N. cyclamineus* y *N. asturiensis,* parece un junquillo en miniatura.

2

3

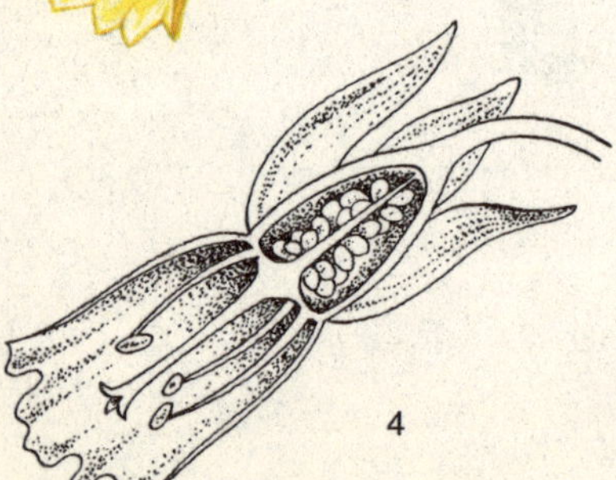

4

Bulbos/Hojas: Pequeños (3)./ Decorativas, acanaladas.
Flores/Frutos: Solitarias, de color amarillo intenso, dispuestas sobre tallos de sección casi circular, con una larga trompeta estrecha y las piezas del periantio dobladas hacia atrás, formando una especie de corola estrecha por encima de la trompeta./ Pequeña cápsula oval de tres celdillas (4).
Altura: 15-20 cm.
Periodo de floración: Febrero-marzo.
Rústica.

1

Narciso de los poetas Amarilidáceas
Narcissus poeticus *Amaryllidaceae*

Dentro de los *Narcissus,* el grupo *poeticus* comprende una sola especie botánica: *N. poeticus.* Crece en todo el sur de Europa, en algunos sitios abundantemente. Es especialmente común en las praderas de baja altitud de los Alpes y Pirineos, donde aparece muchas veces junto a orquídeas, produciendo un efecto impresionante. Las piezas del periantio de esta especie son de color blanco puro y la corona es amarilla anaranjada con un ribete rojo. Es la última especie de *Narcissus* en florecer y sus flores desprenden un suave aroma. Las variedades de jardín de *N. poeticus* son más robustas que las especies silvestres. Por ejemplo, el cultivar 'Actaea' mide 60 cm de alto y posee flores de 9 cm de diámetro, de periantio blanco puro, con una corona de color rojo intenso y el centro amarillo. Es una planta muy apropiada para confeccionar ramos. El cultivar 'Queen of Narcissi' da flores de color blanco puro y corona de centro amarillo y borde rojo, y el cultivar 'Red Rim' da flores de periantio blanco puro y corona amarilla bordeada de rojo. Esta última también es una planta ideal para hacer ramos.

El grupo de los *jonquilla* incluye, entre otras, la especie del mismo nombre: *N. jonquilla.* Posee de dos a seis flores amarillas, de coronas cortas, dispuestas sobre un gran tallo y que desprenden un agradable aroma. Las especies botánicas de este grupo están repartidas principalmente por España y norte de África.

2

Bulbos/Hojas: De aproximadamente 4 cm de ancho, alargados (3)./ De 2 a 4, de color entre azul verdoso y gris verdoso, de 30 a 40 cm de largo.
Flores/Frutos: Flores en su mayoría solitarias, de forma variable según las especies; dispuestas sobre un tallo de sección fusiforme; el periantio es siempre blanco, la corona es corta, de color naranja o amarillo ribeteado de verde o de rojo (1, 2)./ Cápsulas.
Altura: 30-40 cm.
Periodo de floración: Entre la segunda quincena de abril y mayo.
Rústica.

1

3

Junquillo, Narciso de los prados
Narcissus pseudonarcissus

Amarilidáceas
Amaryllidaceae

Se trata de una especie muy diversificada, con numerosas subespecies y variedades, originaria de Europa occidental, principalmente de los Pirineos y Gran Bretaña. Junto con las especies *N. asturiensis, N. minor* y otras, constituye el grupo de los llamados narcisos de trompeta. Es una planta que gusta de los sitios húmedos.

De esta especie se conocen variedades de color blanco, amarillo y bicolor (1, 2). La especie *N. poeticus* fue la primera especie de narciso que se identificó claramente, por lo que se considera el "verdadero" narciso; de ahí probablemente el nombre de *pseudonarcissus* de esta otra especie. *N. pseudonarcissus* ha sido la base para obtener multitud de variedades de narcisos de trompeta, de formas y colores muy variados.

Estas plantas son muy adecuadas para cultivar en macizos de flores, o bien agrupadas sobre un césped que se siegue tarde. Conviene utilizar las variedades botánicas si se desea una buena aclimatación.

Entre las numerosas subespecies botánicas cabría destacar las siguientes: *N. pseudonarcissus* subsp. *obvallaris,* de flores bicolores; subsp. *pallidiflorus,* de flores amarillas, con frecuencia bicolores, dispuestas sobre un tallo corto; subsp. *moschatus,* de flores blancas, con tonalidades amarillo azufre y de 15-20 cm de alto.

Los narcisos de jardín se multiplican únicamente de manera vegetativa, por bulbillos. Los bulbos se arrancan al principio del verano, bien una vez al año o cada tres o cuatro años. Se deben almacenar durante el verano y a finales de septiembre se vuelven a plantar en un suelo nuevo y fértil.

2

Bulbos/Hojas: De color pálido, con una túnica delgada y coriácea./ De 4 a 6 hojas, lineales, acanaladas (3).
Flores/Frutos: Blancas, amarillas o incluso bicolores, provistas de una trompeta corta o larga; una flor por cada tallo; el botón floral aparece rodeado de una bráctea verde que se seca durante la floración./ Cápsula.
Altura: 12-15 cm.
Periodo de floración: Abril.
Rústica.

1
3
4

Azucena de Guernesey
Nerine bowdenii

Amarilidáceas
Amaryllidaceae

Este género de plantas de bulbo de origen sudafricano, muy próximo a los géneros *Amaryllis* y *Brunswigia,* está representado en su estado silvestre por quince especies que hibridan fácilmente entre sí.

Los bulbos de este género, de tamaño mediano, se caracterizan por su cuello alargado (3) y raíces carnosas y vivaces. Las hojas salen al mismo tiempo que las flores, al final del verano (4). Estas últimas están dispuestas en umbelas, que al principio aparecen envueltas por dos brácteas. Las flores son trímeras, muy abiertas y de color rosa en la mayoría de los casos, si bien existen determinados cultivares con flores de color violeta o blanco (2). Los pétalos de la mayoría de estas especies tienen una textura nacarada característica, que brilla con la luz eléctrica. Con estas flores se pueden hacer hermosos ramos, que aguantan en el jarrón hasta tres semanas.

Dado que no son especies rústicas, por razones de comodidad se suelen cultivar en grandes macetas, que se colocan en el interior durante el invierno, en algún lugar ventilado y luminoso a 6-8° C. Además de *N. bowdenii* (1), también se cultiva con frecuencia la especie *N. sarniensis,* que es más rústica. Las hojas no salen hasta que no empieza la floración. Hay que evitar interferir en el desarrollo de la planta, porque de lo contrario al año siguiente no habrá floración. Los bulbos entran en periodo de reposo durante el verano, periodo en el que no se deben regar; pero sí es conveniente un aporte mensual de abono. En septiembre aparecen las inflorescencias. El bulbo se debe transplantar cada cuatro o cinco años, dejando el cuello que asome por la superficie.

Los *Nerine* se multiplican por bulbillos secundarios, que se forman en gran cantidad, así como por semillas, que se sembrarán superficialmente en cuanto estén maduras.

Las plantas pertenecientes a este género crecen bien en lugares soleados, pero en los que no haga demasiado calor, a los pies de una pared o en el alféizar de una ventana. El substrato de jardín debe estar bien drenado.

2

Bulbos/Hojas: De 3 a 5 cm de diámetro, en forma de botella, con raíces vivaces y carnosas./ De 20 a 30 cm de largo, 3 cm de ancho, ligeramente curvadas, de un bonito color verde.

Flores/Frutos: De 6 a 12 flores dispuestas en umbela; muy abiertas, trímeras, con las piezas del periantio de color rosa, más oscuro en la parte basal, con anteras de color pardo-rojizo./ Cápsulas entre esféricas y planas, con numerosas semillas, provistas de un apéndice verde y carnoso (5).

Altura: Hasta 45 cm.

Periodo de floración: Septiembre-noviembre. No rústica.

1
5
3
4

Nomocharis saluenensis

El género *Nomocharis* está considerado por algunos como el rey de las Liliáceas por sus elegantes y exóticas flores. El género se encuentra muy próximo a las azucenas y a las fritilarias. Unas catorce especies del género crecen en estado natural en el Himalaya, Tibet y oeste de China, entre 2.000 y 4.500 m de altitud. Dada la dificultad de reproducir estas condiciones climáticas en muchas zonas de Europa, su cultivo se reserva a los jardineros experimentados.

Los bulbos de estas plantas están formados por escamas alargadas y carecen de túnica. Del bulbo emerge un tallo de 30-70 cm de alto, muy poblado de hojas y del cual salen grandes flores, muy abiertas, trímeras y de color rosa pálido o blanco (1). La base de las piezas del periantio suele ser de color violeta oscuro o con pequeñas manchas, como es el caso de la especie *N. pardanthina* (2).

Necesita suelos medianamente ácidos, bien drenados, suficientemente húmedos y frescos y con una elevada humedad atmosférica, pero no tolera los suelos calcáreos. Su cultivo es más fácil en Gran Bretaña, sobre todo en Escocia, y norte de Europa, que en el sur de Europa. Los emplazamientos más adecuados para esta planta serán zonas sombrías y frescas, rocallas, junto a vegetación herbácea o entre rododendros de pequeño tamaño.

Sus semillas germinan con facilidad; sin embargo, son muy sensibles al frío, por lo que deben protegerse en invierno. Las plántulas florecerán al cabo de cuatro o cinco años; durante este periodo es necesario protegerlas contra los limacos. Los bulbos de tamaño adecuado para florecer no necesitan ser replantados.

5

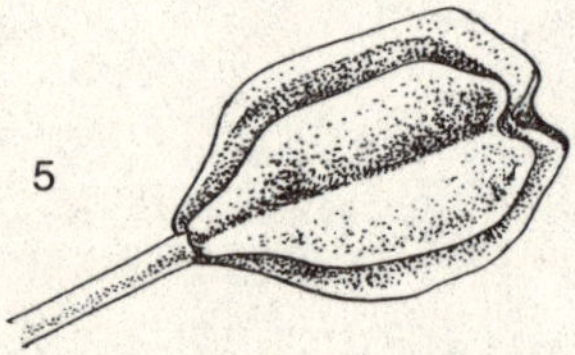

2

Bulbos/Hojas: De tamaño mediano, compuestos por numerosas escamas./ Lanceoladas, formando verticilos en la parte inferior del tallo y dispersas por la parte superior, pero formando una espiral (4).
Flores/Frutos: Racimos formados por hasta 6 flores muy abiertas, de 8 a 9 cm de diámetro, de color entre rosa pálido y blanco, con el centro rojo violáceo o moteado de rojo violáceo en la base (3); Nectarios visibles en la base de las piezas./ Cápsulas redondas con numerosas semillas (5).
Altura: Hasta 90 cm.
Periodo de floración: Junio-julio (agosto). Rústica.

1
3
4

Ornithogalum nutans

Los *Ornithogalum* son plantas de altura mediana o baja, con flores blancas y estrelladas compuestas por seis pétalos. El género comprende cerca de un centenar de especies repartidas por toda Europa, Asia y África. En este último continente crecen algunas especies muy hermosas, de flores amarillas o naranjas. La mayoría de ellas son termófilas, es decir, que les gusta el calor y no resisten los inviernos rigurosos, por lo que en nuestras regiones se deben cultivar en macetas en invernadero. Existen otras especies, por el contrario, que crecen en regiones continentales y que son rústicas, por lo que se desarrollarán bien en rocallas, entre arbustos o en macizos de vivaces. Crecen bien al sol o en semisombra, pero no toleran los suelos pesados, fríos o muy mojados.

Entre las especies cultivadas más comúnmente podremos citar *O. nutans* (1), *O. excapum, O. balansae, O. nanum, O. umbellatum* y las especies sudafricanas *O. thyrsoides* (2) y *O. lacteum,* cultivadas principalmente para cortar sus flores y hacer ramos.

El cultivo de las especies rústicas no es difícil. Se multiplican rápidamente por bulbillos, que se forman en abundancia, o por siembra natural, formando densas matas. No se les considera malas hierbas, ya que durante el verano se secan las hojas, permaneciendo las plantas el resto del año bajo tierra. Los bulbos se deben plantar a finales de verano, a 6-8 cm de profundidad, y no necesitan protección en invierno. Las matas ya demasiado tupidas se deben dividir y transplantar, preferentemente en agosto, cuando amarilleen las hojas.

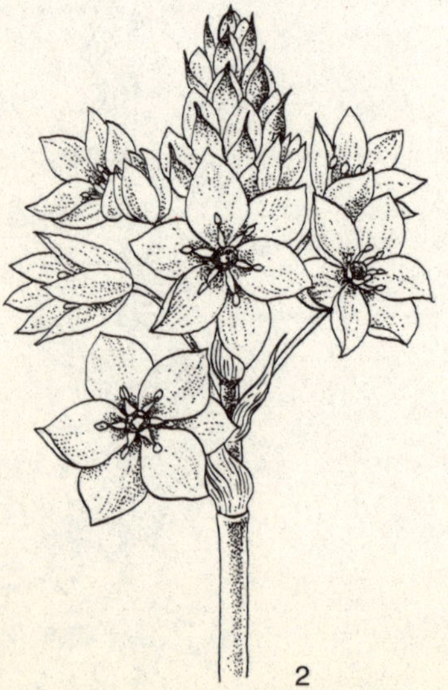

2

Bulbos/Hojas: Blancos, de esféricos a ovales./ Hojas que nacen del suelo, entre lanceoladas y lineales, con una raya plateada en el centro, como las de los crocus.
Flores/Frutos: Bastante grandes, en forma de estrella, 12 a lo máximo, blancas con una raya verde, ligeramente colgantes, todas orientadas hacia el mismo lado, dispuestas en racimos poco densos situados sobre un tallo de 20-30 cm de alto./ Cápsulas esféricas (4).
Altura: Hasta 45 cm cuando está en flor.
Periodo de floración: Abril-mayo.
Rústica.

1
4
3

Oxalis adenophylla

El nombre de este género deriva del griego *oxys,* que quiere decir "agudo" o "ácido", aludiendo probablemente al sabor ácido de las hojas, debido a que éstas contienen ácido oxálico. Este género incluye algunas especies vivaces que se multiplican por rizomas subterráneos, tubérculos o bulbos. Comprende alrededor de un centenar de especies, la mayoría anuales, originarias de África y Sudamérica. Las especies hortícolas más importantes son *Oxalis adenophylla* (1), natural de los Andes chilenos, que crece a 2.000 m de altitud, de flores violeta-rosa pálido de hasta 3 cm de diámetro, y *Oxalis enneaphylla* (2), originaria de las islas Malvinas y de la Patagonia, dotada de un rizoma rastrero, hojas compuestas por nueve foliolos, como indica su nombre, flores violeta con vetas de color azul y suave aroma. *O. laciniata* (3) es una especie muy cercana en cuanto a parentesco, también de la Patagonia, de 10 cm de altura, hojas divididas color azul verdoso, foliolos ondulados y flores de color violeta con vetas azul oscuro que florecen hasta julio.

Los *Oxalis* no toleran los suelos calcáreos; necesitan suelos ligeros y algo ácidos. Se desarrollan mucho mejor a pleno sol, pero también toleran la semisombra. En invierno se deben proteger del exceso de humedad con una capa de ramas de coníferas o una lona. Una vez acabada la floración, las plantas desaparecen. Se pueden multiplicar de forma vegetativa, mediante división de los pequeños tubérculos, bulbillos o rizomas tuberosos, y también por siembra, que se suele producir de un modo espontáneo en los jardines.

Las especies citadas están indicadas para el cultivo en rocalla, donde forman densos tapices, además de poder cultivarlas en macetas para forzar su cultivo o para adornar ventanas.

3

Rizomas/Hojas: Cortos, tuberosos, cubiertos de escamas./ Compuestas de 9-20 foliolos; las hojas jóvenes muestran reflejos plateados, las de más edad son de color azul verdoso.
Flores/Frutos: Dos flores por tallo, de color rosa pálido y hasta 3 cm de diámetro./ La cápsula presenta vetas oscuras y las semillas almacenan gran cantidad de reservas en el endosperma.
Altura: 8-10 cm.
Periodo de floración: Mayo-junio.
Rústica, pero conviene protegerla de la humedad en invierno con una capa de ramas de coníferas o mediante una lona.

2
1

Amarilidáceas

Pancratium maritimum

Amaryllidaceae

Estas plantas de floración estival u otoñal se encuentran muy próximas al género *Hymenocallis.* Comprende alrededor de doce especies distribuidas por la cuenca mediterránea, India oriental e islas Canarias. De ellas, sólo dos especies se cultivan de vez en cuando en nuestros jardines: *P. illyricum* y *P. maritimum* (1). La primera especie procede del sur de Europa (Córcega, Cerdeña, Malta) y da flores blancas, intensamente perfumadas y en forma de embudo, que se abren entre mayo y agosto. Se trata de una especie más rústica que *P. maritimum,* cuya área de distribución se extiende desde España hasta Siria. Sus flores, de color blanco amarillento, también desprenden un intenso aroma y sus grandes bulbos se empleaban antiguamente en medicina como substitutos de los de *Urginea maritima.*

Estas plantas necesitan suelos aireados, bien drenados, ricos en humus y un aporte de arena gruesa. Crecen muy bien si se plantan a los pies de una pared orientada hacia el sur. Los bulbos se deben plantar dejando que el cuello sobresalga por encima de la tierra. Durante el invierno conviene protegerlos del frío con una capa de hojas secas (de hasta 15 cm de grosor) y en zonas de inviernos fríos será preferible guardar las macetas en un lugar aireado en el que la temperatura supere ligeramente los 0° C. Las raíces, que son vivaces, no deben secarse por completo. Conviene arrancar los bulbos cada tres años, en septiembre, mantenerlos durante cuatro semanas en algún lugar seco y volverlos a plantar en octubre en una tierra trabajada, rica en sustancias nutritivas y bien drenada.

Son dos especies muy decorativas para plantar en macizos, aisladas sobre el césped o cerca del agua. La especie *P. maritimum* es más sensible y necesita lugares más resguardados; puede plantarse en macetas que se sacarán al exterior durante el verano.

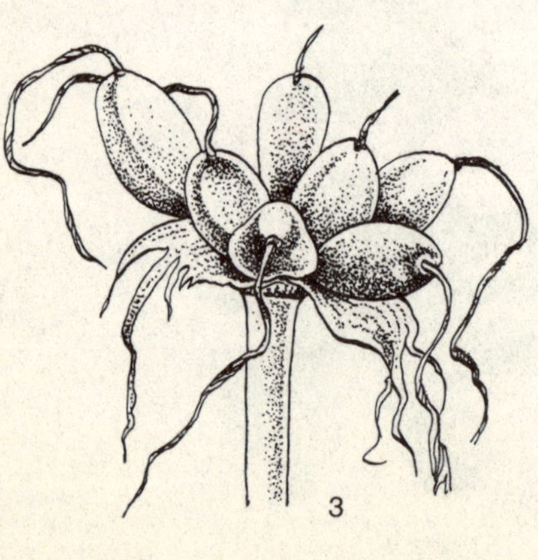

3

Bulbos/Hojas: De 5 a 7 cm de ancho, en forma de pera, provistos de una túnica pardorojiza./ En forma de cinta, glaucas, lanceoladas y alargadas (2).
Flores/Frutos: Umbelas de 4 a 10 flores, de color blanco amarillento, perfumadas, dotadas de un pedicelo corto./ Cápsulas (3).
Altura: 30-50 cm.
Periodo de floración: Julio-septiembre.
No del todo rústica, por lo que es preferible cultivarla en macetas que se guardarán en interior durante el invierno.

1
2

Campánula de flores grandes

Platycodon grandiflorum, sin. *Campanula grandiflora, Wahlenbergia grandiflora*

Campanuláceas
Campanulaceae

El nombre botánico de este género deriva del griego *platys* (ancho) y *kodon* (campana), aludiendo claramente a la peculiar forma de sus hermosas flores azules (1). El género comprende una sola especie, muy variable, que crece en Asia (China y Japón), en regiones de clima continental.

Esta planta está dotada de una raíz blanca, en forma de nabo, de donde emerge un tallo erguido, con hojas opuestas en verticilos y con una o varias flores. Al igual que sucede en muchas otras plantas de la familia *Campanulaceae,* el tallo libera un líquido lechoso al romperse.

Constituye una planta ideal para cultivar en macizos, pero también se puede plantar en rocallas. Necesita suelos ricos y porosos, creciendo bien en zonas soleadas o de semisombra. Esta especie se multiplica por semillas, que son tan ligeras que se escapan por las hendiduras de la cápsula.

2

Raíces/Hojas: En forma de nabo, engrosadas, blancas; de la parte gruesa superior salen algunas hojas y un tallo robusto./ Ovaladas, puntiagudas, de color azul verdoso, con el borde ligeramente dentado.
Flores/Frutos: Acampanadas y muy abiertas, de hasta 8 cm de diámetro, de pétalos pentagonales, con nervios poco numerosos; los botones florales tienen forma de globo (3). Las flores son azules, pero existe una gran cantidad de cultivares y variedades: var. *album,* de color blanco puro (2); var. *apocyan,* de flores azul-violeta y var. *plenum,* semidoble, de color azul pálido./ Cápsulas angulares con semillas muy finas.
Altura: 30-40 (60) cm.
Periodo de floración: Julio-agosto.
Rústica.

1
3

Pleione limprichtii

Treinta especies pertenecientes a este magnífico género de orquídeas terrestres crecen en el sur de China y en el Himalaya. El nombre del género proviene de un héroe de la mitología griega. Sólo una especie –*Pleione limprichtii* sin. *P. bulbocodioides, P. pogonioides* (1)–, descubierta cincuenta años atrás por un botánico llamado W. Limpricht, puede cultivarse en exterior en regiones de climas suaves. Esta especie crece de manera natural en el Tíbet a 1.800-3.200 m de altitud, generalmente en lugares donde brota agua ferruginosa. En su país de origen florece en abril-mayo; da origen a flores solitarias, grandes, muy vistosas de color rosa-lila (2). Las hojas empiezan a marchitarse en cuanto termina la floración y seguidamente la planta entra en fase de reposo.

Si se quiere cultivar con éxito estas plantas, deben disponer de suelos bien drenados, no calcáreos y lugares sombreados. También pueden cultivarse en suelos ricos en turba, entre plantas que necesiten humedad. Los *Pleione* requieren humedad atmosférica elevada en primavera y en verano, pero sequedad en otoño e invierno. Por ello antes del invierno es imprescindible procurarles alguna protección contra la humedad (turba seca, cristal o lona) y un tratamiento fungicida de los pseudo-tubérculos. Se recomienda arrancar los tubérculos y conservarlos en una bolsa de plástico en un lugar fresco y seco. Cuando se vaya acercando la primavera, se pueden multiplicar por división de matas (3) o por pseudo-tubérculos.

Esta especie es muy apropiada para cultivar en jardines de rocalla, pudiendo también cultivarse en maceta, en invernadero frío, durante el invierno.

3

Pseudo-tubérculos/Hojas: Anuales, pequeños y esféricos./ Estrechas, lanceoladas y con surcos.
Flores/Frutos: Solitarias, muy vistosas, de hasta 7 cm de diámetro; las piezas interiores y exteriores son de color rosa pálido; el labio inferior es todavía más pálido, con un moteado de color pardo, ancho en la parte basal y con flecos./ Cápsulas alargadas que se abren dejando ver las semillas, que son muy finas.
Altura: 15 cm.
Periodo de floración: Abril-mayo.
En el límite de la rusticidad.

1
2

Puschkinia scilloides

El nombre de este género está dedicado a un químico y coleccionista de plantas ruso, el conde A. A. Mussun-Pouchkine. Comprende solamente dos especies, naturales de Asia central y Cáucaso, de las cuales sólo se cultiva *P. scilloides* var. *libanotica,* dotada de un pequeño bulbo del que salen hojas lineales y anchas, así como un racimo de flores de color azul pálido en forma de campanilla (1). Se trata de un género muy cercano a *Scilla* y *Chionodoxa,* pero se diferencia de ellos en las piezas del periantio, que se juntan en la base formando una especie de tubo corto. *Puschkinia* florece en la primavera temprana y es una planta muy solicitada para cultivar en rocallas.

Es una especie de cultivo fácil. Se desarrolla muy bien en suelos ricos en humus, húmedos en primavera y secos en verano. Prefiere estar situada a pleno sol, pero también tolera la semisombra de árboles y arbustos, con tal de que las raíces de éstos no interfieran en el desarrollo de sus propias raíces. Esta planta se aclimata y extiende rápidamente, porque el apéndice carnoso que contienen sus semillas constituye un alimento para las hormigas, lo que contribuye a su diseminación. Las plantas florecen al cabo de dos años. Los bulbos se deben arrancar a finales de agosto y almacenar en un lugar fresco y aireado hasta que se vuelvan a plantar en otoño, a 5 cm de profundidad. Conviene no tocarlos durante bastante tiempo.

Las plantas del género *Puschkinia* son ideales para plantar en grupos, junto a otras plantas de bulbo de floración primaveral. Si se quieren suprimir las partes secas de la planta en primavera, conviene tener un cuidado especial para no dañar los pequeños bulbos resultantes de la siembra natural, que todavía tienen un enraizamiento muy superficial.

2

Bulbos/Hojas: Aproximadamente de 2 cm de diámetro, esféricos, con una túnica de color gris-pardo que se desprende con facilidad./ Lineales y muy ensanchadas, que pueden llegar a medir hasta 15 mm de ancho, 15 cm de largo y que crecen hacia arriba y ligeramente oblicuas.
Flores/Frutos: Hasta 12 flores en forma de campana o embudo dispuestas en un racimo denso, de color azul pálido y con una raya central azul oscura (2); la variedad *libanotica alba,* de flores blancas, también se cultiva (3)./ Cápsulas planas y coriáceas con semillas ovales negras provistas de un apéndice carnoso.
Altura: Hasta 15 cm.
Periodo de floración: Abril-mayo.
Rústica.

1

3

Rhodohypoxis baurii

El nombre botánico de este género deriva del griego *rhodos* (rojo) e *hypoxis,* nombre de un género muy cercano a éste. El género *Rhodohypoxis* engloba una serie de pequeñas plantas de origen sudafricano, que se creía pertenecientes a la familia *Amaryllidaceae,* pero que estudios taxonómicos recientes de la estructura de sus flores han demostrado pertenecientes a la nueva familia *Hypoxidaceae.*

El género comprende solamente dos especies, repartidas por zonas montañosas de África austral a 1.200-3.000 m de altitud. Sus hojas son lineales y sus flores, pequeñas, estrelladas y de color rosa. De las dos especies sólo se cultiva *Rhodohypoxis baurii,* de flores de color entre rosa pálido y carmín y en algunos casos blanco (1, 2).

Es una planta perfecta para terrenos secos, soleados y bien drenados, en rocallas. No soporta la humedad, ni en invierno ni en verano. Es conveniente, por tanto, cultivarla en grandes macetas con un buen drenaje a base de ladrillos machacados y arena y un substrato ligeramente calcáreo. Durante el invierno se debe mantener en un lugar más bien seco; puede aguantar suaves heladas pero no soporta la humedad. De esta manera se intenta reproducir las condiciones climáticas de su país de origen.

Se multiplica rápidamente por división de matas o por semillas.

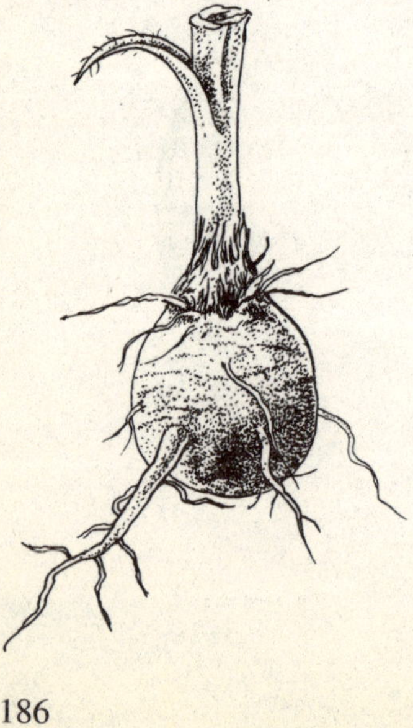

3

Rizomas/Hojas: Cortos, de cilíndricos a ovales, tuberosos, dotados de raíces carnosas (3)./ Basales, estrechas, lineales y acanaladas, de 10 cm de largo, cubiertas de pelos sedosos (4).

Flores/Frutos: Las flores van dispuestas sobre tallos en forma de tubito, cubiertos por pelos como las hojas; el periantio está dividido simétricamente en piezas ovaladas, erguidas o ligeramente colgantes, de color rosa, de pálido a oscuro, raras veces blanco, grandes o pequeñas, de un tono más pálido en el exterior./ Pequeñas cápsulas.

Altura: 10 cm.

Periodo de floración: Junio-agosto.

No rústica.

1
2
4

Roscoea cautleiodes

Este género, dedicado al botánico inglés William Roscoe (1753-1831), comprende quince especies distribuidas por el interior de China y el Himalaya. Son plantas vivaces dotadas de un rizoma corto y estrecho y espigas de flores muy vistosas que crecen en las axilas de las hojas. Las flores, de simetría bilateral, guardan bastante parecido con la orquídeas, familia con la cual están emparentadas las Zingiberáceas.

La especie más frecuente de este género es *Roscoea cautleiodes* (1), de 30-60 cm de altura, natural de la parte nordeste de Yunnan (provincia al suroeste de China), donde crece en praderas de gran altitud. Sus flores amarillas se parecen a las orquídeas, mientras que las hojas recuerdan más bien a las de los lirios, tanto en forma como en disposición. Las flores forman un tubo en forma de embudo, con algunas de las piezas dobladas hacia atrás (2). La pieza posterior es más grande que las otras y forma una especie de capucha; las piezas laterales son horizontales o ligeramente colgantes; el pétalo inferior forma un labio bilobulado.

Roscoea es una planta muy vistosa y decorativa, perfecta para plantar en rocallas. Sin embargo, en regiones de inviernos fríos conviene conservarla durante esta época con el cepellón de raíces (en una cubeta o en una bolsa de plástico) en algún lugar resguardado de las heladas; en regiones de inviernos más suaves, bastará con una mínima protección para que resista bien el invierno.

2

Rizomas/Hojas: Estrechos, con raíces carnosas, en forma de nabo./ Lanceoladas, de 15-25 cm de longitud, de color verde con tonos azules, aparecen al mismo tiempo que las flores.
Flores/Frutos: 5-7 cm de largo, de color amarillo pálido con el labio inferior doblado; de 4 a 7 flores dispuestas en espiga. La variedad 'August beauty' desarrolla flores más grandes y florece más tarde./ Cápsulas cilíndricas o en forma de maza, trivalvas.
Altura: 30-60 cm.
Periodo de floración: Junio-julio.
Rústica en regiones de clima suave.

1

Roscoea humeana

Zingiberáceas
Zingiberaceae

Originaria de las mismas regiones que la especie precedente, *Roscoea humeana* es más pequeña y sus flores son de color entre malva y violeta púrpura, con estambres estériles con estrías blancas o violetas (1). La especie *Roscoea purpurea* (2) es originaria de la India, concretamente de la vertiente sur del Himalaya, y también da flores de color violeta entre agosto y septiembre. No obstante, sólo se cultiva la variedad *procera.*

Todas las especies del género *Roscoea* necesitan lugares ligeramente sombríos, cálidos y bien drenados. Se deben cultivar en una tierra rica y buena, que no se seque durante el periodo de crecimiento, por lo que son imprescindibles los riegos. En zonas de clima frío, conviene arrancar la planta con el cepellón de raíces y conservarla en una bolsa de plástico durante el invierno. En primavera las plantas no empezarán a crecer hasta mayo.

Roscoea se multiplica por división de matas o por semillas. En ocasiones se resiembran. Su emplazamiento ideal sería en zonas resguardadas de rocallas o de macizos.

2

Rizomas/Hojas: Tuberosos y engrosados./ Lanceoladas muy anchas, de 12 a 30 cm de largo y 3-6 cm de ancho, con largas vainas; se abren mucho durante la floración.
Flores/Frutos: Dispuestas en espigas de 6 a 8 flores, que miden hasta 10 cm de largo, de color entre malva y violeta-púrpura, con estaminodios (estambres estériles modificados) blancos con estrías de color púrpura ./ Cápsulas.
Altura: 20-30 cm.
Periodo de floración: Julio.
Rústica, pero es conveniente una buena protección con hojas o con una lona.

1

Scilla rosenii

El género *Scilla* está representado por cerca de noventa especies de plantas de bulbo pequeño o mediano, distribuidas principalmente por las regiones mediterráneas, Europa central, Asia Menor, llegando hasta China y Japón, además de África austral y América del Sur. Las especies sudafricanas y sudamericanas no son rústicas, por lo que conviene cultivarlas en macetas. Las escilas se caracterizan principalmente por sus hojas largas, estrechas y oblongas, por sus inflorescencias en racimos que constan de entre dos y veinte flores azules, pero que en algunas casos son rosas, violetas o blancas. La mayoría de las especies florecen en primavera, siendo las de floración otoñal y estival bastante escasas; podemos citar *S. lilio-hyacinthus, S. autumnalis* y *S. odorata.*

S. rosenii (1) es una de las especies menos conocidas y, sin embargo, una de las más hermosas, siendo bastante difícil de encontrar en el comercio. Es originaria del Cáucaso, donde crece en bosques claros de hoja caduca, pudiendo llegar a aparecer hasta 2.000 m de altitud.

Necesita lugares ligeramente sombríos y no tolera los lugares secos y expuestos a pleno sol; el suelo debe ser rico en humus y medianamente húmedo. Al comienzo de la primavera esta especie alcanza 10-20 cm de altura y llama la atención por sus grandes flores, mucho mayores que las de la especie *S. sibirica,* que sin embargo tiene mayor difusión (*ver* siguiente apartado) y *S. tubergeniana* (3, 4). Las piezas del periantio son blancas en el centro y azul celeste en los extremos. En zonas de clima cálido, las flores se abren mucho y se doblan los pétalos; en ocasiones las piezas se tocan y la flor acaba por parecerse a la de los *Erythronium.*

El valor decorativo de esta planta se puede realzar plantándola en grupos pequeños o grandes. Las plantas se obtienen a partir de bulbillos o de semillas, que germinan con facilidad. Se resiembran y florecen en dos años.

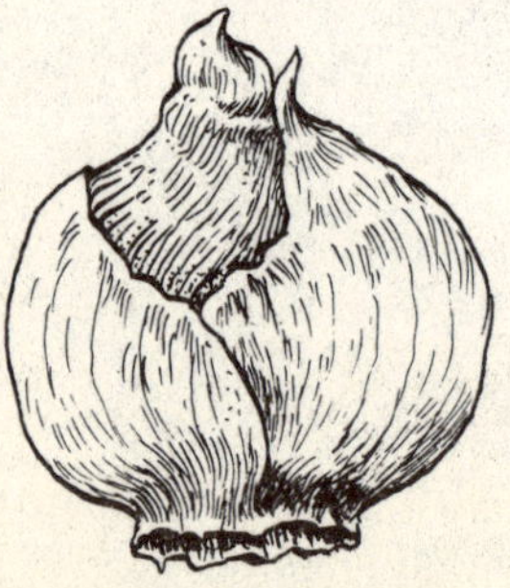

4

Bulbos/Hojas: Esféricos, de color pálido (2), que producen gran cantidad de bulbillos./ De 2 a 5, alargadas, estrechas.
Flores/Frutos: De color azul oscuro con el centro más claro./ Cápsulas esféricas con numerosas semillas redondas de epispermo negro.
Altura: 12-20 cm.
Periodo de floración: Marzo (abril).
Rústica.

1
2
3

Escila de Siberia
Scilla sibirica

Liliáceas
Liliaceae

Scilla sibirica (1) es una de las especies más conocidas y difundidas de este género. Crece de modo natural en los Balcanes, Asia Menor y el Cáucaso, pero no en Siberia, según podría deducirse de su nombre botánico. Se trata de una especie rústica, que se emplea con frecuencia como planta de jardín, siendo ideal para plantar en rocallas o junto a otras plantas herbáceas bajo árboles o arbustos. La especie tipo es de color azul intenso, pero existen variedades de distintos colores, como *S. sibirica* var. *alba* (2), var. *taurica* y var. *atrocaerulea* (3).

La especie *S. tubergeniana* (*ver* dibujo 4 de la página anterior), originaria del norte de Irán, es uno de los primeros bulbos en florecer en primavera y es una especie muy cercana a *S. bifolia.* Esta última posee flores que suelen ser de color azul oscuro, aunque también las hay rosas o blancas, y aparecen algo más tarde que las de la especie anterior. *S bifolia* crece en estado natural en las montañas del sur de Europa y en los Alpes.

La especie *Scilla hispanica* (sin. *Scilla campanulata, Endymion campanulatus*), que florece entre mayo y junio, se incluía antes en este género; sin embargo, actualmente está clasificada en otro género distinto, *Hyacinthoides* (*ver* pág. 124).

Las plantas de este género crecen bien en un buen suelo de jardín, ligero y rico en humus, húmedo en primavera pero seco en otoño e invierno. Se multiplican por bulbillos o semillas. En este último caso las plantas florecen en dos o tres años. Los bulbos se plantan entre agosto y octubre, a 6-10 cm de profundidad.

3

4

Bulbos/Hojas: Esféricos, de color pálido (4)./ De 2 a 4, oblongas, de 1 cm de diámetro, de color verde oscuro.
Flores/Frutos: De color azul intenso, raras veces blanco o azul-violeta./ Cápsulas redondas de tres celdillas.
Altura: 10 (20) cm.
Periodo de floración: Marzo-abril.
Rústica.

1

2

Sparaxis grandiflora

Este reducido género de plantas sudafricanas dotadas de bulbos sólidos está estrechamente relacionado con los géneros *Ixia* y *Freesia.* Comprende cuatro o cinco especies, si bien su clasificación taxonómica no está muy clara, ya que algunos defienden que las especies son aún menos pero muy variables. La inflorescencia está compuesta por flores estrelladas cuyas piezas se juntan en la base, dispuestas sobre tallos de 30-50 cm de altura. Las flores al principio son solitarias y están envueltas por brácteas membranosas.

Hay dos especies que se cultivan comúnmente como planta de jardín: *S. grandiflora,* de floración otoñal, de flores amarillas (1), púrpura (2) o blancas con el centro oscuro, y *S. tricolor,* de flores de rojo a rosa con el centro oscuro, que en Europa florece en los meses de abril o mayo. Sin embargo, dentro del género *Sparaxis,* los que se cultivan con más frecuencia son los híbridos obtenidos a partir de *S. tricolor,* cuyas flores son mucho más grandes y abarcan una amplia gama de colores intensos (blanco plateado con manchas amarillas, rojo anaranjado con manchas rojas y amarillas, rojo con manchas negras, etc.).

Las plantas del género *Sparaxis* se cultivan principalmente para hacer ramos con sus flores, pero presentan el inconveniente de que aguantan poco tiempo y los tallos son frágiles. Las plantas no son rústicas; por ello no se deben dejar en el suelo, salvo en zonas de clima suave y con alguna protección.

Los híbridos se multiplican sólo mediante pseudo-bulbos sólidos, que crecen en las axilas de las hojas, en número de dos a cuatro. La división de matas debe hacerse en verano, manteniendo los bulbos a 20° C aproximadamente hasta noviembre, momento en el que se deben plantar a 5-7 cm de profundidad. La plantación, que no empezará a brotar hasta la primavera, debe cubrirse concienzudamente. En regiones de clima frío es preferible plantar los bulbos sólidos en primavera, aunque también se podrán plantar en otoño si se colocan en algún sitio cálido. Es conveniente para las plantas un aporte de abono regular, que además acelerará su desarrollo.

3

Bulbos sólidos/Hojas: Protegidos por una túnica reticulada (3)./ Bastantes hojas estrechas, lanceoladas o en forma de espada, en algunos casos dispuestas en roseta.
Flores/Frutos: En forma de estrella, de hasta 5 cm de diámetro, de color amarillo, violeta o lila, en muchos casos con el centro más oscuro, de 3 a 5 flores por tallo./ Cápsulas coriáceas que se abren en tres valvas.
Altura: 30-50 cm.
Periodo de floración: Agosto-octubre. Planta no rústica, se la debe someter al mismo tratamiento que a las del género *Freesia.*

1
2

Azucena de Santiago
Sprekelia formosissima

Amarilidáceas
Amaryllidaceae

Se trata de un género monotípico que crece de manera natural en Méjico y Guatemala. El nombre del género está dedicado a un gran aficionado a las flores que vivió en Hamburgo en el siglo XVIII, J. H. von Sprekelsen. La planta está dotada de un bulbo grande, de color pardo rojizo oscuro, de donde sale un tallo hueco con una flor solitaria de color rojo aterciopelado, forma muy vistosa y que se abre en mayo (1). Estas plantas no son rústicas en regiones de clima como el nuestro, por lo que habrá que arrancar los bulbos antes de que empiece el frío y almacenarlos en algún lugar seco y cálido. A finales de abril o mayo se plantarán en un macizo, en un lugar cálido y suelo bien abonado, a 8-15 cm de profundidad, 10-20 cm de distancia y dejando el cuello del bulbo cerca del nivel del suelo. Es aconsejable añadir a los bulbos cuerno o polvo de hueso y regarlos, tras lo cual se deben dejar sin tocar hasta que no empiecen a salir los brotes, momento en el que se deben volver a regar y abonar. Si se cultivan en macetas, los bulbos se deben plantar en febrero, en grupos de tres a cinco. Tras la floración, las plantas con sus raíces ya se pueden transplantar a algún sitio al aire libre, donde las grandes hojas se podrán desarrollar libremente, asegurando una buena floración para el año siguiente.

Estas plantas pueden multiplicarse vegetativamente mediante bulbos secundarios, pero sólo los bulbos más grandes podrán separarse de la planta madre en primavera. Las heridas resultantes de esta separación se deben tratar. A continuación los bulbillos se plantan en invernadero, con abono para bulbos, floreciendo en dos o tres años.

Bulbos/Hojas: De hasta 5 cm de diámetro, con un cuello alargado (2), escamas negras con estrías rojas./ Verde oscuro, estrechas, en forma de cinta, de hasta 40 cm de largo y que aparecen una vez crecido el tallo floral.
Flores/Frutos: Solitarias, de vistosa forma, de color entre rojo y escarlata, con pétalos muy abiertos (el pétalo superior es ancho, los dos pétalos laterales son más estrechos y lanceolados y los tres inferiores forman un espolón, con anteras que sobresalen); las flores van dispuestas sobre tallos huecos y aplastados (de los bulbos grandes pueden salir hasta 2 ó 3 tallos)./ Cápsulas.
Altura: 20-50 cm.
Periodo de floración: Abril-mayo.
No rústica.

1
2

Azucena amarilla
Sternbergia lutea

Amarilidáceas
Amaryllidaceae

El nombre de este género está dedicado a un botánico natural de Bohemia, el conde Kasper von Sternberg. La planta es originaria del este de la cuenca mediterránea y Asia Menor, donde crece de manera silvestre. Doce especies integran este género. Sus flores se parecen a las de los crocus, lo cual es una mera coincidencia, ya que los *Sternbergia* están dotados de bulbos y pertenecen a la familia *Amaryllidaceae,* mientras que los crocus poseen bulbos sólidos y pertenecen a las *Iridaceae.*

Las plantas del género *Sternbergia* son pequeñas, de flores solitarias, amarillas, muy abiertas, con pétalos entre ovalados y lanceolados. Como plantas de jardín se utilizan en nuestras regiones cuatro especies: tres de floración otoñal y una de floración primaveral *(S. fischeriana).* De ellas, la que se cultiva con más frecuencia es *S. lutea* (1). Son plantas rústicas, pero para desarrollarse bien necesitan lugares cálidos, suelos secos y bien drenados, algo calcáreos, ligeros, ricos en humus y hasta pedregosos. No toleran la humedad. En cuanto se marchitan las hojas, el suelo debe mantenerse seco con la ayuda de una cubierta de lona. Asimismo se deberá usar esta cubierta o una capa de turba seca para proteger las plantas de la humedad durante el invierno, salvo en zonas de mucho calor.

Los bulbos se deben plantar en julio o agosto, según el tamaño, a 5-15 cm de profundidad, en pequeñas matas y luego se deben dejar en la tierra sin tocarlos durante bastante tiempo. También se puede realizar la multiplicación por semillas, pero en este caso las plantas tardan más tiempo en florecer: cuatro años mediante siembra frente a dos años mediante multiplicación vegetativa.

Las plantas del género *Sternbergia* se adaptan muy bien al cultivo en rocalla, alegrando un poco esta parte del jardín, que suele estar muy despoblada en otoño. Combina bien con crocus de otoño y cólquicos.

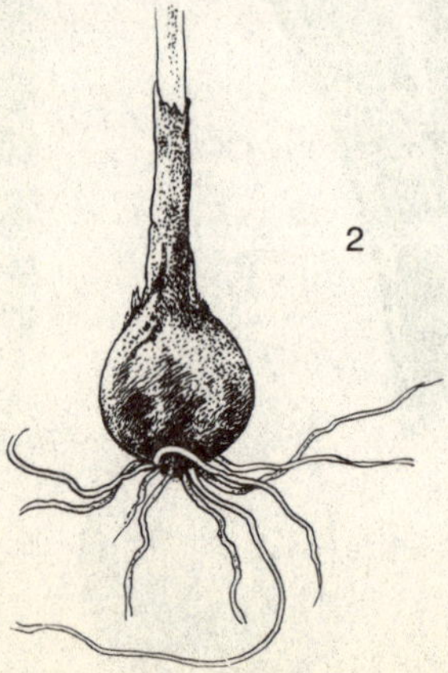

2

Bulbos/Hojas: Pequeños como los de los narcisos, con una túnica oscura (2)./ En forma de cinta, de color verde oscuro y de hasta 15 cm de largo.
Flores/Frutos: De hasta 5 cm de largo, solitarias, en algunos casos dos flores por tallo, amarillas, erguidas, con un periantio ensanchado a partir de un largo tubo, de piezas entre ovaladas y lanceoladas./ Cápsulas de tres celdillas.
Altura: 10-15 cm.
Periodo de floración: Septiembre-octubre. Rústica, pero es conveniente procurarle alguna protección contra la humedad invernal.

1

Tigridia pavonia

El nombre del género deriva del latín *tigris* (tigre), debido a la manchas tan marcadas que presentan sus flores. Las doce especies que integran el género *Tigridia* crecen sobre todo en Méjico y Sudamérica, donde ya eran conocidas por los aztecas. Estas plantas dotadas de bulbos sólidos fueron traídas a Europa en el siglo XVI. Miden entre 30 y 60 cm de alto, con hojas en forma de espada; el tallo está rematado por flores (de una a cuatro) en forma de copa, de colores y dibujos muy variados (1, 2, 3) y perfumadas. Las flores salen una tras otra y se marchitan antes de que llegue la noche.

La mayoría de los cultivares se han obtenido a partir de la especie *T. pavonia,* de flores de colores muy vivos, que crece en el sur de Méjico, Guatemala y Perú, a 1.500 m de altitud. La especie *T. lutea,* de flores amarillo limón y manchas oscuras en el interior, es originaria de Perú y Chile. *T. violacea* es de color violeta púrpura y también presenta manchas oscuras. Las especies botánicas no se comercializan prácticamente, ya que los cultivares son más bonitos.

El tratamiento que se debe dar a los *Tigridia* es el mismo que para los gladiolos. Prefieren suelos porosos, aireados, en lugares cálidos y resguardados. Durante el periodo vegetativo necesitan mucha humedad. Se han de plantar a finales de abril, a 5-10 cm de profundidad y 10-15 cm de distancia. La plantación se debe cubrir con una capa de turba y compost. A mediados de octubre se deben arrancar los bulbos sólidos y conservarlos igual que los gladiolos. Se pueden multiplicar por división de matas o por siembra, que se efectuará al principio de la primavera en un invernadero caliente. Durante el periodo de desarrollo vegetativo conviene fertilizar las plantas con regularidad. Las plantas del género *Tigridia* producen un efecto muy decorativo si se plantan en grupos o combinadas con otras vivaces bajas formando tapiz. Se puede forzar su cultivo.

3

Bulbos sólidos/Hojas: Entre ovalados y alargados, con una túnica coriácea, 3 cm de diámetro./ En forma de espada a lanceoladas, con nervios muy marcados.
Flores/Frutos: De hasta 15 cm de diámetro, de color rojo anaranjado, escarlata, amarillo oscuro o blanco con manchas irregulares de color púrpura. Las piezas exteriores son diferentes en forma y color que las interiores, que son más pequeñas./ Cápsulas de tres celdillas.
Altura: 30-60 cm.
Periodo de floración: Julio-septiembre.
No rústica.

1

2

Trillium grandiflorum

Liliáceas
Liliaceae

Las diferentes partes botánicas del género *Trillium* van siempre de tres en tres: verticilos de hojas y periantio trímeros, estigma trífido y cápsula de tres celdillas. El nombre del género deriva del latín *trilix* (tripartito), lo que es fácilmente explicable. El género comprende treinta especies, repartidas por regiones boscosas de Norteamérica y de parte de Asia. Las especies que más se cultivan son originarias de Norteamérica. Son plantas bajas muy vistosas que prefieren los lugares algo sombríos, por lo que son muy adecuadas para macizos de herbáceas debajo de arbustos. Por encima del verticilo de tres hojas anchas y ovaladas emerge una vistosa flor, compuesta por tres piezas interiores (pétalos) blancas, amarillas, rojas o violetas, y tres piezas exteriores verdes (sépalos).

Aunque se trata de especies rústicas, no se cultivan prácticamente en nuestras latitudes. Pueden plantarse en lugares húmedos y resguardados en jardines de rocalla, pero donde darán lo mejor de sí mismas será en zonas de semisombra, bajo árboles, combinadas con helechos. La presencia de éstos compensa el único defecto que presentan los *Trillium,* y es el hecho de que en verano desaparecen, dejando el suelo desnudo. No crecen en plena sombra.

La especie *Trillium grandiflorum* (1), originaria de zonas boscosas del este de Estados Unidos, se cuenta entre las especies de cultivo más común; da flores blancas, aunque existen variedades de flores dobles y rosas. *T. nivale* es una especie enana de flores blancas del sudeste de Estados Unidos, de 10-15 cm de altura, que se suele encontrar en zonas más bien secas. La especie de flores violetas, *T. erectum* (2), crece en los bosques del noreste de Estados Unidos.

2

Rizomas/Hojas: Cortos, ramificados, tuberosos./ Dispuestas en verticilos de tres hojas ovaladas, puntiagudas, onduladas y con nervios muy marcados.
Flores/Frutos: De hasta 8 cm de diámetro, las piezas interiores son elípticas y muy anchas, de color blanco níveo; al principio son acampanadas, luego se abren, al mismo tiempo que se tornan rosadas./ Bayas de tres valvas y multitud de semillas ovales.
Altura: 25-40 cm.
Periodo de floración: Abril-mayo.
Rústica, vivaz.

1

Trillium sessile

Liliáceas
Liliaceae

Es una especie muy extendida por las zonas boscosas del este de Norteamérica; sus flores, casi sésiles, de color violeta oscuro o pardo verdoso, desprenden un intenso aroma (1, 2). Existen numerosas variedades con flores de diferentes colores, por ejemplo, var. *californicum,* de color blanco o rosa; var. *luteum,* de color entre amarillo anaranjado y amarillo limón y var. *wrayi,* de color púrpura oscuro.

T. recurvatum es una especie muy cercana a *T. sessile,* y es uno de los *Trillium* de flores púrpura de mayor interés. Sus sépalos de color pardo rojizo están doblados hacia abajo; los pétalos son erguidos, de color pardo rojizo, puntiagudos y ligeramente ondulados.

Todas las especies del género *Trillium* crecen bien en suelos profundos, aireados y suficientemente húmedos en primavera. No toleran los lugares secos y con calor. Estas plantas prefieren los suelos ácidos, aunque pueden crecer en suelos ligeramente alcalinos. Una mezcla de mantillo de hojas frescas, turba, arena y tierra rica fibrosa es el terreno ideal para ellas.

Los rizomas se deben plantar en otoño, a 10 cm de profundidad. Los *Trillium* son plantas rústicas en Europa, pero al ser plantas de bosque agradecen una capa de hojas muertas en invierno. También pueden cultivarse en macetas. Se multiplican por división de rizomas tuberosos, aunque también se puede hacer por semillas, si bien es más difícil. Las semillas necesitan pasar un periodo de frío y otro de calor para germinar, por lo que las plantas no empezarán a salir hasta que transcurra un año y florecerán a partir del tercer año.

Es una planta indicada para confección de ramos florales y se puede forzar su cultivo.

2

Rizomas/Hojas: Tuberosos./ Ovaladas y anchas, puntiagudas, con manchas oscuras, de hasta 15 cm de largo.
Flores/Frutos: Casi sésiles, los pétalos son de color rojo púrpura o pardo verdoso; perfumadas, de hasta 4 cm de diámetro./ Bayas.
Altura: 20-35 cm.
Periodo de floración: Abril-mayo.
Rústica.

1

Triteleia laxa

Esta planta, originaria de Norte y Sudamérica, a veces se incluye en el género *Brodiaea*. Comprende más de veinte especies, de las cuales sólo se cultivan algunas.

Está dotada de bulbos pequeños, a partir de los cuales nacen largos tallos rematados en una umbela poco densa de flores muy abiertas o estrelladas, de color azul, rosa, blanco o amarillo dorado (*Triteleia ixioides,* 3) y hojas en forma de cinta. Las plantas florecen en junio. Las hojas desaparecen durante el verano y durante el periodo de reposo de la planta, ésta se debe mantener en un ambiente de sequedad y calor; por ello es preferible cultivarla en maceta. En cuanto empiece el otoño, se puede transplantar al jardín, con una tierra adecuada y en un lugar resguardado y soleado. Cuando llegue el invierno se debe proteger o conservar en algún lugar resguardado de las heladas.

Los bulbos se deben plantar en los meses de septiembre y octubre, a 6-8 cm de profundidad y con una buena capa de arena en el fondo, para asegurar un correcto drenaje y mantener los bulbos secos. Tras un periodo de varios años, los bulbos se deben arrancar y separar los numerosos bulbillos que se han formado a partir del bulbo madre, para asegurar la multiplicación de la planta. La siembra es fácil, tardando las plantas tres años en florecer.

Triteleia es una planta que se adapta bien al cultivo en jardines de rocalla, en grupos, o en macetas en una galería o en invernaderos fríos. También se recomienda su utilización como flor cortada para confeccionar ramos florales.

2

Bulbos/Hojas: Pequeños./ De 2 a 3, en forma de cinta, acanaladas, 4-8 cm de ancho.
Flores/Frutos: Entre 8 y 10 flores dispuestas sobre un tallo alto. Ensanchadas y con la base del periantio en forma de tubo; de 2,5 a 4 cm de diámetro, con los extremos doblados hacia los lados, de colores que oscilan entre el violeta y el azul violáceo (1, 2)./ Cápsulas de esféricas a ovales, con multitud de pequeñas semillas negras comprimidas.
Altura: 40-60 cm.
Periodo de floración: Junio.
Casi rústica, pero necesita alguna protección durante el invierno.

1
3

Tulipa fosteriana

La gran cantidad de especies botánicas de tulipanes existente se divide en dos subgéneros: *Eriostemones* y *Leiostemones*. Ambos se distinguen por presentar la base de los filamentos desnuda en el segundo caso y pubescente en el primero.

Las especies *Tulipa fosteriana* y *T. kaufmanniana* (*ver* apartado siguiente) son las más conocidas del subgénero *Leiostemones*. *T. fosteriana* es originaria de las zonas montañosas de Asia central. De esta especie se conocen numerosas variedades, que se diferencian unas de otras por el tamaño, el color de las flores y la coloración del centro de la flor: negro, pardo-negro, amarillo (2) o pardo con el borde amarillo. Mediante cruces de estas variedades y de otros cultivares de tulipán se han obtenido multitud de híbridos. Sus flores cubren una amplia gama de tonos que van desde el rojo hasta el amarillo pasando por el blanco.

Otra especie botánica interesante de este grupo es *T. greigii* (3), que presenta unos dibujos muy peculiares sobre las hojas.

Es importante arrancar los bulbos de estas plantas con regularidad (aproximadamente tres semanas después de la plantación) y volverlos a plantar en septiembre u octubre. Los bulbos de los tulipanes se consumen cada año durante el periodo vegetativo, dando paso al nacimiento de un nuevo bulbo con bulbillos laterales (4). De esta manera, si no se separan los bulbillos, se formarán matas con gran cantidad de bulbos juntos en el mismo sitio, lo que provocará un debilitamiento de las plantas y que la mayoría no florezca y den una sola hoja. No se trata de degeneración, como se afirma en ocasiones, sino que es un debilitamiento de las plantas debido a la gran cantidad de bulbos formados, con disminución de su tamaño y empobrecimiento del suelo. Por ello conviene replantar una vez al año en la mayoría de las especies. Los tulipanes de jardín se deben transplantar cada tres años a más tardar, mientras que las especies botánicas pueden permanecer en el mismo sitio hasta cuatro e incluso seis años.

2

Bulbos/Hojas: Casi esféricos, con una túnica entre pardo-rojizo y anaranjado./ De 3 a 4 hojas lanceoladas anchas, de hasta 20 cm de largo, de color entre verde grisáceo y oliva, brillantes.
Flores/Frutos: De hasta 15 cm de diámetro, en forma de campana; las piezas exteriores son ovaladas, acortadas bruscamente en los extremos; las piezas interiores también son ovaladas y acabadas en punta, pero cortas, de color rojo escarlata, más pálidas por la cara externa. Manchas negras en la base de las piezas, irregulares y con un borde amarillo; filamentos negros; anteras pardo rojizo y polen amarillo./ Cápsulas oblongas triangulares.
Altura: La especie tipo alcanza 20 cm de altura, los cultivares llegan a medir hasta 50 cm.
Periodo de floración: Abril. Rústica.

1
4
3

Tulipa kaufmanniana

Esta especie, que crece a gran altitud, se cuenta entre las especies de tulipanes más importantes desde el punto de vista hortícola, tanto por su belleza como por la posibilidad de permanecer largas temporadas en el mismo sitio. Dada su variabilidad, ha sido objeto de selecciones e hibridaciones, especialmente con *Tulipa greigii*. Estos híbridos se conocen como híbridos de *kaufmanniana* (1).

La descripción detallada abajo es la de la especie tipo; los híbridos y variedades tienen flores de color blanco, crema, amarillo, rosa, naranja y rojo (2, 3).

Los tulipanes crecen bien en suelos de jardín ligeros, de neutros a alcalinos, en lugares cálidos y resguardados. Detestan los suelos pesados o muy mojados, arenosos, superficiales o pedregosos; en estas condiciones no florecen. Conviene fertilizar el lugar antes de la plantación, sin olvidar que los fertilizantes orgánicos (estiércol, abonos semilíquidos, desechos varios) favorecen el desarrollo de microorganismos y pueden provocar enfermedades fúngicas a las que son sensibles estas plantas. Por ello es preferible emplear un fertilizante mineral completo (nitrógeno, fósforo, potasio). Previamente a la plantación, el suelo debe trabajarse en profundidad y rastrillarse. Tras la plantación (septiembre, octubre), se debe regar bien la tierra para favorecer el enraizamiento. En primavera no es preciso regar, ya que la humedad suele ser suficiente; es mejor esperar a que empiecen a salir los botones florales y las hojas para retomar los riegos, si el clima es seco. Las flores se deben eliminar conforme se vayan marchitando. En el momento de arrancar los bulbos, se deben separar las matas y conservarlos en un lugar seco hasta el momento de la plantación, que será en otoño.

Además de la multiplicación por bulbillos, las especies botánicas de tulipanes también se pueden multiplicar por semillas, que se siembran en otoño, tardando las plantas de tres a cinco años en florecer.

2

Bulbos/Hojas: De esféricos a ovalados, de hasta 3,5 cm de diámetro, con túnica papirácea parda ligeramente pubescente por el interior./ De 3 a 4, lanceoladas muy anchas, basales, que se abren sobre el suelo; las hojas que van dispuestas sobre el tallo son erguidas, estrechas y glaucas.
Flores/Frutos: Alargadas en la especie tipo, las piezas exteriores son de color blanco-crema y escarlata por la cara externa, y de color blanco crema por dentro con una mancha amarilla oscura en la base; los filamentos son amarillos y las anteras amarillo limón. Si se abren del todo, las flores tienen forma de estrella./ Cápsulas (4).
Altura: Hasta 20 cm; algunos híbridos y variedades son mucho más grandes.
Periodo de floración: Marzo-abril. Rústica.

1
4
3

Tulipán silvestre
Tulipa sylvestris

Liliáceas
Liliaceae

Tulipa sylvestris (1), especie incluida dentro del subgénero *Eriostemones* (de filamentos pubescentes), es una de las dos especies botánicas cuya área de distribución abarca también Europa. Es un tulipán de flores amarillas muy común en Asia Menor y sur de Europa, aunque también crece en Alemania y Francia, donde florece en viñedos de zonas cálidas. En algunas regiones se ha aclimatado perfectamente al cultivo en parques. Se suele multiplicar por estolones, pero florece escasamente, por lo que no se cultiva con demasiada frecuencia. La variedad *T. sylvestris täbris,* de pequeños bulbos y flores de color amarillo canario, se cultiva de vez en cuando. *Tulipa sylvestris* es más grande que *T. australis,* la otra especie que crece en el sur de Europa. Esta última crece en colinas y montes mediterráneos, especialmente en Portugal y Grecia. Las flores son también amarillas, pero son plantas bajas (15-20 cm), y los tallos, al igual que la cara externa de las flores, están teñidos de rojo. Ninguna de estas especies tiene realmente valor hortícola. Por el contrario, la especie *Tulipa tarda* (2, 3, 4) sí que aparece frecuentemente como planta de jardín. Posee de una a ocho flores estrelladas, de color blanco amarillento y pardo verdoso por el exterior, dispuestas sobre un tallo corto (10-15 cm). Es uno de los tulipanes más hermosos, muy indicado para cultivar en rocalla o en macizos.

3

Bulbos/Hojas: Ovalados, con una túnica de color pardo anaranjado cuya parte superior está cubierta de pelitos./ Estrechas, lanceoladas, de color azul verdoso, con las hojas basales abiertas sobre el suelo.
Flores/Frutos: Los botones florales están inclinados, las flores se yerguen al abrirse; 4-5 cm de largo, en forma de campana o de embudo, de color amarillo, verde por fuera./ Cápsulas triangulares puntiagudas.
Altura: 30 cm.
Periodo de floración: Abril.
Rústica.

1

2

4

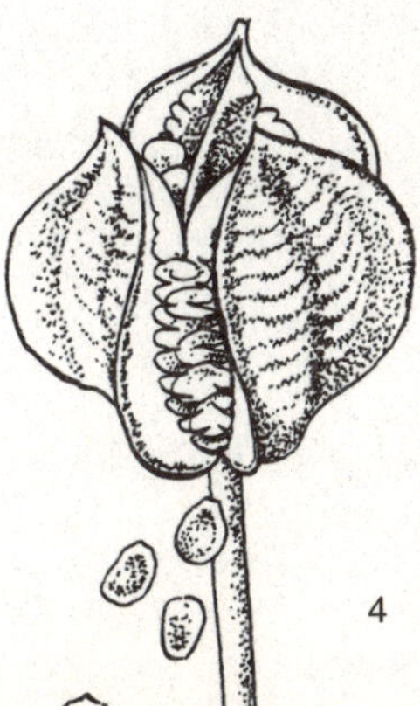

Tulipán - cultivares *Tulipa*

Liliáceas *Liliaceae*

Los tulipanes constituyen una de las plantas de bulbo más populares; es difícil imaginar un jardín en primavera sin tulipanes. Junto con los narcisos y jacintos, los tulipanes se han convertido en el centro de interés de horticultores profesionales y seleccionadores, que trabajan con sus innumerables especies, subespecies y variedades. Los tulipanes presentan variaciones somáticas espontáneas (poliploidía), sea cual sea su posición taxonómica, lo que aumenta su interés de cara a los seleccionadores.

El género *Tulipa* comprende alrededor de un centenar de especies distribuidas por los mares Negro y Caspio, llegando a Asia Menor y central, y centro, oeste y sur de Europa. La especie *Tulipa sylvestris* (*ver* apartado anterior) se extiende por toda Europa. Los primeros tulipanes se trajeron desde Constantinopla al jardín botánico de Praga en el año 1554 y a finales de ese año ya se cultivaban en toda Europa. Los años 1630-1640 se caracterizaron por la "tulipomanía", alcanzando los bulbos precios increíbles.

Actualmente el número de cultivares de jardín ronda los seis mil. Su clasificación es compleja y se basa principalmente en la forma y el tamaño de sus flores. A las once o doce categorías en las que se clasifican habitualmente se han añadido cuatro más, que incluyen las variedades botánicas y sus híbridos.

Estos grupos son los siguientes:

Floración temprana: 1- tulipanes sencillos y tempranos (1), 2- tulipanes dobles tempranos;
Floración semitemprana: 3- tulipanes de Mendel, 4- tulipanes Triumph (4), 5- híbridos de Darwin;
Floración tardía: 6- tulipanes Darwin, 7- tulipanes de flor de lis (3), 8- tulipanes sencillos tardíos, 9- tulipanes "perroquet" (2, 5), 10- tulipanes Rembrandt, 11- tulipanes dobles tardíos, 12- *viridiflora* (de flores verdes);
Variedades y especies botánicas: 13- *Tulipa kaufmanniana:* híbridos y variedades, 14- *Tulipa fosteriana:* híbridos y variedades, 15- *Tulipa greigii:* híbridos y variedades, 16- otras especies botánicas y sus híbridos y variedades.

1
2
3
4
5

Vallota purpurea

Este género, originario de África austral, comprende una sola especie, *Vallota purpurea,* una de las más bellas amarilidáceas de floración otoñal. Se trata de una especie cercana a *Amaryllis* y *Brunswigia,* pero sus flores son de forma regular. La inflorescencia consta de hasta diez flores, de color rojo escarlata brillante, de las cuales varias se abren a la vez (1). En África esta especie se conoce con el nombre de 'George Lily' o 'azucena de George'. En Europa esta planta florece en pleno verano, mientras que en su país de origen la floración no empieza hasta noviembre o diciembre. Existen varios cultivares, entre los que destacan 'Major', de flores grandes, y 'Minor', cuyas flores y hojas son más pequeñas que en el tipo 'Selecta', de floración más abundante, con flores de más de 10 cm de ancho.

Vallota purpurea mantiene las flores varias semanas. Es una planta de interior sin demasiadas exigencias; necesita estar expuesta al sol pero sin demasiado calor, por ejemplo, delante de una ventana. Durante el invierno se debe mantener a 4-6° C, pero no al sol. Se deberá regar con moderación, ya que las hojas son persistentes. Un substrato adecuado para un buen desarrollo sería una mezcla de turba fibrosa y compost, con gran cantidad de arena y una buena dosis de cuerno o de polvo de hueso. Conviene dejarla sin transplantar varios años (de cuatro a seis), ya que de esta manera florece mejor.

Las plantas del género *Vallota* pueden multiplicarse mediante separación de bulbillos secundarios, lo que ha de hacerse con sumo cuidado, para no dañar las raíces ni los bulbos. También es posible la multiplicación mediante semillas, como para los *Hippeastrum,* floreciendo las plantas a partir del tercer año.

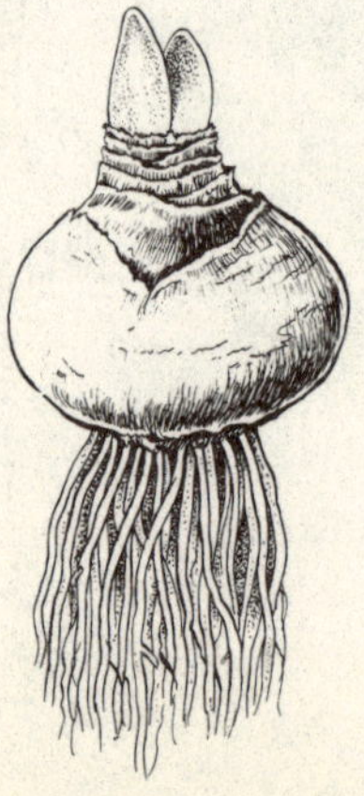

2

Bulbos/Hojas: Grandes, de esféricos a ovalees, de hasta 7 cm de diámetro, cubiertos por una túnica oscura (2)./ Varias hojas, estrechas, de hasta 50 cm de largo, de color verde oscuro. Salen al mismo tiempo que las flores.
Flores/Frutos: En forma de embudo, dispuestas en umbela, en número de 3 a 6 (10), piezas regulares que se juntan en la base, de color entre naranja y escarlata brillante. Los filamentos son cortos y las anteras de color amarillo dorado brillante. Existe también una variedad rara de flores rosas. El tallo es hueco pero fuerte, de hasta 30 cm de alto./ Cápsulas alargadas ovales con gran cantidad de semillas.
Altura: 60 cm.
Periodo de floración: Agosto-septiembre.
No rústica

1

Zephyranthes candida

Son plantas de bulbo de flores grandes y extrañas, parecidas a las de los géneros *Hippeastrum* y *Habranthus;* sin embargo, sus hojas son basales, estrechas y lineales. El género comprende cerca de cuarenta especies repartidas por Sudamérica, el sur de Estados Unidos y el Caribe. Las flores son solitarias y en forma de embudo, con la base de las piezas unidas en un tubo corto o largo. Las flores son blancas *(Z. candida),* rosas *(Z. grandiflora),* amarillas *(Z. aurea, Z. citrina),* pero también las hay multicolores *(Z. versicolor).* La mayoría de las especies florecen a finales del verano y en otoño.

En regiones de clima frío, las plantas de este género deben cultivarse dentro de casa o en invernaderos fríos, si bien en verano las macetas se pueden sacar al exterior a algún lugar soleado y resguardado. En cualquier caso, hay que procurar mantener siempre húmedo el substrato de la maceta, que nunca se debe secar del todo, pese a que la mayoría de las especies de este género entran en un segundo periodo de reposo en verano. Se aconseja enterrar las macetas en tierra. En invierno tampoco conviene que el suelo se seque del todo; durante esta época las macetas deben situarse en una habitación luminosa y cálida.

En otoño se pueden plantar varios bulbos en una maceta grande, en una mezcla de turba fibrosa, compost y arena, dejando que el cuello del bulbo sobresalga por encima del suelo (2). El substrato debe ser rico en elementos nutritivos. Durante el periodo de crecimiento es necesario regar con frecuencia y abonar de vez en cuando. Las plantas se multiplican en abundancia, dando lugar a grandes matas que se pueden dividir, si bien también se puede efectuar la multiplicación por semillas. Las especies que se cultivan más a menudo son *Z. candida* (1), especie sudamericana de flores blancas, y *Z. grandiflora,* de flores rosas en forma de embudo de 8 cm de largo. Las plantas del género *Zephyranthes* se han aclimatado en numerosas regiones tropicales y subtropicales del mundo; se cultiva en exteriores y se emplea como flor cortada para la confección de ramos que resisten mucho tiempo.

2

Bulbos/Hojas: Esféricos, de hasta 3 cm de diámetro, con un cuello largo y una túnica negra; producen gran cantidad de bulbillos./ Estrechas, lanceoladas, que crecen con los pedúnculos florales.
Flores/Frutos: Flores parecidas a los crocus, derechas, de hasta 5 cm de largo, blancas, con tonalidades de color violeta-rojo por la cara externa./ Cápsulas entre redondas y achatadas con numerosas semillas.
Altura: Hasta 20 cm.
Periodo de floración: Septiembre-octubre. No rústica.

1

ÍNDICE DE NOMBRES EN CASTELLANO

ÍNDICE DE NOMBRES EN LATÍN